犬売ります

犬売ります

ファン・パブロ・ビジャロボス

平田渡訳

水声社

フィクションの楽しみ

アンドレイアに捧げる

きみのピンクの服が気になって死ぬに死ねない。

——ファン・オゴールマン〔一九〇五—八二。メキシコ・モダニスムの建築家、画家。機能主義の提唱者。フリーダ・カーロとディエゴ・リベーラの邸の設計者。国立メキシコ自治大学中央図書館の壁画を制作〕

あの世に行ったら、たぶん分かるかもしれないけれど、
この世では思い描くだけにすぎない。

——ダニエル・サダ〔一九五三—二〇一一。ボラーニョやビジョーロといった作家から高い評価をうけたメキシコの作家。バロック的な世界を構築。代表作『嘘みたいなので真実は知られていない』〕

おまえたちが連中に食わせた犬どもが生き返ったら、
胃の中から何といって吠えるだろうか。

——ケベード〔一五八〇—一六四五。ゴンゴラ、セルバンテスなどとともにスペイン黄金世紀を代表する作家のひとり。作品に『騙（かた）り師ドン・パブロスの生涯』〕

目次

美の理論

あのころ毎朝、マンションの３Ｃの部屋を出ると、廊下で、３Ｄの部屋に住む隣りの女と出くわしたものだった。女は、わたしが小説を書いていると思いこんでいたふしがある。Francescaという名前であったけれど、むろん、わたしは小説など書いていなかった。名前は、ふしだらな感じでフランチェスカと発音しなければならなかった。わたしたちは目顔で挨拶をかわしたあと、エレベーター扉の前に並んで待った。エレベーターは、建物を二分しながら、ズボンのファスナーのように上がったり下がったりしていた。フランチェスカは、わたしをズボンのファスナーにたとえながら、あのひとったら、あたしの気をひこうとして、つきまとって離れないのよ、と周り（まわ）にいいふらした。また、わたしが本名ではないフランチェスカと呼んでいたことに対して、あのひとが書いていると思われる小説のなかで、きっとそんな源氏名（げんじな）をつけているのよ、と言った。

エレベーターは、来るのに何時間もかかる日があった。まるで機械は、利用者が老人であることを無視し、わたしたちには、後方ではなく、前方に、浮き世の時間があり余るほど残っていると考えているかのようだった。あるいは、利用者が高齢者であることは承知の上で、歯牙にもかけていないみたいであった。ようやく扉が開くと、わたしたちはエレベーターに乗りこみ、ゆっくりと降りはじめた。それにつれて、フランチェスカは、わたしのズボンのファスナーのことを想像したせいか、顔がほんのり薔薇色に染まっていった。機械は、あまりにも動きがとろとろとしていたので、誰かがいたずらをしてわざと遅らせているように思えた。そうやって空気をほてらせながら、終わりがやってくるのを、フランチェスカふうにいえば、ファスナーが下がってしまうのを、先延ばしにしているようだった。マンションの至るところにいるゴキブリは、エレベーターに便乗し、玄関まわりの仲間を訪ねようとしていた。わたしは手持ちぶさたな時間を、ゴキブリをつぶすのに使った。エレベーターの中は、廊下や玄関ホールといった家の中よりも簡単に捕らえることができたけれど、危険を伴った。ぎゅっと踏みつぶす必要があったが、力を入れすぎてはならなかった。でないと、エレベーターの底が抜ける心配があったのだ。わたしはフランチェスカに、じっとしていて、動かないで、と言った。あるとき、彼女の足の指を踏んづけたばかりに、病院までのタクシー代を払わされるハメになったことがある。

玄関まわりには、可哀想に、フランチェスカの言いなりになっている読書会の面々が待っていた。彼女は次々と小説を読ませていたのである。そんなわけで、連中は月曜から日曜までずっと玄関ホールですごしていた。仮設市で電池で点るライトを買い、ルーペといっしょに本の表紙に取りつけていた。中国製だったけれど、火薬か毛沢東主義以来の大発明であるかのように、さも大事そうに扱っていた。リハビリ療法がおこなわれているか、悪魔の教団の集会が開かれているかのように、椅子は車座に並べられていたが、わたしはそのあいだに紛れこんだ。そして、玄関の扉までたどり着くと、水溜りがあって、揚げものの臭いがプーンと鼻につく、外の通りが身近に感じられた。そのとき、別れの挨拶でもするように、一同に向かってこう叫んだ。

「本を読み終わったら、廻してもらえませんか。脚がガタピシしているテーブルがあるもんですから」

すると、フランチェスカが決まってこう答えた。

「フランチェスカっていうのはね、イタリア人娼婦の名前なのよ、エロお爺さん」

読書会の会員は十人、加えて女リーダーがいた。ときどき誰かが身罷ったり、このまま介護なしで生きてゆくことはできないと宣告されて、老人ホームに入れられたりした。けれども、そんなときはいつもフランチェスカが新しい居住者を丸めこんでひき連れてきた。マンションは、二階以上の各階に四室あり、四階建てだったから、合計十二室あった。そこに、やもめとひとり者――いやむしろ、女が過半数を占めていたので、寡婦とひとり暮らしの女といった方がいいかもしれない――が暮らしていた。マンションは、メキシコ・シティーによくある、つまりペンキのはげ落ちた、うす汚い通り、バシリア・フランコ街七八番地にあった。たったひとつ異常な点といえば、現役を退いた高齢者のまさにゲットー然としていたことであった。界隈の人びとは、居住者と同様、老いさらばえて、崩れかけた、〈ご老体たちのマンション〉と呼んでいた。建物がある七八番地は、わたしの年齢とぴたり一致していたが、年とともに数が増えてゆくことはない点が違っていた。

読書会は、まぎれもなく秘密の教団めいたところがあった。その証拠に、あんな椅子に坐って長時間じっと我慢していたからだ。椅子は、アルミニウム製の、折り畳み式で、モデーロ・ビールのロゴが入っていた。連中は、言ってみれば、文学の原理主義者のようなものだった。ビール会社の宣伝部長を説得して、文化促進の一環として椅子を贈らせるだけの力があったからだ。それは、ややこしい手続きを経た末に手に入れた代物だったけれど、広告というのは潜在意識に働きかけるものなので、わたしはマンションを出ると、まっすぐに酒場に向かい、その日の一本目のビールを飲んだ。

　マンションの日々の暮らしの中で、読書会だけが疎まれていたわけではない。2Cの部屋に住むイポーリタは、火、木、土曜日に、パン屑を使った造形教室をひらいていた。月、金曜日には、近くのエピクーロ公園でエアロビクスをするためにやってくるインストラクターがいた。そこは、雑草と灌木がいっぱい生えていた。酸素よりもむしろ、一酸化炭素や二酸化炭素、窒素酸化物や硫黄酸化物の方が多かった。元語学の先生だったフランチェスカは、英語の個人指導の教室をひらいていた。ほかにも、ヨガやコンピューター、マクラメ編みの教室があった。居住者は、退職するとは、すなわち、就学前の教育を受けるようなものだと思いこんでいるふしがあって、自分たちですべてを取り仕切っていた。そうしたことすべてに耐えなければならなかった。加えて、マンションの建物は惨憺たる状態にあったのだ。その代わり、家賃は遠いむかしから凍結されたままになっていた。

　また、美術館や名所旧跡見学もおこなわれた。玄関まわりに展覧会鑑賞のお知らせが張り出されるたびに、わたしはこう問いかけたものであった。

「あの飲み屋で、ビールはいくらするのか、誰か知っているやつはいるんだろうか」

　それは、どうでもいいような質問ではなかった。ある美術館のカフェテリアでは、ひと月分の家賃に匹敵する、五十ペソも払わされたことがあったのだ。そんな贅沢はできなかった。今ある貯金でやりくりしなければならなかった。現在の調子でいけば、あと八年は持つ計算だった。それでこと足りると考えていた。それ以前にお迎えがきてくれるはずであった。もちろん、〈現在の調子でいけば〉の話だけれど、ひとはそれをカッコよく〈ストイックな暮らし〉と呼んでくれたが、わたしに言わせればただ単に〈イヤな暮らし〉であった。そんなわけで、予算を超えないように、一日にビールを何本飲んだかをノートにつけておかなければならなかった。ちゃんとつけていたけれど、夜になると、そんなことは気にも留めなくなるのが問題であった。だから、あと八年というのはたぶん見当違いで、七年か六年になるかもしれないのである。あるいは、五年しかないこともあるだろう。毎日、飲む本数の合計は、くるりと一回転したあげく、カウントダウンにゆき着くという事実のせいで、わたしはかなり神経質になっていた。神経質になればなるほど、ノートにつけるのが億劫（おっくう）になっていった。

　すでに述べたとおり、わたしは小説など書いていなかったけれど、ある日、エレベーターでいっしょに降りていたとき、フランチェスカは、やおら、小説の書き方について手ほどきをはじめた。そのときのスピードで、三階、降りるのであれば、二世紀にわたる文学理論をおさらいするだけのひまがありそうに思えた。わたしが描く作中人物には、穴ぼこさながら、深みが欠けているというのだった。そして、まるでカーテン生地でも買うかのように、文体には肌理（きめ）の細かさが求められるのよとも言った。きっちりと音節を区切りながら、びっくりするほどはっきりと話したので、伝えようとする考えは、突拍子もないところはあっても、明晰なように思われた。発音を通して絶対的な真理に到達しているかに見えた。おまけに、催眠術を操っていた。それは効き目があった。そんなわけで、フランチェスカは、読書会をとり仕切る独裁者、マンション総会の議長、うわさ話や誹謗中傷について睨（にら）みを利かすことができる究極の存在にのしあがっていたのだ。わたしは、彼女に注意を向けるのをやめて、目を閉じてズボンのファスナーを下ろすことに意識を集中させた。そのあと、エレベーターが玄関ホールに着くと、バタンと音がして、フランチェスカは棄（す）て台詞（ぜりふ）を吐いた。けれども、彼女のくだくだしい話は聴いていなかったので、何のことやらさっぱり分からなかった。

「摑（つか）みどころがない、ユカタン半島の住民に起きているようなことが、あなたにも起きないとも限らないわよ。彼らったら、懸命に探しものをしているのに、じつは探しものなんかしていないのよ」

　わたしはこう答えた。

「つまり、探さざる者、発見に至らず、ですな」

　それは、シェーンベルク〔アルノルト・シェーンベルク。一八七四—一九五一。オーストリアの作曲家・教育者。調性音楽を脱し無調に入り、十二音技法を創始した。美術をはじめ芸術一般に造詣が深い。代表作、交響詩『ペレアスとメリザンド』ほか〕の言葉であって、七十年前、わたしが靴下をなくしたときの母の様子を想い出させるものだった。わたしは、必死になって探した。そのあげく、飼い犬が食べてしまったことが分かった。母は、一九八五年の地震〔マグニチュード8。メキシコ・シティーを中心に甚大な被害をもたらした〕で身罷った。犬は、母に先立つこと四十年以上だったのだが、死に急いだせいで、第二次世界大戦がどんな結末を見たか知るよしもなかった。そんなわけで、父の秘書の脚のようにすらりと長い、ナイロンのストッキングを丸呑（の）みにして絶命したのである。

わたしは、一年半ほど前の夏の日の午後、マンションにやってきて暮らすようになった。衣服類が入ったスーツケース、二箱の身のまわり品、一枚の絵画、それに画架(イーゼル)を抱えてきた。家具類といくつかの家電品は、午前中に引っ越し屋が運んでくれた。わたしは、玄関ホールを横切るとき、読書会の人影を避けながら、こうくり返しつつ進んだ。

「どうぞおかまいなく、どうぞおかまいなく」

むろん、誰ひとりかまってくれる者はいなかった。皆が読書を続けているふりをしていた。もっとも、ありていに言えば、横目でわたしをじろりと見ていたのである。ようやくエレベーターの扉までたどり着くと、フランチェスカから始まったささやきが洩(も)れ聞こえ、それが壊れた電話さながら口から耳へと広がっていった。

「芸術家みたいだわ」

「どこか玄人っぽいところがありますね」

「タクシー運転手じゃないかしら」

「ナチの残党かもよ」

わたしは、エレベーターに積めるだけのものを積みこんで上の階に昇った。そして、十分後に、のろまのシーシュポスよろしく、残りのものをとりに玄関ホールに戻ると、読書会を開いていた連中が、サカテカス産のシャンパーニュと、マヨネーズで和えたマグロのパテを塗った、塩味のクラッカーというメニューで、歓迎の意味のカクテル・パーティーをひらく仕度を整えていた。

「ようこそ、いらっしゃいました」とイポーリタは叫びながら、わたしにＤＤＴのスプレーを手渡した。

「余計なおせっかいかもしれませんけれど、いずれ必要になると思いますよ」

「どうかお許しくださいね」とフランチェスカは言った。「まさか芸術家だとは思わなかったものですから。そうと分かっていたら、シャンパーニュを冷やしておいたんですけれど」

わたしは、生ぬるいシャンパーニュがなみなみと注がれた、使い棄てのプラスティック製のコップを差し出されると、受け取った。そして、フランチェスカが、

「では、芸術のために」

と音頭をとったとき、腕を伸ばして乾杯した。

腕をあまりにも水平に出したので、乾杯するというよりは、コップを突き返そうとしているように見えた。じっさい、わたしはそうしたかったのだ。そのとき、何か話をするように、芸術のためにひと言、挨拶をするように求められた。わたしは、使い棄てのコップの中でぶつぶつ噴き出している泡を見つめながら、こう言った。

「できれば、ビールの方がよかったんですけれど」

　フランチェスカは、小銭入れからしわくちゃの二十ペソ紙幣を取り出すと、読書会のメンバーのひとりにこう命じた。

「角のお店までひとっ走りして、芸術家さんのためにビールを買ってきてくれますか」

　わたしは、騒々しいので半ば呆れ顔になっていたが、おのれがどこの馬の骨か分からない状態を脱してやろうと思った。おかげで、どっと浴びせられた質問を耳にするハメになった。

「もしもし、おいくつなられるんですか」

「奥さまに先立たれたんですか」

「世の中にはこんなかたちの鼻があるんですね」

「以前は、どこにお住まいだったんですか」

「ずっと独身を通していられるんですか」

「どうして髪は解いていないんですか」

　わたしは、右手に口をつけていないシャンパーニュのコップ、左手にＤＤＴのスプレーを持ったまま、身じろぎもせずに微笑を浮かべていた。そして、ようやく返事ができるような静けさが訪れた。

「それでどうなんですか」とフランチェスカは訊いた。

「どうやら誤解されているみたいですね」とわたしは答えたけれど、あいにく、ビールを買いに行くご仁は、まだマンションを出ていなかった。「芸術家などではありませんよ」

「わたしはそう言ったの。タクシー運転手ですよね」とイポーリタは、してやったりというような口ぶりで言った。そのとき、彼女の口もとが黒っぽいうぶ毛に蔽われているのに気がついた。

「じつは退職したんですよ」とわたしは打ち明けた。

「あら、退職した芸術家だったのね」とフランチェスカが祝福するような口調になった。「何も謝ることはないわ。ここにいるわたしたちはひとり残らず退職者なんですもの。まったく働いたことがないひとは除きますけれど」

「わたしも家事を退職したんですよ」とイポーリタが口を挟んだ。

「いや、いや、違うんですよ。芸術家なんかじゃありません」とわたしは念を押したが、自分でもおかしくなるほど力が入っていた。

オードヴルがいっぱい乗った皿をわたしに差し出そうと近づいてきた読書会のメンバーのひとりは、きびすを返すと、椅子の上に皿を置いた。

「ビールはどうしますか。買いに行くんですか、行かないんですか」とべつのメンバーが戸口から尋ねた。

「ちょっと待って」とフランチェスカは命じたあと、わたしにこう問いかけた。「さっき画架と絵を運び入れていましたね。あれはどういうことなんですか」

「父の形見なんです」と答えた。「父は絵を描くのが好きだったんです。わたしも好きでしたけれど、もうずいぶん昔の話ですよ」

「夢やぶれた芸術家こそ、わたしたちに欠けていたものです」とフランチェスカは叫んだ。「しかも、血統書つきとはね。では、いったい何の仕事をしていたんですか」

「タコス屋です」

「タコス屋ですって」

「ええ、カンデラリア・デ・ロス・パトス街に屋台を構えていたんですよ」

読書会のメンバーは、シャンパーニュを瓶に戻しはじめた。そのとき、手が震えたせいで、優に半分はこぼれてしまった。フランチェスカは、マンションの玄関の敷居のところで事のなりゆきを見守っていたメンバーの方に目をやってから、こう言い放った。

「二十ペソ、返してちょうだい」

わたしは、とたんに、右手からシャンパーニュ入りのコップの重みが消えてなくなり、左手からイポーリタがDDTのスプレーをひったくるのを感じた。やがて、メンバーがフランチェスカにしわくちゃの紙幣を返すのが見えた。そのあと、読書会メンバー全員でオードヴルを分け合い、シャンパーニュの瓶にもう一度コルクの栓をして、カクテル・パーティーをおひらきにすると、ふたたび読書会をはじめた。フランチェスカは、頭のてっぺんから足の爪先まで、足の爪先から頭のてっぺんまで、まだわたしを睨(ね)め廻しながら、老いさらばえた容姿をしっかりと脳裡に刻みつけていた。そのあげく、こうのたまったのだ。

「とんだ食わせものだったわ」

こちらはこちらでフランチェスカをまじまじと見つめながら、箒(ほうき)を伸ばしたようにすらりとした体の線をたどった。そして、こちらが部屋とのあいだを昇り降りしているうちに、彼女が髪をふりほどき、ワンピースのボタンを外して少し胸をのぞかせていることに気がついた。すると、股間のものが尋常ならざるかたちで跳ねあがるのを感じた。フランチェスカが何をしているのか瞬時に呑みこんだわたしは、その日以来、お決まりのギャグになるはずの、次のような叫び声を初めて発したのだった。

「マダム、タコス屋風情(ふぜい)で申しわけありませんでしたね」

母は、飼い犬の検死をしてもらうように要求した。父は、それを阻もうとしたけれど、首尾よくいかなかった。

「犬が何で死んだか分かって、何の役に立つというのだ」と問い質した。

「何が起きたのか知る必要があります」と母は答えた。「どんなことでもちゃんと説明がつくものなんです」

犬は、前の夜、吐き気を催して吐こうとしたが、うまく吐けなかった。母は、靴下を数えたけれど、きちんと数は揃っていた。そのときふと、疑念が湧いてきた。というのも、父は、毎日、夕食後に、犬を散歩に連れ出していたからだった。そこで、肉屋に金を払って犬のお腹を切り開いてもらうことにした。家の奥の方にある洗濯もの干し場――母はそこに絨毯のように古新聞を敷きつめていたが――に、死体が運びこまれた。解剖の仕度が進められるあいだ、父はずっと母の後ろについて廻り、こうくり返していた。

「どうしても必要なのかね。ほんとうに必要なのかね。犬が可哀想じゃないか、むごい話だよ」

わたしは父を落ち着かせた。

「大丈夫だよ、パパ、もう痛くはないんだから」

当時、わたしは八歳になるところであった。解剖の仕度は進んでいた。父は、手術をやめれば、その代わりに、みずから犬の絵を描いて、母が忘れないように、家の居間の壁に飾るつもりだと約束した。

「具象画にするよ」と父ははっきり述べた。「前衛的なやつなどもってのほかさ」

母は、そんな言いぐさには耳を貸さなかった。というのも、両親が恋人同士であった頃、父が描いて、結婚祝いに贈った、キュビスム風の母の絵をめぐって、未解決のままになっている、つまり、ずっと後まで尾を引いている揉めごとがあったのだ。母は、その絵を毛嫌いしていた。その日の気分にもよるけれど、道化師やお化け、もしくはデフォルメされた、でっぷりと太った女に見えたりするんですもの、と言っていた。

「ほんとうに必要なのかね」と父はふたたび訊いた。

「もう二度と起きてほしくないのよ。二度と起きてほしくないから、何が起きたのか突き止めなければならないのよ」と母は頑として譲らなかった。

八歳の男の子でさえ結論を出すことができた。犬が二度死ぬことなどありえないからだ。一歳年上の姉は、パパイヤ並みの速度で成熟していたけれど、わたしを脇に連れてゆくと、こう言った。

「ほら、父さんの顔を見てごらん。まるで自分がお腹を裂かれるみたいよ」

父は、わたしのベッドの敷布のような顔色をしていた。敷布は、光沢はなくなっていたけれど、母が大量に漂白剤を使うせいで真っ白になっていた。肉屋は、父が気を失うのではないか、血圧が上がっているのではないか、と尋ねた。それは、うだるように暑い夏の昼下がりだった。だから、犬が悪臭を放ちはじめる前に、早く手を打った方がよかった。母は、家族の揉めごとを解決するときの、いつもの、もったいぶった、冷ややかな口ぶりでこう答えた。

「仕事に取りかかってくださいね」

肉屋は、犬の顎先からお腹まで切り開いた。血が、アビラ・カマーチョ大統領〔一八九七―一九五五。本名マヌエル・アビラ・カマーチョ。一九四〇―四六、メキシコ大統領。親米的な政治をおこない、経済を発展させ、社会保障と教育を充実させた。革命党を制度的革命党に改組した〕の写真の上にしたたり落ちた。大統領は、まるで襲撃を受けたかのように、万歳をしていたけれど、ほんとうは喝采に応えていたものと思われる。母は、昔のエトルリアの占い師のように、しゃがみこんで犬の腸を調べ、未来を占った。そして、文字どおり未来が見えたのである。というのも、未来はつねに過去の忌まわしい結果にほかならないからだ。解剖の結果、えんえんとどこまでも伸びている、ナイロン製のストッキングが、犬の内臓に巻きついているのが判明した。つまさにシェーンベルクの言葉どおりだった。順序はあべこべだったけれど、最後は同じ意味になった。つまり、母は、期せずして納得がゆくものを発見するに至ったのである。父は、犬がアラメダ公園あたりをうろついていたためだと言いわけをした。両親の家は、メキシコ・シティーのほぼ中心地に位置していたのだ。

「そんな見え透いた嘘をついても駄目ですよ」と母は言った。

わたしが笑うと、父はぴしゃりと顔をなぐった。姉が笑うと、母は腕をつねった。わたしたちふたりは泣き出した。晩ごはんの時間がくると、父はいたたまれなくなった。外出する口実もないまま、家をぬけだし、それっきり二度と帰ってこなかった。肉屋は犬の亡骸を運び出し、きちんと葬ってやりますからと約束した。けれども、肉屋のあとをつけた姉によると、街角のタコス屋に売りつける相談をしているところを目撃したとのことだった。また、こうも言った。母さんは犬をとても可愛がっていたから、この話をしてはいけませんよ。そう、母は犬を可愛がるのが生き甲斐だったのである。

明くる日、母は悲しくてやりきれず、晩ごはんを作らなかった。母はその場を取りつくろうために、わたしたちをタコス屋に連れていくことにし、新しい暮らしの始まりですよと言った。姉は、じゃあ、ポソレ〔トウモロコシ、豚肉、野菜、唐辛子の煮こみ料理〕が食べたいわと話した。わたしは、エンチラーダ〔タコスの皮に肉などを入れ、チリ・ソースをかけた料理〕がいいなと言った。タコスがいちばん金のかからない食事だったので、母に意見を変えさせる術はなかった。タコス屋の主人は、わたしたちが屋台に近づいてゆくと、変わり者でも見るかのように首を振った。そんなに珍しい話でもなかったのに。鶏を大事に育てたあと、よりにもよって誕生日にモーレ〔鶏肉のチョコレート・ソース煮。バター・ライス添え〕にして食べるようなひとはいないとでも言うのだろうか。

わたしが小説を書いているという噂の出所については、さまざまな考えが浮かんだ。そうした考えは、フランチェスカがどうしてそんなことを思いつくに至ったのかをめぐるものだった。たぶん、いちばん理にかなっているのは、すべては、マンションの壁——それはほとんど想像の産物でしかなかったけれど——の馬鹿げた厚さ、というか薄さに起因しているとすることであろう。そのせいか、聞き耳を立てることがもっとも人気のある愉しみになっていたのだ。けれども、加えて、ご当人が生まれつき作り話が上手で、何らかの魂胆があるひとでなければならなかった。でなければ、わたしがじっさい書いてもいない小説を書いていると言いふらして、いったい何の得があるというのだろう。

たしかに、わたしは数冊のノートを持っていて、絵を描いているときがある。とくに夜明け前に、その日の最後の歌を口ずさみながら。いや、最後から二番目の歌か、三番目のことだってあるかもしれない。ともあれ、絵を描いては思いついたことを書きこんだ。絵を描いては言葉を添えているうちに、うとうと居眠りをして、鉛筆を取り落とし、敷布に転がりこむことになった。しかしながら、そのことと小説を書いていることとは大違いである。両者のあいだには、一大決心をして飛び越えなければならない深淵が口を開けているのだ。それにしても、フランチェスカは、わたしがノートに書き留めているのが小説であるなどという考えを、いったいどこからひねり出したのであろう。

わたしがほんとうに好奇心をそそられたのは、フランチェスカがどうやってノートの内容を突き止めているかだった。というのも、背筋が寒くなるほど隈なく知っていて、まるで通俗小説の新しい一章でもあるかのように、読書会の仲間に吹聴していたのだ。わたしは、ノートを利用してフランチェスカに短い手紙を送っていた。たとえば、牝犬にのしかかっている牡犬のスケッチの下に、足の長い蜘蛛を思わせるような、金釘流の文字でこんなふうに書いた。〈フランチェスカさま、あすの夜九時に部屋でお待ちしております。八時半に精力剤を服用しておきますけれど、前戯をする時間はたっぷりと確保してあります。ビールを一、二本飲みましょう。もっと度数の高いやつ、たとえばテキーラとか、メスカルとか、はたまたウイスキーがよかったら、そう言ってくれたまえ。けっこういけるトラルネパントラ産のウイスキーがありますよ。それから、皮のミニスカートとか、コレヒオ・デ・サン・イルデフォンソ校の中庭見学に行ったときに着ていた赤のワンピースとか、おしゃれをしてお越しくださいね〉。翌朝、玄関ホールにおける読書会では、みんなが臨戦態勢に入っていた。そして、隣りの八百屋で買ってきた、腐ったトマトをわたしにぶつけはじめる一方で、口々にこう叫んだ。

「そんなわけで、小説なんか書いていないのね」

「エロお爺さんだわ」

「あんなの小説とは言えませんよ」

それに対して、わたしは次のように答えた。

「ちゃんとお断わりしたはずですよ」

これは、べつの日の話だが、わたしは連中の頭を狂わせてやろうと思って、アドルノの『美の理論』からまるごと一段落をノートに書き写した。〈芸術作品にすべての責任を負わせることを求めれば、過大な責任を押しつけることになる。それゆえに、正反対の無責任さを求めて、それに対置させるようにしなければならない。無責任さというものは、芸術に不可欠な遊びという要素を想い起こさせる。生真面目な色合いは、権力的でいかめしい行動と同様、芸術作品を滑稽なものに貶めることであろう。芸術作品において、無条件に威厳のあるものを放棄すれば、確乎とした方法論的原則となるに違いない〉。トロイは、集中放火を浴びせられて炎上することになった。連中は、なんと、ひとり頭、一キロのトマトを買ってきた〔四四頁最終行から次頁一行目を参照〕のである。

わたしは、どんな揉めごとや諍いも、『美の理論』からの引用を唱えて解決する悪い癖がついていた。そうやって、電話セールスの男や何人もの行商人、数十名の保険外交員、六回の月賦で墓を売りつけようとした輩を追っ払ったことがあるのだ。マンションから四ブロックほど離れたところに、銀行の財団が作った図書館があるけれど、そこでこの本を見つけたのである。わたしは、帯つきの本をズボンのシャツの下に隠して、外来で透析に来た患者のような顔をして持ち出した。そして、泥棒に泥棒をはたらいた泥棒になった。というのも、真っ白な一頁目にUNAM〔Universidad Nacional Autónoma de México メキシコ国立自治大学〕哲学部の判が押してあったからだ。厳密にいえば、泥棒に泥棒をはたらいた泥棒に泥棒をはたらいた泥棒というわけだ。ふと三十七頁を開くと、探さざる者、発見に至らず、というシェーンベルクの言葉に出くわし、母親のことを想い出した。『美の理論』は、歴史の部の、サルバドール・ノボ〔サルバドール・ノボ・ロペス。一九〇四―七四。メキシコの詩人。〈ロス・コンテポラーネオス〉誌同人。メキシコ言語アカデミー会員〕

回想録とセルバンド師〔一七六五—一八二七。メキシコの元ドミニコ会修道士、リベラルな司祭、メキシコ独立に関する多数の政治哲学論文を書いた。レイナルド・アレーナスの傑作『めくるめく世界』の主人公、怪僧セルバンド・デ・ミエル師そのひと〕回想録のあいだに、はめこまれていた。つまり、シェーンベルクもアドルノも、そして母親も望まなかったであろうが、探さざる者とて、発見に至ることあり、なのである。

それから三日目、フランチェスカは、失望した気持ちを整理して、わたしの部屋のドアを叩いた。ひどく暑かったけれど、彼女のドレスの深い衿（えり）ぐりを眺めているうちに、途方もない期待を抱いてしまった。まるで、プエブラの町〔メキシコ中南部の同名州の州都〕に行かずして、プエブラの会戦〔一八六二年五月五日、メキシコ軍がフランス軍を撃退した会戦〕に勝利を収めることができたかのようだった。フランチェスカは長い髪を垂らし、首には細い金のネックレスをつけていた。ネックレスからは、どうやら婚約を示すものとおぼしい、これまた細い指輪がぶら下がっていた。

「入ってもいいかしらん」と訊いた。

わたしは、彼女が通れるように体をよけると、どうぞ、どうぞ、遠慮なく、と思わず知らず丁寧な言葉づかいになっていた。ふと、薬局に行っておくべきだった、と思った。〈薬局に行くこと〉と心の中でメモを取った。

「ビールでもいかがですか」と話しかけた。

「ビールね、それよりも」と彼女は答えた。「アニス酒の方がいいわ。アーモンド・リキュールでもかまわないけれど」

「ビールしかないんです。あとは、ミネラル・ウォーターがありますけれど」

「じゃあ、ミネラル・ウォーターをいただくわ」

「さあ、どうぞ、坐って」

わたしがミネラル・ウォーターをグラスに入れているあいだに、フランチェスカは、テレビの前に置いてある、ただひとつの肘掛け椅子に腰を下ろした。横目づかいに見ると、彼女は部屋を細かく点検している様子だった。正面の壁にかかっている絵や、入り口のそばの壁の棚に山積みになっている、ノートと数冊の本に目を留めていた。そうした本の中には、小説は一冊も混じっていなかった。ほかにもう少し見るべきものがあった。食堂のテーブルと、まだ荷ほどきしていない箱が二個。そして、むろん、ゴキブリが控えていることは言うまでもない。

ミネラル・ウォーターのグラスを渡したあと、テーブルにもたれながらフランチェスカの正面に立ち、水をちびりと飲むさまを眺めていた。坐る場所がなかったのだ。わたしの魂胆はさておき、ありていに言えば、ふたりが心地よくしていられる場所は、ベッド以外になかったのである。わたしは腕組みをして、フランチェスカが口を切るのを待っていることを態度で示した。しゃべり出すのに数秒かかった。まるで、あらかじめ頭の中で、今まさに口にしようとしている言葉の組み立てをどうすべきか、確かめる必要があるかのようだった。ようやくフランチェスカは口を開いてこう言った。

「うかがったのはほかでもないわ。正式に文学作品の読書会に加入していただくように、お誘いするためなのよ」

それから、フランチェスカは、また一口ミネラル・ウォーターを飲んだけれど、そのあいだ、わたしの頭の中では、耳に快いメロディーが弾んでいたのである。〈うかがったのは、ほかでも、ないわ。正式に、文学作品の、読書会に、加入して、いただくように、お誘いするため、なのよ〉。そうした間の取り方は、言葉がじゅうぶんな効果を生み出すように、そして、そんな申し出があること自体、名誉なことだ、という結論に、そのとき、わたしが達するゆとりを与えるためのように見えた。もちろん、身に余る光栄なことであった。もしわたしが受け入れれば、それ以降、フランチェスカがわたしに対してふるうであろう権力は、ここに源泉があるということになる。

「ありがたい話ですけれど」とわたしは答えた。「興味ありませんね。小説は読まないんですよ」

右手に握ったフランチェスカのグラスが震えた。ほんの少し口をつけただけだったので、水がこぼれそうであった。彼女は、ドアのそばの本棚の方に目をやった。

「そこにある本は小説ではありませんよ」とわたしは付け加えた。フランチェスカは、遠くから見ているせいで勘違いをしかねなかったので、こちらが先手を打ったのだ。彼女は、視線をわたしの方に戻すと、またひと息ついて、今度は搦め手から攻撃をはじめた。

「だけど、小説を書いているわ。もし小説を書きたいのなら、読書をするのがいちばん効果的なんですよ。乱読をおすすめします」

「何ですって」とわたしは聞き返した。

「そうなんです、文学の伝統を摑んでおく必要がありますからね。さもないと……」

「小説なんか書いていませんよ。どこからそんな話を仕入れてきたんですか」

「嘘をつかないで。このマンションでは誰もがすべてお見通しなんです。横の繋がりがある共同体なのよ」

「口うるさいということですか」

　フランチェスカは、憮然とした表情を見せながら、グラスを差し出した。わたしにテーブルの上に置いてもらおうと思ったのである。

「タコス屋だったことは、もう許してもらえたんでしょうか」とわたしは皮肉たっぷりに言った。「そもそもタコス屋風情(ふぜい)が小説なんか書いていいんでしょうか」

「ひとの話に耳を傾ける気があるのなら、かまわないと思うわ。たくさん面白い話を聴いておかなければならないんですもの。でも、耳学問したから、すぐ文章が書けるってわけではないのね。お望みとあらば、いくらでもお手伝いしますよ。読書会が大いに役立つはずよ」

「ありがたい話ですけれど、小説は読みませんし、書きませんから」

「皆さん読書会にいらっしゃっているんですよ」

「勘弁してくださいよ」

「前にこの部屋に住んでいたひとも入っていたわ」

「だからこそ、逝(い)ってしまったんでしょう。どんな目にあったか知らないとでも思っているんですか」

　前の住人は、カルロス・フエンテス〔一九二八―二〇一二。メキシコの作家。現代ラテンアメリカ文学を代表する作家のひとり。作品に『アルテミオ・クルスの死』『テラ・ノストラ』など〕の最新作の小説を読んでいる最中に、心臓発作を起こして急逝していたのである。まさしく玄関ホールで冷たくなってしまったのだ。彼を偲(しの)んで、郵便受けの下に木の十字架が張りつけられていた。まるでカルロス・フエンテス本人がスポーツ・カーに乗って、轢(ひ)き殺したかのようであった。

「確かにわたしたちは、すべり出しからしっくりとはいきませんでしたね」とフランチェスカは言ったあと、前屈(かが)みになったので、ネックレスについた指輪が宙ぶらりんになり、ワンピースの生地の皺(しわ)が一センチほど大きくなった。「ですから、読書会は、そうした関係を修復する絶好の機会になるんですよ」

ネックレスについた指輪がくるくる廻りはじめるように見えた。ひょっとすると、フランチェスカはわたしに催眠術をかけようとしているのではないだろうか。

「修復すべきものなどありませんよ」とわたしは答えながら、視線をそらし、バルコニー越しにわずかにのぞいている青空を見つめた。「絶交したわけではありませんからね」

「何ですって」

「これでも恨みがましい性格ではないんです。ご心配なく」

「じゃあ、あす、お待ちしていてもいいんですね。十時に開始します。いま読んでいる本のあなたの分は、こちらで用意しますね。まだ第二章に入ったばかりですから、すぐに追いつけますよ。験(げん)かつぎをしないのでしたら、前に住んでいたひとが使っていた電気スタンドを進呈いたしますよ」

「いい加減にしてくださいよ、参加いたしません」

フランチェスカは立ちあがると、付いてもいないパン屑を払うような仕草をして見せた。

「だからといって、親しく交際しないというわけではありませんよ」とわたしは話をつづけた。「角の酒場で一杯やりませんか。ついでに、薬局で必要な薬を手に入れておきますね。では、まいりますか」

「小説を読まずして小説は書けませんよ」とフランチェスカは警句めいた言葉を発した。

「なるほどね。一石二鳥ってわけだ」

フランチェスカは、誘いには応じないで立ち去った。彼女がしつこく誘ったわけを調べてみると、マンション内を支配しようとする政治的な策略に加えて、他愛もないことながら、まぎれもなく決定的な理由があることが分かった。じつは、小説は十二冊まとめ買いしたら、注文先の書店で大幅な値引きをしてくれる手筈（てはず）になっていたのである。

家で夫婦喧嘩になるたびに、母は、父に、あなたには〈画家としての資質〉がそなわっているのよ、と言ってやりこめた。そうした言葉は、彼女一流の口ぶりで、しかるべき文脈の中に置かれると、身体的な欠陥のように思われた。ありていに言えば、父が決して太刀打ちできない悪口にほかならなかった。父は口頭で反論を試みる一方で、何度もそれに背くような行動に出たのである。母がおのれの見立てを裏づけるために溜めこんだ事例は、枚挙にいとまがなかった。

父は、わたしたちを棄てて家を出てゆく数カ月前に、腐ったパパイアの絵を描くことを思いついた。小さめの、少々しなびた、パパイアを市場から持ち帰って、ふたつに割り、白いカーネーションを挿したグラスとともに、イーゼルのそばのテーブルの上に置いた。くだものの位置と花の傾きかげんを何度も変えた。そして、満足のゆく構図ができあがると、こう注意した。

「誰もさわってはならんぞ。食べたりしたら許さんからな。わたしは、生命の黄昏というか、衰頽、もしくは終焉（しゅうえん）、限界をめぐる習作を描くつもりなんだ」

むろん、次の日、パパイアが腐る前に、蠅の群れが構図に魅せられてたかることがないように、母は、父の留守中に、パパイアを角切りにして姉やわたしに配った。わたしはさすがに口をつける気にはなれず、隠しておいた。そして、父が仕事から帰ると取り出して手渡した。父は、母が裏切ったことをなじった。すると、母はこう答えた。

「ひとつのパパイアをむだにしたいと思うなら、ふたつ買うだけのお金を持っているべきなのよ」

それは、父が秘書までついた営業部長に就職する以前の話であった。父が仕事にありついたおかげで、家族はみじめな暮らしから抜け出すことができた。さて、父は、蠅のたかったパパイアの切れ端を乗せた皿を、右手のたなごころに乗せた。そして、こうぼやいた。

「わたしのことを分かってくれるのは子どもだけだな」

母は、次のように答えた。

「子どもに最悪のお手本を見せているくせに。わが家から何としてでも画家が出てほしいのよ。立方形に切ったパパイアを描けば、立体派（キュビスム）の絵になるというのに。未完成なもの、断片的なもの、家族の経済力の限界をめぐる習作になるはずよ。もっとも、その家族の大黒柱は何もせずにぼうっとしているわ。画家としての資質を持てあましながら挫折を愉しんでいるのよ」

父は、わたしにパパイアを返した。

「もう食べていいよ」

けれども、わたしはそんな気持ちにはなれなかった。ひとまず、皿をベッドの下に隠すことにした。そして、蠅がわたしの耳の中に卵を生みつけようとする時分になってから、ゴミ箱に棄てた。

わたしは、トマトつぶてに遭うと、シッポを巻いて逃げ出し、八百屋をめざしてまっすぐにひた走った。店では、女将がげらげら笑いながら迎えてくれた。

「トマトはおいしかったかしらん」と彼女は尋ねた。「特級品を取っておいたのよ、ホテルでいえばハイアット・クラスってところね」

「偽善者どもにトマトをやるようなマネだけはやめてほしいな」とわたしは頼んだ。

「誰でも反乱を起こす権利はあるのよ、あのひとたちでもね」

八百屋の女将は、反乱によって生き方と生き甲斐を見出していた。少なくとも食べられるような野菜を売っているところは、一度も見たことがなかった。その代わり、あらゆる騒動の供給元になっていた。悪臭ふんぷんたる店のトマトは、レフォルマ大通りやソカロ地区、ブカレリ大通りでは、つとに有名であった。サン・マテオ・アテンコ〔メキシコ・シティーの西方にある町〕の百姓たちは、空港用に土地が接収されたとき、反乱を起こしたけれど、そのときもトマトを供給したのである。

　八百屋の女将について特筆すべき点は、フランチェスカより五歳、わたしより十一歳、年下であることだった。年齢差は、わたしぐらいの歳になると、最低でも三倍ぐらいの影響をもたらす。フランチェスカの方が、八百屋の女将よりも若さを保っていると言えるであろう。行動派の人生と比べれば、知的な人生を送っている方が、肉体的な衰えが少ないのは当然だった。けれども、老け具合をうんぬんすることなど、どうでもよかった。わたしたちは、冷蔵庫に入っている何リットルもの牛乳でもなければ、三〇年代か四〇年代の荷車でもなかったからである。ほんとうに大事だったのは、八百屋の女将が抱えているとフランチェスカが睨んでいる熱意と欲望だった。それらは、じっさいよりもフランチェスカの頭の中で大きくふくらんでいた。本当はどうかということも、どうでもよかったけれど、フランチェスカが想像をたくましゅうしていることは問題であった。どうやら、わたしが八百屋の女将に言い寄れば言い寄るほど、フランチェスカと親密な関係になれそうだった。その場合、八百屋の女将の胸の、ド派手な大きさは考慮に入れていない。それは、フロイトご当人のあご髭を逆立てさせかねない、心理的、かつ性愛的な葛藤にほかならなかった。

　八百屋の壁には、さまざまな記念日と旬（しゅん）の野菜が書かれているカレンダーが掛けてあった。三月は、石油接収がおこなわれた時期、ベニート・ファーレス〔一八〇六―七二。先住民出身初のメキシコ大統領。保守派と自由主義派の内戦、レフォルマ戦争において後者の指導者として勝利を収める。のちに、ナポレオン三世のフランス第二帝政による政治介入に抗戦し、撃退した。〈建国の父〉と呼ばれている〕の誕生日、カボチャと早桃李（はやとうり）の季節であった。五月は、行事たけなわの季節で、勤労感謝の日、サンタ・クルスの日、プエブラの会戦の日、教師の日、生徒の日があり、早桃李、レタス、トマトが旬を迎えた。九月は、プエブラ産の唐辛子が出まわり、大統領白書が発行され、米墨（べいぼく）戦争の英雄的な青年たちの日、独立記念日がやってきた。十月と十一月は、記念日は少なかったけれど、トマトがいちばん売れる時期であり、トラテロルコ広場事件の日〔一九六八年十月二日、メキシコ・オリンピック開催十日前に、首都で起きた、軍と警察によって学生と民間人が虐殺された事件〕、民族の日、メキシコ革命記念日〔一九一〇年十一月二十日、マデーロによる武装蜂起から始まったメキシコ革命を記念する日。現在、十一月の第三月曜日が祝日〕がめぐってきた。

八百屋の女将は、わたしの方にむっちりした腕を伸ばすと、顔や髪、首筋、両腕についたトマトの汚れを拭きとるように、ひと巻きのトイレット・ペーパーを差し出した。そして、わたしが着替えるように、二〇〇六年の選挙運動〔大統領、上院、連邦区下院の選挙がおこなわれた〕のときに使われた黄色のTシャツを貸してくれた。わたしは、もちろん、あとで返したけれど、それはまたトマト襲撃事件に遭ったら、貸してもらうためだった。そうした事件はあまりにも頻繁に起きたので、月日は去りては来たり、去りては来たりするうちに、このわたしめは、とうとうメキシコ民主革命党員になりおった、と巷（ちまた）ではもっぱら噂になるくらいであった。そのあと、女将は、角の店に大瓶のスペリオール・ビールを買いにいくように、大声で若い店員に命じると、店員は言われたとおりにした。女将は、ふたつのグラスにビールを注ぐと、こう話を切り出した。

「インテリさんたちは、どのあたりで振り払ってきたの」

「マンションの中だよ。トマトが底をついたので、また読書会に戻ったんだ」

「あれでも、外で展開するときは、必要な人員なんですから……最前線部隊としてね」

トラックが到着して、わたしたちの話をさえぎった。荷台からは傷（いた）んだ野菜が降ろされた。ポランコ地区のレストランやホテル、オラシオ街のセルフサービスの店であるスペラーマ、ラス・アメリカス競馬場、果てはラス・ローマス青物屋から出されたものだった。野菜をゴミ箱に棄てる代わりに、とくに、食うに困った連中が、周辺にたむろして、野菜を漁（あさ）るのを避けるために、八百屋の女将は、もらい受けるように手配したのである。そして、いちばん必要としている人びとに〈お手頃な〉値段で売りさばいていたのだ。女将の話ではそうだったし、ある意味では嘘はついていなかった。店では、トマト一キロが、市場の値段の百分の一であった。つまり、一キロの値段で、反乱を起こす連中は百個のトマトが買えたことになる。それは、まぎれもなく社会事業と言ってよかった。もっとも、提供者たちが想像しているとおりにはならなかったけれど。じつは、舌の肥えた人びとが食べようとしない野菜は、最後にはその顔にぶつけられるかたちで消費されていたのである。

わたしたちは、ビールを飲んでいた。二杯目になると、必ずマデーロ〔一八七三―一九一三。本名フランシスコ・イグナシオ・マデーロ・ゴンサーレス。メキシコ革命時の大統領。ポルフィリオ・ディアス大統領の独裁に反旗を翻した。在任期間一九一一―一九一三。訳詩集『月下の一群』で著名な堀口大學の父親、九萬一は当時の駐墨日本公使だったが、マデーロ大統領の家族を公使館にかくまったことで知られる〕の出番がやってきた。いつもそうだった。祖国の運命は、マデーロのせいでめちゃくちゃになってしまった。フローレス・マゴン〔本名シプリアーノ・リカルド・フローレス・マゴン。一八七四―一九二二。メキシコ革命時代の有名なアナーキスト〕が指揮を執っていたら、もっとましな結果になっていたはずよ、とは、八百屋の女将の持論であった。

「では、どうすればいいか分かるかしらん」と女将は訊いたかと思うと、自らすぐにこう答えた。「マデーロの体に何発か銃弾をぶちこんでやればいいのよ」

「そんなことはもうとっくに起きましたよ、そこのレクンベリー宮殿のそばでね」とわたしは教えてやった。

「もう一回やり直すのよ。どこに埋葬されているか知っていますか」

わたしたちは、革命記念碑にあるマデーロの墓を暴(あば)く計画を立てた。地下鉄で三駅ほどだから近かった。マデーロのそばには、ビジャ〔本名ホセ・ドロテオ・アランゴ・アランブラ。一八七八―一九二三。メキシコの革命家。通称パンチョ・ビジャ。マデーロ支持者〕やカランサ〔本名ベヌスティアーノ・カランサ・ガルサ。一八五九―一九二〇。メキシコ革命時の大統領。在任中にメキシコ憲法が起草された〕、カジェス〔本名プルタルコ・エリアス・カジェス。一八七七―一九四五。メキシコ大統領。制度的革命党の前身、国民革命党を創立。マデーロ支持者〕や政敵のラサロ・カルデナス〔本名ラサロ・カルデナス・デル・リオ。一八九五―一九七〇。カジェスの傀儡（かいらい）として大統領になったが、社会改革に邁進した〕が葬られていた。ただひとつ共通していたのは、全員が口髭をたくわえていたことである。八百屋の女将はこう叫んだ。

「そのためには、詭弁が役に立つのよ。記念碑を建てるためにはね」

マデーロ事件〔一九一三年二月二十二日、首都のルクンベリー宮殿で起きたフランシスコ・イグナシオ・マデーロ大統領とホセ・マリア・ピノ・スアレス副大統領暗殺事件〕は、ちょうど百年前の、一九一三年二月に起きていたけれど、八百屋の女将の頭では、まるでおととい起きたかのようであった。サパタ〔本名エミリアーノ・サパタ・サラサール。一八七九―一九一九。メキシコ革命時の国民的な英雄。人民の財産を守る〈アヤラ綱領〉を発表し、波瀾万丈の生涯を送る〕暗殺から、ロペス・オブラドール〔一九五三年生まれ。本名はアンドレス・マヌエル・ロペス・オブラドール。民主革命党委員長、メキシコ・シティー市長をへて、二〇〇六年、二〇一二年、二〇一八年の大統領選挙に出馬し、三回目で当選を果たす〕に対しておこなわれた選挙違反事件まで、祖国のありとあらゆる不幸な出来事は、同時に起きるか、地球を優にひと廻りして冥王星に達している石の連なりのように、次々と発生する、そんな時代に彼女は生きていたのである。

八百屋の女将は、わたしの小説について、というか、わたしがノートに何を書いているか突き止めようと思って、フランチェスカがさぐりを入れる方法について、独特の見方をしていた。女将の持説によれば、フランチェスカはＣＩＡの諜報員であった。わたしはそんな意見には与しなかった。現実は、イデオロギーには屈服しないことを、経験によって知っていたからだった。

「考えてみてよ」と女将は言った。「フランチェスカのことで何か分かっていることはあるかしらん。そもそも未亡人なの、離婚しているの、子どもはいるの、はたまた、行かず後家なの、これまで何の仕事をしていたというのよ」

「語学の先生だったことは分かっています」とわたしは答えた。

「ほらね。英語の先生はＣＩＡのために働いているのよ。そんなことは誰でも知っているわ。映画にも出ていたし。彼女がどんなふうにしてマンションに入ったと思っているの」

「みんなと同じ、抽選ですよ」

「抽選によって来たひとなんか誰もいませんよ。あなた自身、抽選によって来たとでもいうの。あのマンションに入れるのはコネがあるひとだけです。素寒貧だけれど、コネがあるひとなのよ」

沈黙は災いのもと、というけれど、わたしは黙りこんで何も言わなかった。どうやってマンションに入れたか、ふれ廻るのは好きではなかったのである。ふつうは、書類をしこたま書かされた上で、入居者の誰かが天に召されるように、あるいは、もはや介護なしでは生きていけなくなったと宣告されるように、そのあと、やおら官僚が千年の眠りから覚めて裁判を起こすように、八百万の神々に祈らなければならないことになっていた。あまつさえ、抽選という関門が待っていた。当選の確率は、数千分の一であった。死者を放り出して部屋を空けることを考える以外、誰もそんなまどろっこしい手続きを踏もうとする者などいなかった。

「フランチェスカがマンションにやって来たのは、使命を帯びているからなのよ」と八百屋の女将は言った。

「けれども、もう退職していますよ」

「CIAの諜報員が退職することは絶対ありませんね」と女将はくり返した。「退職していたら、あんなしけたマンションにもぐりこむ必要があるかしらん。彼女、あれでも気位の高い女なのよ。退職していたら、いま頃はテポツラン〔モレロス州の観光地。メキシコ・シティー近郊〕か、チャパーラ〔ハリスコ州のリゾート地。チャパーラ湖周辺はグアダラハラ市民の週末の憩いの場〕で暮らしているでしょうね。だから、言っているとおり、使命を帯びているというわけ。あなたの動静をさぐりながら、ついでに読書会に出ている連中を洗脳しようとしているのよ。考えてみて、彼女にはハイボール用グラスたったひとつあればすむんです。それを壁に押しつけて、耳を当てる算段をしているに違いないわ」

「けれども、わたしは声に出して文章を書いたりしませんよ」

「わざわざそんなことをする必要はないのよ。ああいった手合いには、ペンがノートにふれる音が聴こえれば、何を書いているか察知する能力がそなわっていますからね」

女将によれば、ノートに書きものをするときは、音が出る何らかの機器にスウィッチを入れ、諜報活動を妨げるように心掛けるといいのよ、とのことだった。わたしは、絵を描くのに飽きると、一度も使ったことがなかったジューサーにスウィッチ入れ、つれづれなるままにノートに想い出すことを書いた。〈五百人の選抜隊は、ホドロフスキーを逮捕するために派遣された。牝鶏を十字架にかけたからであった。ホセ・ルイス・クエバス〔一九三四―二〇一七。メキシコ画壇の〈恐るべき子供〉と呼ばれた。リベーラやシケイロスが起こした壁画運動に反旗を翻した〈断裂の世代〉の代表的な画家〕は、うたかたの命の壁画を描いたけれど、ロサ地区を発明した。ホセ・クレメンテ・オロスコ〔一八八三―一九四九。メキシコの象徴主義の画家。壁画運動の中心的な存在のひとり〕、ディエゴ・リベーラ、ドクトル・アトル〔本名ヘラルド・ムリージョ・コロナード。一八七五―一九六四。メキシコの画家、作家。「ドクトル・アトル」と署名した〕、シケイロスの遺骨は、最後に著名な殿方が眠るロトンダ墓地にたどり着いた。ファン・オゴールマンは青酸カリを飲み、首に縄をかけたとたん、頭に銃弾を撃ちこんだ。彼の遺骨は、現場にとどまることになった。エスメラルダ学院は、ゲレーロ地区に移転していった。ルフィーノ・タマーヨ〔一八九九―一九九一。メキシコの画家。自国の伝統文化とヨーロッパ美術のフォービズムを融合させたような作風〕の絵は七百万ドル、フリーダのは五百万ドル、ディエゴのは三百万ドルで、競売にかけられた。ロトンダ墓地の名前が変更された。著名な殿方が眠るとあったところが著名な人びとが眠るに置き換えられた。そこで、マリア・イスキエルド〔一九〇三―五〇。メキシコ人画家〕の亡骸は、ぶじに著名な人びとが眠るロトンダ墓地に移された〉。明くる朝、フランチェスカは廊下で待ち受けていた。わたしが部屋を出ると、あとをつけ始め、前に立ちふさがって、こう言った。

「そうそう、これまではいなかったタイプですよ。美術史家気どりのタコス屋なんてね」

「うちのお客さんが何と言ったと思いますか」とわたしは応じた。「いま求められているのは、美術のことが分かるタコス屋、美術に興味を抱いているタコス屋に違いないね、だってさ」

「そのお客さんって誰なのよ。バスコンセーロス〔本名ホセ・バスコンセーロス・カルデロン。一八八二―一九五九。メキシコ革命の〈文化的な頭領〉と呼ばれている。近代メキシコの発展に貢献した作家、哲学者、政治家。〈宇宙民族〉という哲学は政治、経済、文化など国のあらゆる分野に影響を及ぼした〕じゃなくって？」

「バスコンセーロスが生きていたら、美術館のカフェテリアで飲むビールの値段を聞いて、腰を抜かすだろうな」

ここで話を元に戻すと、わたしは、八百屋の女将に、お勧めどおりにお膳立てをして文章を書いてみましたけれど、うまくいきませんでしたね、と嫌みを言った。

「たったひとつだけできたのは、ジューサーを焦げつかせることでした」

「それはきっとテレパシーによるものね」

「やっぱり、女将はどうかしているよ」

「それこそまさしくＣＩＡの思う壺なの。発覚したときは、誰も信じないような途方もない手口を使うのよ」

「そもそも、フランチェスカは、わたしのことなど探って、いったいどんな得があるというんですか」

「そんなこと分かり切っているでしょう。たぶん、あなたは組織にとって危険な存在になっているのかもしれないわ」

「まさか」

「だって、あなたがいつもあんなに悪ふざけをして見せるのは怪しい、とずっと睨んでいたのよ。気をそらすための方策に違いない、とね。あなたは胸の内にどんな秘密を隠しているか知れたもんじゃない。もしかしたら、人類の未来は、あのノートに書いてあるとおりに進行しないとも限らないってわけね」

女将は、非合法活動をしている同志の助けを借りて、メキシコに潜んでいると想われるＣＩＡ諜報員の名簿を手に入れるところまでいっていた。けれども、フランチェスカの名前は見つからなかった。

「きっとフランチェスカは偽名に違いないわ」と女将は言った。

そこで、わたしたちは本名を探した。あるいは、少なくとも読書会の参加者が呼んでいる名前か、彼女のもとに届けられる手紙に書いてある名前、あるいはマンションの総会の議事録に署名してある名前を探したのである。しかしながら、彼女はリストには載っていなかった。

「見てのとおりだ」とわたしは言った。

「こうした点からひとつだけ分かることがあるわ。本名にも偽名を使っているということです。使命を帯びている女が、本名を名乗るわけがないでしょう。むろん、そう考えると、あたしたちだって本名を使うべきではないことになるわね」

「じゃあ、あなたをどう呼べばいいんですか」とわたしは訊いた。

「さあ、何か思いつく名前はないかしらん。きれいな名前を考えてくださいよ」

「フリエット Juliette はどうですか」

「フリエットね」

「そうです。けれども、ジュリエット Yuliet と発音してください。その方が憶えやすいですから」

「気に入ったわ。で、あなたはどうするの」

「テオという名前がいいですね」

「マテオということなの」

「違いますよ」

「だったら。何なのかしらん」

「テオドーロですよ。けれども、テオと愛称で呼んでくださいね」

女将の名前は、フランチェスカの嫉妬心を掻きたてるために、ジュリエットと発音しなければならなかった。ジュリエットは、3Dのフランチェスカの部屋に押し入って、フランチェスカがわたしに話したことが本当かどうかを確かめてやる、と息まいた。そんな話になる頃には、たいてい、三本目のビールを飲んでいた。そろそろずらかる頃合いであった。その日一日をやりすごすためには、ひと休みする必要があった。八百屋の女将のところからの帰り道、玄関ホールを通りかかり、まったく平穏に読書に没頭しているメンバーのすがたを見ると、わたしはこう言った。

「皆さん、がんばっていますね。痔疾のぐあいはいかがですか」

するとと、フランチェスカが次のように叫んだ。

「ジュリエットっていうのはね、フランス人娼婦の名前なのよ」

ある朝、詩人が亡くなったので、読書会は中止になり、メンバー一同、死者を悼むために急遽出かけることになった。イポーリタだけが例外であった。静脈瘤ができているせいで、思うに任せなかったのだ。わたしが、おんぼろロケット弾のように角の酒場をめざそうとしていたとき、ちょうど彼女が玄関ホールで郵便受けに手を突っこみ、紙切れを入れようとしているところに出くわした。それは、玄関ホールでパンの身で作られた小鳥の展覧会が開かれることを伝えるものだった。わたしは、開催日前の特別展への招待状を折り畳んでズボンの後ろポケットにしまった。そして、出入り口にたどり着こうとしたときに、イポーリタに足を止められた。

「あなたって恩知らずな方ね」

わたしはふり返って彼女と顔を合わせた。イポーリタは敷居のすぐそばまで近づいていたので、朝の光に薄い口髭が浮かびあがっていた。そのときは、玄関ホール独特の薄明かりにまぎれることはなかったので、どこから見ても立派な口髭であった。

「小説の中であたしのことを取り上げていませんね」とイポーリタは不満を洩(も)らした。

「小説ではありませんよ」

「きっとつまらない女に見えているに違いありませんね」

「フリーダ・カーロ〔一九〇七―五四。自画像ばかりを描いた、強烈な個性をもつ、メキシコの女流画家。ハンガリー系ユダヤ人の血をひく。壁画運動で知られるディエゴ・リベーラ夫人。夫の浮気に対抗し、メキシコに亡命したソヴィエト人の政治家トロツキーやアメリカ人の彫刻家イサム・ノグチと浮き名を流した。首都のコヨアカン地区にある〈青い家〉に住んだ〕の絵みたいに愚痴ばかりこぼしていますね。見たことありますか」

わたしはそう言いながら、湿気によるシミに蔽われた、玄関ホールの右側の壁を指さすと、脱兎(だっと)のごとく逃げ出した。夜になると、ノートに子どもの頃の想い出を書いた。母方の独身の伯父は、一族の中で初めてタコス屋をひらいた男だったけれど、みごとな口髭をたくわえていた。おかげで、食べかすまみれになって大変だった。

「北部の人びとはあんなふうにするものなのよ」と母は伯父の肩を持った。

伯父の一族は、サン・ルイス・ポトシー〔同名州の州都。鉱山都市〕の出身だったから、厳密には北部の人びととは言えなかった。北部の南の方となら、言えなくもないだろう。わたしは、伯父が、日曜日の午後じゅう、口髭に引っかかったハラペーニョ唐辛子の蔕(へた)をいじってすごすのを目のあたりにしたことがあった。

明くる朝、玄関ホールには、新しい椅子が並んでいた。木製の、坐る部分と背もたれがふわふわの、リクライニング式の、何とも坐り心地のいい椅子であった。このマンションの連中ときたら、油断も隙もなかった。詩人の葬式会場から盗んできたのだ。美術館前から地下鉄で六駅、離れたところから運んできたのである。モデーロ社製の椅子は、いつもマンションの物置に折り畳んで仕舞われていたけれど、新しい椅子は、そこには入り切らなかったので、けっきょく待合室のように玄関ホールの壁面に並べられた。読書会のメンバーには、そうした配置がいちばん見栄えがするように思えたのである。ゴキブリたちもご満悦の体であった。

　後世の巷では、亡くなった詩人は二流であるとの判断がくだされた。銅像が建てられるには至らなかったし、大通りの名前に採用されることもなかった。ましてや、著名な人びとが眠るロトンダ墓地に入ることなど叶わなかった。生まれたイラプアート地区の、舗装されていない通りの名前になるのが関の山であった。そのあと、べつの詩人があの世に旅立った（ずっと詩人の死は絶えることがなかった）。読書会の連中は、その機会を利用してイポーリタ用の椅子をくすねてきた。そう、確かに、この詩人の場合は、公園に銅像が建てられたので、鳩どもを喜ばせることになった。

マンションの燻蒸（くんじょう）消毒の日がやってきたので、わたしたちは、一日じゅう外で過ごすハメになった。日照りがつづいたせいで、断水がはじまった。パンの身で作った小鳥展の、開催前日の特別公開（ヴェニサージュ）のときに出されたカナッペが、腐っていたために、お腹を壊したひとが続出した。スーパーマーケットの配達員が更迭（こうてつ）されたのはいいけれど、新しい配達員は、ハラペーニョ唐辛子の缶詰を盗んだというので訴えられた。四階の電球が切れた。誰かが玄関の扉を開けっ放しにしていた隙に、モルモン教布教の青年がマンションに入りこみ、各部屋のドアを叩いてまわった。読書会では、フォンド・デ・クルトゥーラ・エコノミカ出版社が出している、フェルナンド・デル・パソ全集版を使って『メキシコのパリヌーロ』〔メキシコの作家フェルナンド・デル・パソ（一九三五—二〇一八）の長篇小説で代表作（一九七七）。粗筋らしきものはないが、恋人の従妹エステファニアと同棲する医学生パリヌーロの生い立ちと遍歴が描かれている。作風はラブレー的で、言葉遊び、語呂合わせ、押韻、シュルレアリスム的なイメージ、文学・歴史・映画についての言及に溢れている〕が取り上げられていた。その版には『ホセ・トゥリーゴ』〔同じ作者の処女小説（一九六六）。ホセ・トゥリーゴという人物を探索する物語〕も収録されていた。一二三〇頁、ハードカヴァー、重さ三・五キロ（リュウマチ持ちは参加を免除されていた）。元配達員が戻ってくるように署名運動がおこなわれた。二階の電球のヒューズが飛んだ。ゴキブリどもは、悠然と構えていた。

母は、代わりの犬を見つけるのに一週間近くかかった。それは、鼻持ちならない雑種の犬で、ふらりん坊という名前だった。というのも、ある日、ふらりと家の玄関にやってきて、扉をひっかきはじめたからだった。ふらりん坊は、鼻面（はなづら）の届く範囲にあるものなら何でも食べた。それは、靴下だけに限らなかったけれど、母は、可愛がっていた前の犬の生まれ代わりだと思いこんでいた。むろん、そんなことは口にしなかったし、その必要もなかった。うっかりしてしょっちゅう、ふらりん坊を死んだ犬の名前で呼んだのである。ふらりん坊は十年間、生きていたけれど、そのあいだに家にあるありとあらゆるものを食べた。洗濯ばさみ、冷蔵庫用のビニール袋、そして、好物だったチューブ入りの歯磨き粉は心ゆくまで味わった。誰かが浴室の扉を開けたままにすると、ジャンプして、歯磨き粉が入れてあったコップを鼻面で引っぱった。それにもかかわらず、太ることはなく、最期の日々まで痩（や）せこけていたのである。母は、ふらりん坊のやることならすべてを許した。それにひきかえ、姉やわたしは、ほんの些細な粗相をしただけでも容赦なくお仕置きを加えられたので、きっと犬に復讐してやると思っていた。じつは、目くじらを立てるようなことでなくても、一週間、家に閉じこめられる罰を受けたのだ。母は、生前、何かにつけて外出禁止令を出し、ことを片づけようとした。おかげで、わたしたちは退屈な午後をすごすことになり、お仕置きを解いてくれるように母に泣きついたものだった。いまから思えば、母の世代の親たちは、子どもの性格を鍛えるためには懲罰しかないと信じていたふしがあって、ただただ驚かされる。

母は、午前中は郵便局で働き、午後は家でひとのものを預かって洗濯していた。お仕置きをされたわたしたちは、母に付きまとい、物売りのように話しかけた。

「さて、わたしたちは、家に閉じこめられて、何をしようとしていると思いますか」

「さて、わたしたちは、家に閉じこめられて、何をしようとしていると思いますか」

わたしたちは、まるでそれが手続きであるかのように、すべてを二回、口にした。確かに、手続きめいてはいたけれど、思いどおりにはゆかない手続きであった。というのも、母は、お役人の例に洩れず、名うての頑固者だったのである。

「ちゃんと宿題を済ませるんですよ」と命じた。

わたしたちは、宿題をそこそこに切り上げると、もうひとつの宿題、つまり母をうんざりさせて、外に遊びに行かせてくれるように仕向けることに取り組んだ。

「さて、わたしたちは、これから何をしようとしていると思いますか」

「さて、わたしたちは、これから何をしようとしていると思いますか」

「勉強ですね」

「勉強はもうやりましたよ」

「勉強はもうやりましたよ」とわたしたちは嘘をついた。

「では、遊びをはじめなさい」

「いったい何の遊びを？」

「さあね、好きなことをすればいいわ」

わたしたちは、家の中をぐるぐる廻ったり、さまざまなものをひっくり返したりした。わたしがボールを蹴ると、ボールは大きなガラス窓をかすめてびゅーんと飛んでいった。姉は、人形の首をひき千切り、文具屋に行って糊を買う必要があるわ、と言った。わたしたちは、しつこくこう食い下がった。

「さて、わたしたちは、これから何をしようとしていると思いますか」

「さて、わたしたちは、これから何をしようとしていると思いますか」

すると、母は、郵便局から持ち帰った数枚の白紙と、洋服箪笥のいちばん高いところに仕舞ってあった、父の絵の具箱を、やおら取り出した。そして、次のように最後通牒を突きつけた。

「お絵描きをしなさい」

お絵描きは、果てしもなく続く遊びであり、何時間も打ちこむことができた。母は、つねに用紙のそなえがじゅうぶんにあるように気を遣っていた。彼女がお仕置きの手をゆるめなかったせいで、わたしたちはすっかり絵を描く習慣がついてしまった。そのあげく、母が絵の具を買い足さなければならない日がやってきた。以来、お仕置きを受けていなくても、絵を描きはじめるようになったから不思議である。家を出て青空の下でスケッチをすることも珍しくなかったけれど、それは、同じことをする父の姿が記憶の奥底に残っていたからだった。

お仕置きを何回も受けているうちに、ついにわたしは母に、せめてスケッチブックぐらい買ってくださいよ、とねだるようになった。やがて、嬉しそうにスケッチブックを抱えて、家の周辺をうろついたので、近所では絵描きとして、不良として知られるようになった。おまけに、ある時期、画家は実入りのいい仕事であった。恋人の肖像画を注文されたり、最初はビー玉と、次いで初めて吸うことになった煙草(たばこ)と交換できたりしたのである。やがて隣人たちは絵描きに愛想をつかしたので、わたしのスケッチブックの評判はガタ堕ち、たんなる唾棄(だき)すべき代物(しろもの)になりはててしまった。

ほぼ二カ月近く、雨が降っていなかったので、レルマ川は小川になりはてる途中にあった。水不足のせいで、マンションの水道管は悲鳴をあげていた。玄関ホールでは、水道管が〈みしみし耳障りな音を立てている〉という話であった。そんなわけで、読書に集中できないと言っているうちに、会員たちはエピクーロ公園まで出かけることを思いついた。テキストの『メキシコのパリヌーロ』はかさばるので、金を出し合って少年を雇い、往復、台車で運んでもらうことになった。わたしが部屋のバルコニーから見ていると、行列はバシリア・フランコ街を二ブロックほど進んでいった。ひとりひとりがモデーロ社製の折り畳み椅子を片手に、テオドーロ・フローレス街で左に曲がった。そこからまた三ブロック、歩かなければならなかった。少年は、はあはあと肩で息をしながら、五歩進むと立ち止まってひと休みし、こう叫んだ。

「文学的な伝統というのは重いものなんですね。みなさん、哀れな男の子を見殺しにするおつもりですか」

読書会のメンバーたちは、やがて、エピクーロ公園を後にしなければならなくなった。彼らに襲いかかってくる野良犬がいたのである。野良犬は、メンバーの脚のあいだを駆け廻り、爪でくるぶしを引っ掻き、『パリヌーロ』の表紙で牙を研いだ。あげくのはてに、フランチェスカにのしかかり、彼女の脚に性器をこすりつけ、体を離そうとはしなかったのである。ちょうどそのとき、青年が公園を通りかかり、犬の腕からフランチェスカを解放してくれた。わたしはメンバーに、犬をマンションに近づけないという条件をつけて、靴下を食べさせることを勧めた。けれども、会員たちは帰ってくると、犬は靴下を口にしようとはしなかったと言った。わたしは、靴下を見せてくれと頼んだ。靴下は、イポーリタのもので、静脈瘤用の特注品であった。そこで、ナイロン製の、ありきたりの、ふつうのやつを与えてみなさいと言うと、連中は洋服店へ買いにいった。ふたたび帰ってくると、野良犬は見向きもしなかったと話した。だったら、靴下に肉を詰めて巻き、ボールのかたちに丸めてみなさい、結び目は作ってはいけません、あとで、はらわたの中で、巻いていたものがほどけるようにするんです、と助言した。肉屋の主人は、気前よく皮を連中にくれた。まさに渡りに船であった。

野良犬が死ぬと、読書会のメンバーは、エピクーロ公園に戻り、『パリヌーロ』講読のつれづれに、じっさいには存在していないわたしの小説のことをあげつらい、作品中で病気について言及するのを避けている点が物足りないとの評価をくだした。それは、エレベーターで四階まで昇っていたとき、フランチェスカが打ち明けてくれたことだった。ふたりとも、その日の活動を済ませて帰るところであった。彼女は読書会を、わたしは八百屋で四本目と五本目のビールをひっかけることを終えていた。まだ二階に着くか着かないうちに早くも、わたしは、二十世紀ヨーロッパ小説の基本的な主題としての衰頽について、講釈を聴かされる憂き目にあった。

「そのままじっとしていて」とわたしはフランチェスカの話を遮った。

そして、右足で一匹、左足で一匹、つごう二匹のゴキブリを踏みつぶした。

「ほらね」と彼女が言った。「あたしの話なんか聴く耳、持っていないんだから。逃げ腰もいいところよね」

「逃げているのはゴキブリさ。わたしは絶対に逃げたりしませんよ」

二階から三階にかけて、フランチェスカは、〈経験の文学〉と名づけたことについて一席ぶとうとした。けっきょくのところ、じっさいに体験したこと、じかに知ったことしか、書くことはできないという話であった。となれば、犬肉入りのタコスを食べたことがなかったら、というか、それを食べたと思わなかったら、それを食べたと知らなかったら、それがどんな味がするか、誰も説明することはできないことになる、とわたしは考えた。問題は、誰もがそれとは知らなくても、犬肉入りのタコスを食べたことがあるという点だった。事実上、誰もそれを知らないと思っていても、誰もが犬肉入りのタコスがどんな味がするかを知っているということだった。じっさいに体験したことがないからではなく、じっさいに体験したけれど、それが何だか分からなかったから、書くことはできないというのは、確かにまぎれもない矛盾であった。わたしは、いつものようにぼんやりしていたので、四階に着いたとき、次のような話の糸口に飛びついた。

「病気の経験は、ほかの経験と同様、いいものなんですよ」とフランチェスカが言った。

「まさか。ロマンスや冒険、旅行、あるいは自由と同様、素晴らしいというんですか」

「文学の話をしているんですよ」

「そうですか。では、わたしが書いていることになっている小説は、足の親指の腱膜瘤や、逆流性胃炎、鼻炎、脂肪肝の兆候を詳しく書いたら、どんな点がよくなるんですか。そもそも小説は、いったい何のためにあるんですか、ひとの哀れを誘うためですか。でしたら、わたしたちはひとりぼっちでいればすむ話になりますね」

「病気は、人間的なものすべてにまつわる衰頽、頽廃、終焉をあらわす非の打ちどころのない隠喩にほかなりません」

「つまり、医者のところに行く前に、まず文章の技巧に長けたひとの許に行きなさいということでしょうか」

「まあ、駄々っ子みたいね。どうして恐るべき子供になったりするのよ。現実から逃避しているわ。自分が置かれている状況を考えてみなさい。わたしがあなたの持病に気がついていないとでも思っているの」

「いったい、いつから現実が大切になっているんですか。わたしなら、馬よりも丈夫ですよ」

　ズボンのジッパーのようなエレベーターは、上昇するのをやめたところだったが、フランチェスカの顔はじわりと薔薇色に染まってきた。扉がひらいた。エレベーター・ホールの電気のヒューズが飛んでいたのをこれ幸いとばかり、別れしなに、お尻を撫でさせてもらった。しっかりとしながらも、柔らかな感じがした。まことに気持ちのいい発見であった。そのあと、ビンタのビシリ、ビシリという音がいつまでも廊下の壁にぶつかってこだましていた。

マンション内で日常的なけんかの種になっていたことはいくつかあるけれど、そのうちのひとつは、ひと騒がせな輩が入りこまないように、玄関に施錠する問題であった。誰かがうっかりしたりすると、フランチェスカはただちに総会をひらき、解錠した犯人が見つかるまで、誰ひとりとして中座できないようにした。そして、たんなる叱責から罰金にいたるまでの、さまざまな懲戒処分をおこなった。罰金は、ガラス瓶に貯められ、マンションの不意の出費のためのそなえとなった。フランチェスカは、アンドレ・ブルトンとスターリンが束になってかかってきても、屁とも思っていなかったのである。管理人を雇う必要があるかどうかを検討するところまで、議論が高まった、記念すべき総会もあった。モルモン教布教の青年がもぐりこんだ日には、誰もが異口同音に必要性を説いた。しかも、モルモン教の青年がもぐりこんだ日は、それから先、時間について言及するさい、そのまま使われる節目の日になった。たとえば、モルモン教の青年がもぐりこんだ日の一週間前とか、モルモン教の青年がもぐりこんだ日の二日後とか、そんな言い方がマンションではふつうにおこなわれるようになった。つまり、ものごとは、モルモン教の青年がもぐりこんだ日よりも以前に起きたか、以後に起きたというふうに仕分けされたのである。

　水曜日の昼下がり、ビールを飲みながら、テレビのリモコン・ボタンを粘りづよく押し続けているうちに、とうとう、あるチャンネルで、禿頭(とくとう)の狂った科学者と、意地悪そうなまなざしのセルゲイ・エイゼンシュテイン〔一八九八―一九四八。旧ロシア帝国領時代のラトビア出身の映画監督。代表作『戦艦ポチョムキン』『メキシコ万歳』など〕に出くわしてしまった。ちょうどそのとき、誰かが訪ねてきた。じつは、玄関ホールの呼び鈴を鳴らしたのではなく、直接、部屋の扉を叩いたのである。それは、ただひとつのことを意味していた。というか、けっきょくは、同じことになってしまうけれど、じっさいには、よくあることのうちのひとつを意味していた。すなわち、エイヴォン化粧品の女性販売員か、お腹をすかした子どもか、一ペソをくれとせがむ麻薬中毒者か、電話会社の宣伝マンか、口がきける唖者(あしゃ)か、目が見える盲(めしい)か、押しこみ誘拐犯か、お涙頂戴式の作り話ひとつできない、いけ図々しい物乞いか、どうせそんな連中に違いなかった。人類進歩の象徴として姿を消してくれた唯一の手合いといえば、百科事典のセールスマンであった。そうしたことは承知していたので、扉を開けるつもりはなく、扉を叩く音を無視し、そのままテレビ番組を見ていた。ドアの音がやむことはなかったし、わたしがそれを無視するのをやめることもなかった。コマーシャルの時間になったけれど、ドアを叩く音が途切れることはなかった。誰であるにせよ、相手は熱狂的な宗教信者を彷彿とさせるような不退転の決意を見せていた。

　わたしが扉を開けると、背の高い、亡霊のように透き通って見える、金髪の青年の姿が目に飛びこんできた。半袖の白シャツに、黒ズボンをはき、ヴィレム・ヘダというフランドルの静物画家を想わせる響きもつ名前が入ったプレートを胸に下げていた。まさに亡霊にぴったりの情況といってよかった。踊り場の電気がついていなかったので、明暗法(キアロスクーロ)の中からぬっと姿を現わしたからだった。見たところ歳の頃は二十歳未満、大学に行く前に、貧しい国に赴いて、目と鼻の先で扉をバタンと閉められるという憂き目にあう伝道の仕事に携わっているかのようだった。もっとも、これはまずあり得ないことだけれど、大学に行くことが罪ではないという場合の話である。

「主のメッセージをお届けにまいりました」と青年は言った。

「そいつは素晴らしいな」とわたしは答えた。「一グラムおいくらでしょうか」

青年が、びっくりしたように金髪の眉をあげると、髪の毛に触れんばかりになった。そのあと、うつむいて右手に持っている聖書に目をやった。わたしは左手を伸ばし、扉のそばの本棚から『美の理論』を取り出した。そこに、万一にそなえて猟銃か何かのように大事にしまっていたのだ。青年は、わたしの手の中で揺れ動いている本を見ると、目を白黒させた。

「先生をなさっているんですか」

「はて、どうかな」

「本を拝見する限りまちがいないと思いますが」

ふたりとも、わたしの左手に目をやった。青年は、本を眺めていた。まるで本が皮ひもを必要としている犬でもあるかのようでもあり、本を一冊だけ手に取るのは罪であるかのようでもあった。

「この本かね？　図書館から借りてきたんだけれど、心配いらないよ。嚙みついたりしないから」

「主のメッセージをお届けにまいりました」と青年はふたたび言った。「五分だけ、おおつきあい願えないでしょうか」

コマーシャルが終わり、また番組が始まった音が聞こえた。わたしは、『美の理論』を持ちあげ、行き当たりばったりに本を開けて、こう朗読をはじめた。

「〈心をなぐさめるものとして売られることを望んでいない芸術作品は、極端でいかがわしい現実の中で存続するためには、極端でいかがわしいものと同様に扱われなければならない〉」

青年は、聖書を持ちあげると、行き当たりばったりに開いて、次のように読みはじめた。

「〈わたしは、陽射しのもとで作られるものすべてを目目にした。そして、そうしたものすべては、虚栄心であり精精神の苦悩であった。ゆがめられたものは、正正すことはできなかったし、不完全なものは語られなかった〉」

わたしは、また朗読した。

「〈進歩した芸術は、悲劇的なものを材料にして喜劇を書きあげる。崇高なものと遊びは、交わるところがある。意義深い芸術作品は、芸術に敵対するものを吸収する。幼児性という胡散(うさん)くさい隠れ蓑(みの)が欠けているところでは、芸術は譲歩を見せるものである〉」

そして、青年も読んだ。

「〈わたしは、知知恵を身につけ、狂狂気と妄妄想が分かるように心心を傾けた。そして、そうしたことは精精神の苦悩にすぎないことを悟った。というのも、たくさんの知知恵の中には、たくさんの煩(わずら)わしいことがあり、知識を付け加えるひとは、苦しみを付け加えることになるからだ〉」

わたしは、代わる代わる二冊の本に目をやった。青年の本の方が大きかった。テレビでは、番組は続いていたので、わたしは見逃がしつつあった。わたしは、後ろにさがって青年を家に入れた。

「さあ、さっさと中に入って。何か飲むかい、グイレム君」

「ヴィレムって発音します」

「そうはっきり言ってくれると助かるな。ビールでいいかい、グイレム君」

「お水を一杯ください、ビールは罪を犯すことになりますから」

「まさか。さあ坐って、面白い番組をやっているんだ」

「どんな番組ですか」

「陰謀と不倫ものさ、どうやって円錐形の黒砂糖を金の値段で売りつけるかという話なんだ」

青年は、背中に担いでいたリュックを降ろし、モデーロ・ビールのロゴが入った、アルミニウム製の、折り畳み椅子に坐った。これで彼も、泥棒から盗みを働く泥棒になってしまった。わたしは、テレビの前の肘掛け椅子に腰を下ろした。

「お名前は何とおっしゃるんですか」

「テオだよ」

「マテオですか」

「はて、どうかな」

「テオで終わりですか」

「テオドーロっていうんだ」

「本の作者と同名ですか」

「いや、違うね。作者はテオドールだから」

「同名ですね」

「いや、いや、作者は、Tとeのあいだにhが入り、最後のoが要らないからな」

「おひとり住まいですか」

「シッシッ、静かにして、番組を見せてくれ」

青年が、あきらめて画面に目をやると、〈青い家〉で撮られた白黒の写真が次から次へと現われていた。

「このひげを生やした女性は誰なんですか」

「誰かだって？　フリーダ・カーロさ。まさか、知らないとは言わせないよ。アマゾンのジャングルに住む先住民だって知っているよ。あまりにも有名な画家だから、ウズベキスタンの人口百人の村の公園に銅像が立っているし、ブルガリアやデンマークには、フリーダ・カーロ国際記念日が設けられたくらいだ。ほら、脇の下までズボンを引っぱりあげている男がいるだろう。あれが家主のディエゴ・リベーラさ」

「彼に、主のお言葉を聞かせてややりたいい。主のお言葉は、年年配の人びとの大大きな慰めになるんですよ」

　わたしは、目じらせで青年を射止めた。

「シッ、注意して話を聞いてくれ」

テレビから、こう音声が流れた。〈彼は、即興で独特の自由をひねり出し、哀しい人生をカッコよく乗り越えようとしたのです〉。

「君たちは苦しみが大好きだよね、グイレム君、カッコよさと哀しみはどんな関係があるんだ」

「哀しみは主のもとへ導いてくれますよ」

「そして、カッコよさは地獄へとね。ところで、ヴィレム君はきちんとアイロンを当てた服を、カッコよく着こなしているね」

　青年は顔を赤らめた。恥ずかしさのあまり芋虫から小海老に、というか生の小海老からゆでた小海老に早変わりをして見せたのである。

「なに、気にすることないさ」とわたしは気分をほぐしてやった。「冗談だから」

テレビ画面には、フリーダとディエゴ、エイゼンシュテイン、ドローレス・デル・リオ〔一九〇五―八三。往年のハリウッド映画女優のメキシコ人〕、アルカディ・ボイラー〔一八九五―一九六五。ロシア生まれの映画監督。エイゼンシュテインの協力者〕、ミゲル・コバルービアス〔一九〇四―五七。ニューヨークを拠点に活躍したメキシコ人画家〕、マリア・イスキエルド、ハビエル・ビジャウルティア〔一九〇二―五五。メキシコの詩人。前衛的な〈コンテンポラーネオス〉誌同人〕、アドルフォ・ベスト・モーガード〔一八九一―一九六四。メキシコ人画家〕、ローラとマヌエルのアルバレス・ブラボ夫妻〔ローラは一九〇三―一九九三、マヌエルは一九〇二―二〇〇二、ともにメキシコの著名な写真家〕、トロツキー、ファン・オゴールマン、ピータ・アモール〔一九一八―二〇〇〇。メキシコの女流詩人。独仏西系の混血の先祖を持つ。美人の誉れ高く、若い頃は絵画や写真のモデルを務めた。作家ポニアトウスカとは親戚関係〕といった多士済々（たしせいせい）の写真が代わる代わる映し出されていた。ヴィレムは、テレビを見ていたけれど、やがて目をそらすと、部屋の中で話のきっかけになるようなものはないか物色しはじめた。正面の壁に掛けてある絵に気づいたとき、これだと思った。

「これはピエロですか」と青年は訊いた。

「母親の絵だよ」とわたしは答えた。

「失礼しました」と青年はふたたび赤面しながら謝った。

「母親がピエロに見えるとは、いったいどんな感覚を持ち合わせているんだ。芸術をたしなむ感性が欠落しているのかな」

青年は、取り乱して考えこんだ。

「べつの日に出直した方がよろしいでしょうか」

「テレビ番組は見たくないというんだね」

「主のお言葉についておお話がしたかったんです」

「じゃあ、べつの日に出直しておいで。うまくいけば、扉を開けてもらえるかもしれないよ」

青年は、水曜日と土曜日、週二回、来ることを思いついた。わたしは、家の中に入れてやり、ひまつぶしに相手になることに決めた。わたしが気分がすぐれないときや、酒を飲みすぎたとき、青年は、こんなふうに説教をはじめた。

「まだ悔悔い改めるのに間に合いますよ」

「わたしが死んでしまうとでも言うのか」

「いつであっても悔悔い改めるのは遅くありません」

「初めの日に扉を開けたことを悔い改めろと言うのか。いまさら、そんなことを言われてもね」

青年は、教理問答の手引書に従いながら、わたしに主のお言葉を伝えるのが使命であって、そのためにメキシコまでやって来た、とくり返し述べた。わたしは、こう答えた。

「グイレム君、今頃になって、のこのこやってくるなんて遅いよ。きみみたいな連中は、もう山ほどきたからね。アッシジのフランチェスコ会やドミニコ会の宣教師に、フンボルトだろう、ルゲンダス〔一八〇二—五八。ドイツの画家〕に、アルトー〔一八九六—一九四八。フランスの俳優、詩人、小説家、演劇家〕だろう、ブルトンに、バロウズ〔一九一四—九七。ケルアックとともにアメリカのビート・ジェネレーションを代表する小説家〕だろう、それにケルアック〔一九二二—六九。前項参照〕がいる。競争がめちゃくちゃ激しいんだよ」

ある日、青年は、携帯電話でわたしの写真を撮り、ユタ州の町に住む家族に送ろうとした。

「勘違いしてはいけないよ」とわたしは相手をさえぎった。「こちとらは、野良犬じゃないんだから」

父は、手紙をくれた。ルイス・コルティネス大統領〔一八八九—一九七三。メキシコ湾に面した港町ベラクルス出身。制度的革命党所属〕は、誰もが海辺で暮らすことを望んだけれど、父はそのとおりにしたのである。マンサニージョ〔太平洋に面したコリーマ州の大きな港町。バショウカジキ釣りのメッカ〕に住んでいて、港湾手続きの仕事をしていた。手紙は、姉とわたしに宛てたものであった。青インクで書かれた小さな文字は、ぎゅうぎゅう詰めで、まるで横に寝そべったかのように右の方に傾いていた。便箋一枚だったが、わたしたちは読み解くのに午後中かかった。港には、アメリカや中国から船が寄港し、先週は北風が吹き荒れ、十メートルの高波を見た、と書いてあった。姉とわたしは、海を見たことがなかったので、きっとびっくりさせようと思って、そう書いたに違いなかった。マンサニージョに住む大統領は、かつては画家でタクシー運転手をしていた。そこからも分かるように、人間、志を持って辛抱強くことに当たれば、誰でも生きているうちに頂点を極めることができる、とも書いていた。さらに、最近また絵を描きはじめた、とのこと。仕事が終わると、波止場で画家のグループと落ち合い、海の風景画を描いて、グアダラハラからきた観光客に売りつけたりしているらしい。それは、漁船をモチーフにした印象派風の絵だという。そのあと、締めくくりの部分がやってきた。そこがさわりで、読み解くのにいちばん時間がかかった。というのも、文字の問題に加えて、わたしたちはひとの死後の処置のことが分かるような年齢にまだ達していなかったのだ。父は、死んだら茶毘(だび)に付して、遺灰を〈それが所属する〉美術館に撒(ま)いてくれるようにと希望していた。遺灰が美術作品のあいだに漂い、心ある人びとに吸いこまれることを願っていた。〈遺灰が衣服にくっついて、新しい芸術家の着古しのコートの衿について旅することを〉望んでいた。父は、手紙とともに、二キロの隠元豆(フリホーレス)が買える、三ペソのお金を送ってきた。母は、その手紙を読みたがらなかったけれど、わたしたちは寝るとき、忘れもののようにさりげなく台所のテーブルにのせておいた。そのあと、わたしは、しばらく考えていたとおり、マンサニージョに住む大統領が画家ではなく、家のペンキ塗りにすぎなかったことを知った。また、タクシー運転手組合のリーダーだったことも分かった。それは、父が唱えていた動機づけの理論に背いていた。初めに立てられた命題があれば、それに反する命題が生まれるものなのである。人生はそんなふうになっているのだ。

わたしは、読書会のメンバーを困らせた犬の死骸を探しに出かけた。そして、エピクーロ公園の灌木の下に隠されているのを発見した。犬はそこまでおのれの体をひきずってゆき、靴下を吐き出そうとしたのであろう。信じられなかったけれど、黒の、大型の、ラブラドール・レトリヴァーだった。いや、信じられないこともなかった。なにしろ、犬は文学至上主義者のような連中を相手にしたことを知っていたからだった。読書会のメンバーなら、どこかの飼い犬を殺し、そのまま死体を遺棄して、何の役にも立てないことをやりかねなかった。そうなれば、もはや、読書と趣味に没頭するために必要な、不可侵の静寂を求めるどころの話ではなかった。わたしは、たくさんの木の葉と枝で死骸を蔽(おお)うと、角の肉屋まで歩いていった。以前、読書会の会員たちに犬を殺すために使う皮をくれた、あの肉屋にほかならなかった。

肉屋とは顔見知りではなかった。その日まで彼の商売に関わる必要はなかったのである。月曜日から土曜日まで、料理と暖房兼用ストーヴで作ったものを食べていたし、日曜日は、角の酒場でおつまみに出てくるものですませていたからだった。わたしは、店の真ん前の歩道に立って、作戦をぶち壊しかねないお客がいなくなるまで待った。十五分、二十分、じっと我慢をしていた。ついに、店に入ることができた。ぐずぐずしてはいられなかった。誰かがやってきて、わたしたちが取り引きしている現場を押さえないとも限らなかったのだ。

「犬を売りますよ」と話を切り出した。

「えっ、何ですって」と肉屋は答えた。

牛や羊、豚の肉とは見えないし、べたべた壁に貼ってある、色とりどりの肉の広告のどれとも思えないような、代物を切っていた。

「犬を売りますよ」とわたしはくり返した。

肉屋は、肉を切る手を止めて目を上げたが、体は、血まみれになったエプロンのうしろで、がたがた震えていた。胸部は、地震のときの鋲がいっぱい入ったバケツを想わせた。

「いったい何の話をしているんですか」

「すぐそばのエピクーロ公園に犬がいるんだけれど、まだ死んでまもないし、傷んでいるところもない、喉に靴下を詰まらせただけなんだ」

「犬だって」

「ラブラドール・レトリヴァーで、三、四十キロの重さはあるはずだ。まるごと使えると思うけれど」

肉屋は、ふたたび庖丁を摑んだが、仕事は再開しなかった。そのとき、わたしはぞっとした。庖丁が、肉屋が出す信号をきっちり読みとり、使途を仕事用からひとを殺める方に変えるのが怖かったのである。

「冗談を言っているのかね」

「とんでもない。わたしはずっとタコス屋を生業にしてきた。カンデラリア・デ・ロス・パトス界隈で屋台を構えていたから、この辺の事情には詳しいんだ」

「ひょっとして公衆衛生局の調査官じゃないだろうな」

「この歳でかい。ここまで退職年齢がずれこんだら、あの世に行った連中がまだ働いている計算になるよ」

「ポケットに入れているものを全部、出して、財布を見せてくれ」

わたしは、言われたとおりにした。犬の肉の密売や、肉屋の衛生規則遵守を、取り締まる機関や部局から派遣された役人ではないことを証明しようとやっきになった。ことは簡単であった。じじつ、調査官ではなかったし、それらしくもなかったのだ。

「ほらね」とわたしは肉屋に言った。「信用できますよ」

「ひとつ助言してやるよ。老人専門医のところに行って、現実との接触が薄れつつあるんですが、そう言うんだ」

「まだ、シラをきるつもりですか。いま切っているその肉は、何の肉ですか。言わせてもらいますが、それは牛や羊でも豚でもありませんね。でたらめを言うのはやめることですよ」

「これかね」と肉屋は言って、庖丁の先で肉の切れ端をさし示した。「こいつは馬肉だよ」

「犬を買いたくなかったら、金を出しますから、さばいてもらえませんか。いくらで請け合いますか。どこかのタコス屋にちゃんと売りつけて見せますよ」

肉屋は、庖丁を持ちあげ、店の正面の方をさし示した。脅すつもりはなく、出て行くようにと促しただけであった。この歳になると、文句なしの利点がいくつかあるけれど、そのうちのひとつは、大多数のひとは、最終的には老人を哀れんでくれるということがある。たとえ老人がそれに値しなくても。そんなとき、老人は、連続殺人犯にでもなりたいような、むしゃくしゃした気持ちになるのだ。

「見た目よりひどくラリっているようだな」と肉屋は言った。「さっさと立ち去らないと、警察を呼ぶぞ」

わたしは、店を出て、日頃、立ち廻る場所を想い出し、ほかに憶えている肉屋はないかしらんと考えた。けれども、ひとつも頭に浮かばなかった。エピクーロ公園のベンチに坐って思いをめぐらせた。さきほどわが身に起きたことについて結論をくだす必要があるようだった。少なくとも三十キロはある、健康で丈夫な体つきの、しっかりと栄養も摂った犬が、ゴミ捨て場にたどり着くか、土に埋められるハメに陥っていいのだろうか。突然わたしは、限りなく年老いた、地球の年齢を背負っているような気がした。自国がさま変わりし、わたしの知らない場所になり果てていたのである。そんなわけで、タコスの品質は、あまりにもひどかった。

わたしがベンチから立ちあがり、身を引きずるように帰途につこうとしたとき、こう叫ぶ声が聞こえてきた。

「奥さま、ここにいますよ」

お仕着せ姿のメイドが、犬の亡骸が横たわっている灌木の茂みに向かってしゃがみこんだ。わたしの背後でトラックがタイヤの音をきしませて止まった。それは、アメリカ人がおこなってきた、あまたの戦争のうちのひとつのために製造した軍用トラックのひとつであった。通りには塹壕のように大きな穴ぼこがあったけれど、つい話が大げさになってしまった。イラクは遠いところにあったからだ。トラックから降りた若い夫婦が、公園の方に走っていくと、三人の子どもがあとを追いかけた。メイドがふたたび叫んだ。

「ダメですよ、坊ちゃんたちは」

母親というか、わたしが母親と想った女は、ふり返ると、子どもたちを抱きとめ、先に進めないようにした。男は、犬の亡骸のところまでたどり着いた。

「ちくしょう」と言った。

そして、そのあと、こう叫んだ。

「子どもたちを連れていくんだ、連れてゆけ」

わたしは突然、六十歳、若返った。立ちあがると、力強い、堂々とした、足どりで、八百屋をめざした。頭の中で「喜びの歌」が鳴りひびくのが聞こえてきた。七十歳以上の市街地競歩の世界新記録を樹立したことは間違いなかった。

わたしは、ジュリエットがトマトに水をかけたあと、ビニールで蔽いをかけ、早く熟れて、立派な売りものになるようにしている現場に行きあわせた。入口から、こう声をかけた。

「話があるんだ。革命のために大勝利をおさめたぞ」

「落ち着いてよ、バクーニン〔一八一四—七六。ロシアの思想家、革命家、アナーキスト、無神論者。ヨーロッパ中の急進派の若者に大きな影響を及ぼした〕さん。ビールでも飲みますか」

「テキーラの方がいいね」

そのあと、テキーラを三杯ごちそうになった。手柄話をしたのが功を奏して、ジュリエットがマンションの部屋まで来てくれるように、もうちょっとで説得するところまでいったけれど、次のようなことを口走って最後の詰めを誤ってしまった。

「薬局まで行ってくる、すぐ戻るよ」

わたしは、ジュリエットの口の、分厚い上唇をじっと見つめていた。彼女が微笑を浮かべると、鼻の下に、第二の微笑と言っていいような、可愛いえくぼができた。

「どうしてそんな目で見るのよ」

「どうしてもこうしてもないよ」とわたしは答えた。

ジュリエットの唇がこわばり、ふたつの微笑が消えてしまった。

「この話はここで切りあげた方がよさそうね」と彼女は、だしぬけに、やんわりと心をこめて断わりを入れてきた。「わたしたちにはやるべきもっと大切な仕事が残っています。愛し合うことで革命をないがしろにするようなことがあってはならないわ」

「そうかな、真逆だと思うな」

「なんで真逆なのよ」

「革命のために愛し合うことをひかえるなんてもったいないからだ」

「ほんとうにあなたったらふざけてばかりなんだから」

わたしは、マンションに舞い戻り、ヴィレムの相手をすることで我慢しなければならなかった。ヴィレムは、玄関ホールの、エレベーター扉の前の床に坐ってわたしを待っていた。背後には、読書会のメンバーの輪ができていた。

「何をしているんだ。誰が開けてくれたんだ」

「皆さんが開けてくれました」

わたしたちは、エレベーターに乗りこんだ。そして、わたしは、ドアが閉まり、エレベーターが昇り始めるのを確かめてから、こう訊いた。

「連中とはどんな話をしたんだ」

「あれこれ根ほり葉ほり訊かれましたよ」

「誰から。フランチェスカかい」

「そうです。英語で話しかけられました」

「何が知りたかったんだ」

「あなたに会いにきたわけですよ」

「で、どう答えたんだ」

「話をしにきたと言いました。主のお言葉を伝えにきたと。いっしょにテレビを見ることもありますとも」

「そうか、分かった。で、どうなんだ、話っぷりは」

「といいますと」

「フランチェスカはどのくらい英語がしゃべれるのかね」

「まるで子どもに教えさとしているかのようにお話しになりますね」

「じゃあ、スペイン語と同様、お手のものじゃないか」

「それにしても、ぼくがきたことに、どうしてこんなに興味を抱かれるんでしょうか」

「きっとゲイだとでも想像しているに違いないね」

そのとたん、青年の眉が、肩甲骨まで垂れさがったような気がした。

「なにしろ、小説ばかり読んでいるもんだから」とわたしは説明した。

総会が開かれるという知らせがあったので、いつものようにみんなが集まった。会場は玄関ホールだった。わたしを除く居住者全員が、死ぬまでずっとそこで過ごしている感があった。わたしは、議題しだいで出席したり欠席したりしていた。ありていに言えば、フランチェスカがマンションの管理部会に対して報告せざるをえないような、規則違反にならない程度に出席していたのだ。今回、出席することに決めたのは、議題が直接おのれの利害にかかわることだったからである。近くのスーパーが、一年ほど前から、客が買ったものを運ぶ手伝いをする、配達員を雇っていたが、その男を更迭してしまったのだ。むろん、わたしたちは満場一致で不当な処置だと考えた。新しい配達員は、買ったものが入った袋を部屋の入口まで届けてくれたけれど、それ以上のサービスはしないとのことだった。それに対して、前の配達員はというと、いつも快く、電球を換えたり、いわくつきのゴキブリを退治したり、部屋の模様がえをしたり、椅子によじ登って箪笥の上にあるものを取ってくれたりしていたらしい。

新しい配達員は、驕り高ぶっていた。お客の手助けをするどころか、メキシコ・シティー配達員組合の主張をぶつけてくる始末であった。自分が求められているサービスは、労働協約の条項には記載されておりません、というのだから手に負えない。ズボンのポケットにコピーを入れており、始終お客の目の前に突きつけるのだった。そのあと、チップがもらえないことを不当と考えているので、腹を立てた。おまけに、前の配達員は、第一級の闇商人であった。わたしは彼から、電子レンジやＤＶＤプレイヤー、コーヒー・メイカー、イヤーフォン付きのラジオ、無線電話を買った。さらに、大事なのは、トラルネパントラ〔メキシコ・シティーの北方に位置するメキシコ州の都市。人口約六五万〕で蒸溜され、一リットル三十ペソで売られるウイスキーを供給してくれることだった。そのウイスキーが手に入るかどうか、新しい配達員に訊いたところ、ぼくはイスタパラパ〔メキシコ・シティーにある十六の自治区のひとつ。首都の東部に位置する〕生まれなんです、と答え、すっかりつむじを曲げてしまった。

居住者が、新旧の配達員を比較しながら、かんかんになって不満を並べたてると、スーパーのマネージャーは、配達員が交代したことにはすぐに慣れますよ、と答えた。まるで適応力が生きた経済的な見本というか、経営者の諦めの気持ちをかたちにしたものになったかのようだった。そのとき、二階に住む男が、ハラペーニョ唐辛子の缶詰が盗まれたけれど、犯人は新しい配達員だと言い出した。ついに堪忍袋の緒が切れてしまったのである。

総会では、新しい配達員の更迭と、即刻、前の配達員の復帰を〈要求する〉、署名入りの嘆願書が作られた。〈要求〉書にするのか、〈請願〉書にするのか、それをめぐって、午後二日間にわたって、侃々諤々の議論がつづいた。真実の名誉のために言っておくけれど、その間、わたしは、玄関ホールと酒場、酒場と八百屋、八百屋と玄関ホールのあいだをゆき来してすごした。そのあと、もう一度、最初からやり直した。ジュリエットは、わたしにこう言った。

「何でも書面で片づけようとする、インテリにままありがちな、生ぬるいやり方に見えるわ。そうね、たとえば、レジ係の若い娘を誘拐してみたらどうかしらん。そうしたら、二十分もすれば、元の配達員に戻してくれるはずよ」

スーパーのマネージャーは、嘆願書が手渡されるやいなや、返事をくれた。それによれば、ご要望にお応えするのはやぶさかではありませんが、実行に移すのはとうていむりでしょう、かつての配達員は、ある日、勝手に仕事に来なくなったんですから、ということであった。そして、何なら、彼の住所をお教えしますし、皆さんが復職するように説得されたら、いつでも元の仕事に就かせましょう、ただし、欠勤したことを釈明する、何らかの証明書を提出してもらうことになりますけれど、というのだった。

そんなわけで、前の配達員を訪ねる遠征隊がくり出されることになった。隊員は、総会会長という資格のフランチェスカ、それに、おのれの食料を確保する道を早急に求めるお客という資格のわたしであった。わたしたちは、地下鉄、タクシー、郊外電車、バス、そしてまたタクシーを乗り継いで、メキシコ・シティーを横断した。三時間半の旅だったが、その間、フランチェスカに、きみはどんなときでも議論するのが上手だけれど、いったいどこで覚えたんだい、と尋ねたのがそもそもの間違いの元であった。彼女は、アリストテレスが『修辞学』で取り上げている〈偽善（ヒュポクリシス）〉について講釈をしてくれた。また、五十篇のメキシコ小説を都邑（とゆう）ものと鄙（ひな）ものに分類してみせた。さらに、〈構造主義の欠点〉をめぐって一席ぶつ始末だった。わたしは、聴いているうちに、ビルが地震で倒壊してゆくありさまを想い出して、暗い気持ちになった。最後に、じつはその頃には、わたしはいつものぼんやり人間に戻っていたのだが、フランチェスカは〈間接自由型〉と名づけたしゃべり方について説明してくれた。けれども、そこまでくると、文学の話なのか水泳の話なのか、けじめがつかなくなっていた。わたしたちは、ようやくトラルネパントラの住宅街にあるアパートまでたどり着いた。わたしは必死になって扉を叩いた。

　配達員の母親が、手は乾いているように見えたけれど、格子縞のエプロンで手を拭(ぬぐ)いながら、扉を開けてくれた。アパートは、ゴキブリをふくめて、わたしたちのマンションと大して変わらなかった。寝室、台所、トイレと風呂、それに居間と食堂兼用の部屋があった。ただし、そこには四人が住んでいたが、ひとりは不在であった。現在は、父親、母親、それに配達員の弟の三人暮らしだった。配達員は、行方不明になっていたのである。母親は、知っていることを話してくれた。何でも、ことは単純であって、ある日、仕事から帰ってこなかったのだという。ゴキブリが一匹、台所からひょっこり触覚をのぞかせた。誓ってもいいけれど、わが家で見かけた憶(おぼ)えがあるやつだった。わたしたちは、捜索願いを出したのか、警察はどう言っているのか、と母親に訊いた。彼女は、壁に貼ってある二〇〇九年のカレンダーに目をやった。そこには、犬の写真と、五十年以上前に、姉が働いていたコロッケ工場の赤いシンボル・マークが載っていた。配達員の母親は、手は乾いていたのに、ふたたびエプロンで拭ってみせた。そして、カレンダーの犬を見つめながら、次のように述べた。

「麻薬に手を出し、密売をやっているという話なんですよ」

　そう言うと、まるで息子がナイフで千人の若者を殺したかどで告発されたかのように、泣き崩れた。フランチェスカは、慰めようとやっきになり、こう言葉をかけた。警察は、誰か行方不明になると、捜査をしなくてすむように、いつもそんなふうに言ってお茶を濁すんですよ。配達人だった息子さんは、なかなかの好青年で、こうして探しにきたのが何よりの証拠ですわ。マンションでは、誰もが坊ちゃんが来ないので寂しい思いをしているんです。坊ちゃんは可愛がられていましたからね。まるで飼い犬の話をしているかのようだった。そして、わたしが相槌(あいづち)を打つように、少し間をとった。

「それはもう大変なものですよ」とわたしは口添えした。

「息子さんはおいくつでしたか」とフランチェスカは尋ねた。

そして、失言に気がついたのか、すぐに言い直した。

「息子さんはおいくつなんですか」

「十七歳になります」と母親は答えた。

「もっと大人びて見えましたけれど」とフランチェスカは言った。

「そうそう大人びて見えますね」とわたしは合いの手を入れた。

「じつは、ここら辺で暮らすのは、楽じゃないんですよ」と母親は呟いた。

彼女は、息子が、望んでいたよりも早く成長しなければならなかったことを言いわけにしていたのである。そして、ついでながら、警察の話を信じていることを分からせようとしていた。そのうえで、息子の行為を避けがたいものとして正当化していたのだ。そのあと、それまで部屋に閉じこもっていた、配達員の弟が出てきたので、母親が紹介した。十五歳で、大学予科（プレパ）に通っている利口な子なので、きっと大学まで進学するに違いありません、と述べた。わたしは、これはチャンスだ、逃がしてはならないと思った。そこで、母親に向かって、弟さんとふたりだけで話をさせてもらえませんか、と頼んだ。左目で母親とフランチェスカにウィンクをして見せたけれど、ふたりがわたしの腹づもりを見抜いたかどうかは分からない。むろん、ふたりが想定した腹づもりであって、本当の腹づもりが分かるわけがなかった。

「もちろん、もちろんですとも」と母親は言った。

わたしは、立ちあがり、戸口まで歩いた。少年は、素直にあとからついてきた。わたしたちは、部屋を出て、アパートの廊下づたいに数メートル離れたところまで行った。

「売ってくれるかね」とわたしは話を持ちかけた。

「どれくらいにしますか」

「三リットルでいい」

「リットルですか、何グラムかではありませんか、オジイさん」

「ウイスキーが欲しいのさ。そのオジイさんっていうのはやめてくれ。どうだい手に入るかね」

「ちょっと待っていてください」

少年は、廊下の奥まで歩いてゆき、最後の扉を叩いた。彼が外で待っている姿が見えた。そのあと、袋をさげて戻ってきた。わたしが百ペソ紙幣を渡すと、三本くれた。

「二十ペソ足りませんよ」

「兄貴は、一本三十ペソで売っていたぞ」

「ぼくは、四十で売っているんです」

わたしは、二十ペソくれてやった。

「兄貴に何があったか、知っているのか」

「下劣なやつに殺られたという話ですけれど」

「誰がそんなこと言っているんだ」

「この近所のひとです」

わたしは、準備していたリュックに瓶を入れた。

「お願いですから、母さんには黙っていてください」と少年は言った。

何を話すなというのか、兄貴が死んだのを知っていることか、おまえが同じ道を辿っていることか、とふとそんな思いをめぐらせた。

「マンションまで配達してくれるわけにはいかないのかね」

「そうはいきませんよ、十ペソのもうけで、あそこまで行ったりしませんよ。兄貴は気のやさしい男でしたけれど」

スーパーのマネージャーは、新しい配達員がハラペーニョ唐辛子の缶詰を盗んだというのでクビにし、さらに新しい配達員を雇った。そのさらに新しい配達員は、前の配達員の身に起きたことを知っていたので、努めてわたしたちを避けるようになった。うまく捕まえたときも、いっしょにあとについてきて運んでもらうためには、拝み倒さなければならなかった。けっきょく、向こうから条件をつけてきた。前の配達員が読んでいなかった、労働協約の細かい条項を楯にして、マンションの敷居をまたぐことを拒むようになったのである。

ヴィレムは、ゴキブリを皆殺しにすることにした。あるとき、チョークを持ってきて、まるで現実の上に図面を引くように、マンションと部屋の外周をなぞった。そうすれば、ゴキブリが線を越えることはあるまい、きっと外側に留まるはずだと考えたのである。

「で、すでに内側にいるやつはどうなるんだ。出ていけなくなるのか」

中にいるやつに対する解決策は、また今度、考えてくるとヴィレムは約束した。けっきょく、いったいいつから国境ができたというんだとばかりに、ゴキブリがやすやすと線を越えたことは言うまでもない。べつの日、ヴィレムはスプレーを持ってきて、家じゅうに殺虫剤をまいた。その日、スプレーの効果があらわれるまで、わたしたちは、マンションの正面にある中華料理店に行って、コーヒーを飲んだ。ありていにいえば、わたしはコーヒーではなく、ビールを飲んだ。店では、フォーチュン・クッキー〔おみくじ付きのクッキー。お菓子の中に運勢が書いてある紙片が入っている。アメリカやカナダの中華料理店で出される〕のサービスがあった。ヴィレムのやつには、〈あなたのよき行為は、いずれ報われる日がくることでしょう〉と書いてあった。わたしのには、〈探す者、発見に至るであろう〉とあった。

「やっぱり、そうか」とヴィレムは言った。

聖書を深読みしすぎて、ものごとを鵜呑みにするようになったのである。そのとき、中華料理店にはゴキブリがいないことにわたしは気がついた。ヴィレムとわたしは、主人というか、主人と思われる男や、ウエイターに話しかけてみたけれど、通じなかった。彼らは、中国語しか話さなかったのだ。百聞は一見に如かず、わたしは、そのうちのひとりをマンションまで連れていって、ゴキブリを見せようと思った。けれども、腕を引っぱったので、連中はてっきり警察にしょっぴかれるとでも思ったのだろう、台所に閉じこもってしまった。

「たぶん、あそこまでお酒を飲んでいなければ、何とかなったかもしれませんね」

「あそこまでお酒を飲んでいなければ、中国語が分かったとでもいうのか。それはないよ」

「あそこまでお酒を飲んでいなければ、連中が怖怖がることはなかったでしょうね」

「説教はよせ、グイレム君」

わたしたちがマンションに帰ったとき、ゴキブリは嬉々として天井を走り廻っていた。それからしばらくして、ヴィレムは、ゴキブリ捕り用の装置、プラスティックの黒い小さな箱を、部屋の隅々に置いた。ゴキブリは、箱を持ちあげて中に入るのだろうか、どういう仕掛けになっているのか、わたしにはさっぱり分からなかった。これまた失敗に終わったけれども、少なくとも作戦としては面白かった。わたしは、まるまる一週間、頭を抱えていた。理論上は、虫けらどもを追い払う成分を散布することになっている、コンセントを使った装置は、秘密兵器めいていたが、これも功を奏することはなかった。床のモザイクの継ぎ目に塗る必要がある黄色い粉は、けっきょく、最悪の事態を招いた。食べてしまったゴキブリが、レーシング・カーのようにびゅんと空中を暴走したのである。おれたちも試してみようぜと、わたしはヴィレムに話を持ちかけた。

とうとう水曜日の昼下がりまで、失敗につぐ失敗であった。ヴィレムはうな垂れたまま姿を現わして、こう洩らした。

「もう種切れです、テテオドーロさん」

わたしには、ひとつだけ考えが残っていた。ふたりで本を使って叩きつぶすのである。

ヴィレムは聖書、わたしは『美の理論』を片手に。

実家の右隣りに住む女の就職が決まったのはいいが、勤務時間の都合で、これまでのように娘を学校の通用門まで迎えに行くことができなくなった。そんなわけで、ぶじに家の玄関まで連れ帰る手助けをしてほしいという依頼が母親のもとに舞いこんだ。隣りの女は、未亡人で、ひとり娘を抱えているのに、夕方の勤務になったのだ。わたしは、午前中、学校に通っていた。娘は、十四歳で、もうすぐ十五になるところであった。

「娘さん、ひとりで家に帰らせるわけにはいかないのかしらん」と母は尋ねた。

「それが苦難の道ゆきもいいところなんですよ」と隣りの女は説明した。

なるほど、そういえば心当たりがあった。通りには、すらりと伸びた脚で歩く娘のあとを追いかけようとする男どもの行列ができていた。通りは、危険に満ち溢れていた。それは、たむろする野良犬の姿を見るだけで、娘の身に何が起こるか、おおよそ察しがついた。牡犬どもが、さかりのついた牝犬の上にのしかかろうと思って、列をなして辛抱づよく待っていたのである。いや、辛抱づよくとは言えないかもしれない。ときどき、並んでいるもの同士が喧嘩をはじめたからだった。ウウッと威嚇する声。むき出しになる牙。朱に染まった背中。望んでもいない妊娠……。

　母は、承知しました、あたしたち、というか、息子にお任せください、飼い犬のふらりん坊を散歩に連れ出すついでに迎えに行かせますわ、と答えた。隣りの女は、喜んだけれど、ほかならぬこのわたしが、娘さんの尻をしつこく追い廻している輩のひとりだとは、さすがにご存じなかったのである。

　少女は、イラリア〔笑いの意あり〕という名前であった。けれども、名前とは裏腹なところがあった。たとえば、

「どうしてイラリアなんて名前をつけられたんだい」とわたしは尋ねた。

「どうしてもこうしてもないわ」と少女は答えた。「わたしがどんな笑い方をするかよく見てて」

　そして、犬のようにうなり声をあげた。

　わたしは、毎日、夕方になると、学校の前の歩道でイラリアを待っていた。少女は、通りを横断すると、いつも化粧用に使っている洋服店の鏡に、ほかの何かが映る前に、そこをのぞきこみながら、髪をふりほどき、スカートを膝までまくりあげた。いやはやとんでもないことになった。娘が修道尼に変装した母親と街を歩いただけで、ひと騒ぎ起きる始末なのに、今度は、まるで十二月十二日のお練り〔メキシコの守護神、グアダルーペ聖母の祭日〕さながらの事態に発展したのである。歩いたのは、九ブロックほどだったけれど、ふらりん坊があちこちで用を足したり、排水溝でゴミを漁ったり、鼻面まで何を運んだものか思案したりするので、のらりくらりとした足どりにならざるをえなかった。おかげで、二十分もかかってしまった。犬が疲れるようにしたら、迷惑をかける率は少なくなる、と母は思いこんでいた。けれども、その仮説が崩れると、犬は疲れるとヒステリックになりがちなのよ、と言った。ありていにいえば、少なくとも、犬を長いあいだ外

に連れ出していれば、ひとの所有物に害を及ぼしかねないのである。

　わたしたちは、途中で立ち止まったり、発情した牝犬にばったり出くわしたりすると、さらに手間どることがあった。それは仕方のないことであった。最初の頃は、そうした事態にならないように努めたけれど、とうとう、ふらりん坊がわたしたちのくるぶしに噛みつくようになってしまった。愛犬の聞き分けのなさはいやというほど承知していたので、犬の行列のそばでじっと待たなければならなかった。わたしはといえば、イラリアの後ろの方につづく、もうひとつの行列、つまり、彼女につきまとう野次馬の列に目をやった。ようやく、飼い犬の番がめぐってきた。ふらりん坊は、中型犬だったけれど、この通りの水準よりは丈(たけ)が高かったので、難なく牝犬にのしかかることができた。そうした演(だ)しものを見ていたイラリアは、わたしにこう訊いた。

「むらむらしてきちゃったの、テオ？」

　わたしは、ズボンのファスナーの下で起きていることに気づかれないように、手をかぶせたが、イラリアは、わたしの背中をぽんと叩くと、苦笑いを浮かべながら、次のように言った。

「あなたってヘンタイね」

　以来、月日は去りては来たり、来たりては去りした。わたしは、日々の決まった行動を生かし、スケッチブックを携えて追い求めている夢を実現させることに決めた。

「きみの絵を描かせてもらえないかな」

「何ですって」

「きみの絵が描きたいのさ、これでも画家なんだ」

「知っています。誰もが知っていますよ。何でも、お母さんがあなたを必要としているのに、役に立てない親不孝な息子だ、という噂ですもの。訊いているのは、どんな絵が描きたいかということなの」

「きれいな肖像画で、前衛派の色合いはみじんもないものだよ」

「ヌードの絵かしらん」

わたしは突然、ズボンのファスナーの下でいちもつが勃起するのを感じた。あまりにも跳(は)ねあがったせいで、返答に窮してしまった。

「むらむらしてきちゃったの、テオ?」

わたしは、ゴクリと生つばを飲みこんで、イラリアのすらりとした脚をはじめ、すべてを思い浮かべた。ありていにいえば、経験不足のために、そうしたことを思い浮かべることすらままならなかった。

「あした」とイラリアは約束した。「そうね、母さんが帰ってくる前だったらいいわよ」

「肖像画は何日もかかるんだけれど」

「知っているわ。テオったらエロいのね」

明くる日、わたしは、イラリアにこう知らせた。

「新しいスケッチブックを買ってきたよ」

「で、どんなふうに描いてくれるつもりなの」

わたしは、しだいに弱気なところが失せてゆき、イラリアの思わせぶりな立ち振る舞いに奮(ふる)い立つようになった。股間に血がよくまわる一方、頭はからっきし廻らなかったけれど、それでも、あれこれ思いをめぐらすことに慣れていった。

「まず、じっくりと眺めて気力を集中しなければならない、ひとつのスタイルを見出す必要があるんだ、姿かたちをなぞるだけではダメなんだよ」

「じっくりと眺めるのね、股をひらいた恰好をするのかしらん」

「まあね」と答えたのはいいが、ズボンは濡れていた。

「なるほど。テオったらエッチなのね。きょうは、母さんが早く帰ってくるからいけないけれど、あすならいいわ」

時は来たりては去り、去りては来たりして、何年にもわたるような永い永い時が流れて、明くる日がやってきた。

「氷はあるのかしらん」と少女は尋ねた。

「氷だって。何に使うんだい」

「氷がなければ、肖像画は描けないわよ」

「どうしてなんだ」

「どうしてもこうしてもないわ。乳首の上に乗せて冷やし、乳首がプルンと立つようにするのよ」

ズボンのファスナーの下では、いちもつがブンブンうなり声を上げていた。

「氷を手に入れてきてね。あしたは」

むろん、あしたは、いつまで経ってもやってこなかった。やってきたのは、少女の尻を追いまわす連中のひとりが名乗り出る日だった。男は、少女の尻を追いまわすふつうの手合いではなく、なんとなく見憶えがあるような気がした。それは、以前、会ったことがあるという確信に変わった。わたしたちはすでに、家の玄関の正面にいたが、そのとき、男は、待ってくれと叫んだのである。年配で、太っており、胸の高さまでひっ張りあげたズボンをはいていた。文字どおり、ズボンの位置を保つためには、腋の下を締める必要があるように見えた。わたしたちがいるところまで、ハアハアあえぎながらやって来たので手間どった。左の靴が絵の具で汚れていた。苦労しながらしゃがみ込むと、ふらりん坊を愛撫した。ふらりん坊は、その拍子に、男の羊皮の上着の内ポケットから絵筆を盗み出し、ぺろりと食べてしまった。男は、立ちあがると、わたしなんか眼中にないようなそぶりを見せた。わたしの手は、犬を繋いでいる紐に引っぱられていたけれど。

「名前はなんていうのかね」と男はイラリアに訊いた。

「マリリンです」と最後のリにアクセントを置いて答えた。

男は、顎をしゃくって近所の家の入口を示しながら、その辺に住んでいるのかと尋ねた。少女はええ、そうですと言った。

「お母さんと話がしたいんだけれど」と男は洩らした。

少女は、母さんは働いているので、帰るのが遅くなります、と応じた。

「どのくらいかかるんだろうか」と男は訊いた。

「一時間ほどでしょうか」と少女は話した。

男は、周囲を見渡し、正面の歩道に安食堂があるのを見つけた。そして、ふたたび顎をしゃくって安食堂の方を示しながら、あそこに行ってコーヒーを飲んでいるから、お母さんが帰ったら、会いに来てくれるように伝えてくれ、と頼んだ。そのあと、こう付け加えた。

「ディエゴ・リベーラが話をしたがっている、そうお母さんに言うんだよ」

動物愛護協会の連中がマンションにやってきて、下の階から上の階へ、左側から右側へ、一戸ずつ扉を叩きはじめた。そしてとうとう、最後から二番目のわが家にたどり着いた。その頃には、質問に継ぐ質問が重ねられており、わたしは、すっかりインテリの犯人に仕立てあげられていた。捜査官はふたりであった。ひとりは、腰まで長い髪を垂らした、丸い胸の、ずんぐりとした若い娘だった。もうひとりが上司で、パパイヤのかたちの頭をしていた。それは、何もわたしが言い出したことではなく、のちに、ベラクルス州出身で、パパイアに詳しい、イポーリタが指摘したことだった。わざわざ家までやってきて、あれはマラドール・パパイアというやつです、と教えてくれた。わたしたちの中でいちばん植物学者に近いジュリエットが、それを裏書きしてくれた。ヘタに繋がった部分を下向きに置けば、それだけで立派な顎（あご）の代わりになりますよ、という話であった。

わたしは、自己弁護を試みた。犬の死は読書会と関わりがあるというのでしたら、わたしは参加していませんよ、それどころか、そもそも小説なるものは読みませんから、と述べたてたのである。

「嘘はいけませんね」と〈パパイア頭〉が言った。「小説を書いておられることも摑んでいますよ」

「小説なんか書いていません、誰から聞いたんですか」

「皆さんですよ、1Aの部屋から3Bの部屋まで、そんなふうに認めているんです。ご存知じゃないんですか。あなたは〈小説を書いているひと〉と呼ばれています」

こいつは、フランチェスカの勝手な妄想がすでに集団の強迫観念に変わってしまったことを物語っているな、とわたしは考えはじめた。けれども、ぐずぐずしてはいられなかった。〈パパイア頭〉に責め立てられていたからだ。何でも、近所の肉屋で聴いた話だけれど、犬を売ろうとした老人の人相がわたしとぴったり一致する、というのだった。おまけに、通報者が、エピクーロ公園で家族といっしょに犬の死を悼んで涙を流していたとき、口笛で『喜びの歌』を愉しそうに吹いている老人を見かけたと証言しているが、その老人の顔つきとも符合している、というのである。〈パパイア頭〉は、ぎゅうぎゅう詰めの書類ホールダーから紙切れを一枚とり出すと、こう述べた。

「告発状です」

そのあと、次のように読みあげた。

「以下、原文どおり。〈歳の頃は、八十歳以上、浅黒い肌の、白人とインディオの混血で、ぼさぼさの白髪頭、中背で、隆起した鼻、コーヒー色の瞳、ネズミのような耳、吐き気を催すような口もと、皮肉屋らしき容貌、これといって特徴となるような傷痕や目印はなし〉」

〈パパイア頭〉は、そこでひと息入れると、まるで書類に赤インクで線が引いてあるかのように、さらに力づよく、こう述べた。

「〈飲ん兵衛である〉」

「わたしは、七十八歳だけれど」と自己弁護をした。

「そんなこと気にしなくてもいいですよ」と〈パパイア頭〉は受け流した。「ひとは、年齢の計算となると好き勝手なことを口走るもんです。それはどうでもいいことですが、かなりガタがきているように見られていますね」

「ああ、それから、〈隆起した鼻（ナリス・トゥベルクローサ）〉とは、どういう意味ですか」

「ジャガイモみたいだということです」と〈パパイア頭〉は応じた。

「というより大根に近いでしょうね」と若い娘が口を挟んだ。

「〈隆起した（トゥベルクローサ）〉という言葉はもともと〈結核（トゥベルクローシス）〉に由来しています」とわたしはふたりの誤りを正そうとした。

「いやいやこの場合は、〈結節（トゥベールクロ）〉、が語源なのです」

「違いますよ。ろくに形容詞の使い方も知らないやつがいう人相書きなんて、当てになるもんですか。それに、大根は〈結節〉なんかではありませんよ」

〈パパイア頭〉は、若い娘の方をふり返り、やさしく包みこむような目で見つめながら、彼女の誤りを詫びた。見たところ、先生気どりであることは明らかだった。しつこく食いさがる方法を伝授する責任があると思っていたのである。

「なにしろ作家だからね」と〈パパイア頭〉は彼女に言った。

「作家なんかじゃありませんよ」とわたしは叫んだ。

「じゃあ、そのノートは何か説明してくれませんか」

〈パパイア頭〉は、咎（とが）めるように扉のそばにある棚の方を指さしながら、次のように話をつづけた。

「もし、おっしゃるとおりに、小説を書いていないのなら、ノートの内容を明らかにしてくれませんか」

「家宅捜査令状でもあるんですか」

「やっぱりね」と〈パパイア頭〉は大声を出すとともに、嬉しそうにぽんと手を叩いた。

「どんな廉（かど）で告発されているのか教えてくれますか。作家であるという廉ですか。だったら、無罪を主張します」

そのとき、じつは、わたしに罪を着せるような証言がある、と〈パパイア頭〉は話した。それはイポーリタによる中傷であった。〈パパイア頭〉はホールダーからもう一枚の書類を出すと、おのれのパパイア頭の前で広げ見せた。

「2Cの部屋のイポーリタ夫人の言葉を引きます。〈小説を書いているひとは、犬にストッキングの片方を餌にやるように、わたしたちに勧めたのです〉。引用終わり。殺し方は、おこなわれた死体解剖の結果とぴたりと一致しています」

「わたしじゃありませんよ。小説なんか書いていない、と何度くり返せばいいんですか」

「2Cの部屋のイポーリタ夫人の言葉を引きます。〈小説を書いているひとは、3Cの部屋に住んでいます〉。引用終わり」

これは、わたしが書いていることになっている小説の中に、イポーリタを登場させなかったことか、彼女の口髭について書いたことか、そのいずれかに対する仕返しではないか、と考えた。そのあと、そのどちらでもないことが分かった。じつは、イポーリタは、『メキシコのパリヌーロ』の頁をめくったときに、右手首を折り、鎮痛剤を飲んでいたけれど、そのせいで饒舌になっていた（おまけに、ひとの頭がパパイ

ア に見える幻覚に襲われていた）のだ。

「あなたは、メキシコ・シティーの動物虐待法のことをご存知ですか」と〈パパイア頭〉は脅しにかかった。

わたしは、そうだとも、そうではないとも答えなかった。こうした窮地から救い出してくれる高齢者のための条例があるのではないか、とふと思った。市役所にお気に入りのものがあるとすれば、まさしく動物と老人、このふたつであった。だから、まだしも、わたしたち老人に分があるのではないかと想像をめぐらせた。ちょうどそのとき、呼び鈴が鳴った。その日は水曜日で、ヴィレムが来る日だった。インターフォンで、家まで上がってくるように言ってから、こう〈パパイア頭〉に申し述べた。

「証人を呼びたいんですが」

「これは裁判ではありませんよ」と〈パパイア頭〉は撥ねつけた。

「証人は、告発は不当だと指摘してくれるはずです」

ヴィレムは、例によって例のごとく、めちゃくちゃ時間がかかった。ゴキブリが一匹、台所から顔を出したけれど、触覚でそのときの張りつめた空気を察知して早々に姿をくらました。若い娘は、壁に掛けてある絵に近づいて、しばらくじっと見入ったあと、次のように言った。

「あなたが描かれたんですか」

「いえ、父なんですよ」

「お母さんですか。つまり、お父さんの連れ合いの」

「ええ、そうです」

「きっとお美しかったんでしょうね」

わたしは、頭のてっぺんから足の爪先まで、足の爪先から頭のてっぺんまで、若い娘をまじまじと見つめた。

「お名前は何でしたっけ」とわたしは尋ねた。

「ドロテアですけれど」

〈パパイア頭〉が、若い娘の、若鶏のような、人のよさを咎(とが)めようとした矢先、扉を叩く音がした。わたしは扉を開けた。〈パパイア頭〉は、ヴィレムが敷居をまたぐと、皮肉のこもった目をわたしに向けてきた。

「これは何かの冗談ですか」

ヴィレムは、黒のリュックを背負い、右手に聖書を抱えた、いつものお仕着せ姿で、汗をかきかきやってきた。ドロテアは、つかつかと近づいてゆき、彼がシャツからぶら下げているネームプレートを読んだ。彼女はおちびさんで、ヴィレムは背が高かったので、目が青年の心臓の高さまでしか達していなかった。

「初めまして、グイレムさん」と若い娘は言った。

「オランダ人ですか」と〈パパイア頭〉は訊いた。

「ユタ州出身なんです」とヴィレムは答えた。

「アメリカ人(グリンゴ)ですね」と〈パパイア頭〉はずばりと言った。

「現在、家族は……」

「家系図をたどっているときではないよ、グイレム君」とわたしは口を挟んだ。

犬が死んだ日、彼がわたしといっしょにいたこと、そして、わたしは犬を殺せなどという命令は出していないし、思いつきもしなかったことを証言してくれるように頼んだ。

「いつだとおっしゃったんですか」とヴィレムは尋ねた。

若い娘は、何月何日と日付を伝えた。

「ごめんなさい、何曜日だったかという意味でした」

告発状では、はっきりしなかった。わたしたちは、台所に掛けてあるカレンダーを見に行った。ゴキブリは、角砂糖で遊んでいた。カレンダーは、二〇一二年のものだったので、一日、足す必要があった。わたしたちはようやく探し当てた。月曜日だった、つまり、一日ずれて、火曜日だったことになる。

「違いますよ」とヴィレムは言った。「ぼくは水曜日しか来ませんからね」

「確かかね」とわたしは問いただした。「確かなんだな」

「それと、土曜日にも来ますけれど」と話を締めくくった。

〈パパイア頭〉は、台所を出て、けっきょくそのときまでやったことは裁判であったかのように、審議はじゅうぶん尽くされたといった様子で、玄関に向かっていった。

「ちょっと待ってください」とわたしは叫んだ。「二〇一二年は閏年（うるうどし）ではありませんでしたか」

わたしたちは、カレンダーのところまで引き返した。案の定、二月は二十九日あった。

それで計算が変わるわけではなかったが、少なくとも混乱は起きた。若い娘は、携帯電話をとり出すと、カレンダーで日付を探しはじめた。わたしは、震える手で彼女の前腕（ぜんわん）を押さえた（それは、わたしの得意とするところであった）。若い娘は、可哀想になったのか、携帯をしまった。

〈パパイア頭〉は、告発状と、二週間以内の出頭命令書の、コピーをわたしに差し出した、そして、後ろ髪をひかれる思いのドロテアを引きずるようにして立ち去った。若い娘は、わたしをじっと見つめていた。まるで動物を虐待した者が、石礫（つぶて）をぶつけられた上で、化学的な去勢をうけ、縛り首にされるといったように、次々に罰を加えられる場面を思わせるところがあった。

「いったいどうしたんだ、ヴィレム君」とわたしは、扉がしまったとたん、怒鳴りつけた。

「嘘をつくのは神の命令に背くことになりますから」と言った。

「神なんか存在しないよ、きみは何ひとつ分かっていないね」

わたしは、本棚の方に行って、『美の理論』をとり出した。もう少しでそれで頭をぶん殴るところだった。けれども、そんなことをして何になるのだろう。わたしがやるべきだったのは、『メキシコのパリヌーロ』を借りることであった。それにしても、もし『美の理論』で殴っていたら、きっと金髪の青年は生きては帰れなかったであろう。

「もう二度と顔も見たくないね」とわたしはふたたび扉を開けながら言い放った。

青年は、リュックを摑むと、出口に向かって茨の道をたどりはじめた。

「おい、帰る前に、ひとつだけ訊いておきたい」

「何でしょう」

「わたしの鼻はどんな恰好をしているかい」

「何ですって」

「何に似ているかと訊いているんだ」

青年はわたしの鼻をまじまじと見つめていたが、あえて口を開こうとはしなかった。

「さあ、どうなんだ」

「ジャガイモでしょうか」

「帰れ、さっさと帰れ、出て行け、とっと失せやがれ」とわたしは命じた。

青年は、異を唱えることもなく立ち去った。ふたりとも、また土曜日に戻ってくると分かっていたのである。わたしは、ビールを注いで、一服入れると、告発状を読みはじめた。そのとき、告発者の苗字に気がついた。わたしは、ぽんこつながらロケット弾と化して一路、八百屋をめざして突っ走った。玄関ホールの椅子をなぎ倒したあと、こう叫びながらなだれこんだ。

「いったい、誰がわたしをブタ箱（タンボ）に放りこみたいと思っているか、想像してみてくれ」

ジュリエットは、そのときしていたこと、つまりドロテアとの話を中断した。

「あら、いらっしゃい」とジュリエットは言った。「孫娘を紹介するわ。ドロテアというのよ、以後よろしくね」

「さっき会ったところなんだ」とわたしは応じた。「犬を取り締まる警察で働いている娘（こ）だろう。それにしても、女将（おかみ）に反革命分子の孫娘がいるとは、いったい全体どうなっているんだ」

「反革命分子とは何の繋がりもありませんよ、真逆なんですよ」とドロテアは自己弁護をはじめた。

「まさか。革命は、犬どもがやらかそうとしているとでもいうのかい」

「あら、笑わないで」とジュリエットは言った。「野良犬どもは、とっくに街を占拠していますよ。テオ、落ち着いてね。ドロテアは気のやさしい娘です。あまりにも理想に走りすぎるのが玉に傷だけれど。それはどうしようもないわ。このおばあちゃんの孫娘なんですもの、いいところあるのよ」

「おばあちゃん、帰った方がよさそうね」とドロテアが口を挟んだ。「出直すことにするわ」

「そう言って、めったに来ないくせに」

「今度は来ますよ、きっと」

ドロテアは、なんともやさしくジュリエットを抱擁したので、わたしを尾行していたことを許してやってもいいと思ったくらいだった。

「いいかい、言っておくけれど」とジュリエットは孫娘に話した。「もうここへボーイフレンドを寄こすんじゃないよ、どいつもこいつもツケ払いなんだから」

「おばあちゃん、大義のために協力してあげてよ」

「あれだけたくさんの大義に見合うだけのトマトが、あいにく店にはないんだよ。ここでは、きちんと現ナマで払ってもらわないと、それこそおマンマの食いあげだよ」

ふたりは、抱擁を終えた。ドロテアは、帰る前に、わたしにこう尋ねた。

「あの青年とは、お友だちなんですか」

「モルモン教の青年のことかい」

「ええ、まあ」

「気に入ったのかい。デートを取り持ってほしいというわけかい」

ドロテアの長い髪は、電流が走ったようになった。

「ううん、ちがうわ。ただの好奇心から訊いただけよ。伝道の仕事をするひとには、ずっと好奇心をおぼえていたの。おまけに、あの清廉潔白さにはびっくりしたわ」

「清廉潔白さだって」

「あなたのアリバイ作りのために、嘘をつこうとはしなかったんですもの」

「いいかね、いま思いついたけれど、裏切り者と反革命分子というのは、ぴったりの組み合わせだよ。デートのお膳立てをしてあげるよ」

「恋人ならいますけれど」

「あら、恋人がいるっていうの」とジュリエットは大声で話を遮った。「そんなふうになるように、あたしたちは性の革命をやったきたのかしらん」

「おばあちゃん、本当にもうこれで帰りますね」とドロテアは言った。

「おい、きみ」とわたしは彼女に話しかけた。「青年にはお手やわらかに頼みます。あいつは、見かけより十は歳下なんだから。精神年齢のことを言っているんだけど」

孫娘が、八百屋を出ていくと、ジュリエットは、店の奥に行ってビアグラスをふたつ取ってきた。

「あなたったら、相変わらずモルモン教の青年とつきあっているようね。そのうち、改宗するような事態にならないといいけれど」

「ご安心を。ワクチンはちゃんと打っておりますので」

「じゃあ、どうなるのよ」

「こっちがあっちを改宗させてやるのさ。あいつは世間知らずだからね」

「哀れんでいるの」

「たとえ犬であっても同情なんかしないさ」

わたしたちは、ビールを飲んだ。あまり冷えていなかったので、泡がジュリエットの口の周りに、はかない髭のようにくっついた。

「けれども、孫娘がいるとは知らなかったな」

「一度も尋ねられたことはなかったんですもの。悪ふざけをやっているうちに、人生はすぎてゆくのよ。ところで、そっちはお孫さんはいるのかしらん」

「いないね」

「子どもは」

「いませんね」

「やもめだって言っていなかったかしらん」

「まあね」

「嘘だったのね」

「気にすることないさ。家族なんてブルジョア的な制度にすぎないからな」

「まさかゲイじゃないでしょうね」

「どう思うかね」

「まったく支障はございません。この八百屋では、すべての信念、肛門に至るまで尊重いたしております。で、モルモン教の青年と寝ているのかしらん」

「そこまで訊くことはないだろう、ジュリエット」

「じゃあ」

「じゃあ、どうだというんだ」

「想像上のやもめだっていうことなの」

「おいおい、そんな話をしにきたんじゃないよ。じっさいに起きたことを聞かせてやろうか。じつは、わたしを告発しているやつがいるんだ」

また詩人が亡くなった。読書会のメンバーは、こぞってシティーを横切り、お別れをするために葬儀社に駆けつけた（詩人は、芸術院の扉を開くまでには至っていなかったのである）。全員といったが、ひとりだけ例外があった。イポーリタである。彼女は、ぽつんと玄関ホールに居残り、左手で、膝の上に置いた、くだんの詩人の、ぼろぼろになった詩集を撫でていた。右手には、ギプスをはめていた。

「できたら、きょうは行きたかったのよ」とため息をつきながら呟いた。「いかながいっしょなんですもの」

鎮痛剤を飲んだせいで、多弁になったばかりか、呂律（ろれつ）がまわらなくなり、アルファベットの順番に狂いが生じていた。

「ベラクルス州の出身なのかい」

「そうよ、わたしと同じ、コルドバ市の生まれなのよ」

イポーリタには、三人の子どもがいて、まだベラクルス市に住んでいた。彼女は、夫が亡くなり、骸(むくろ)にシャンピニオンさながらに私生児の芽が生え出たとき、その町を離れたのである。わたしは、近づき、本の表紙を見た。蚤(ノミ)すら殺せそうにない、薄っぺらなものだった。表紙には、三匹の犬が喧嘩をしている絵が描いてあった。二匹は、地面に転がって殴り合いをしていた。三匹目は、本の背表紙側にあると想われる、象徴的な場所に向かって吠えていた。イポーリタは、詩人が安らかに眠るのはそうすることにかかっているかのように、まるでなだめるみたいにやさしく犬たちを撫でていた。

「パン屑芸術の講座は中止になったのかい」

「そんなことはないわ、どしうて」

「その手が……」

「あら、だから、こうやってかてたで仕事をしているのよ。作品が見たいの？」

イポーリタは、わたしの返事を待たずに、がらくたが置いてある部屋に入ると、洗濯用の石鹸箱を持ってきた。そしてそこから、惨憺たる巧みさで作られた人形をとり出しはじめた。それらは、鮮やかな彩りの、デフォルメに捏(こ)ねあげられたものであった。ぴよぴよと産声(うぶごえ)をあげる前に、手荒に流産させられ、卵から追放されたあと、フライパンで目玉焼きにされた小鳥たちだった。わたしは、イポーリタと彼女が教えている子どもたちが、ひとつのモチーフにこだわっていたので、小鳥たちだと分かった。そうだと知らなかったら、何でもありうると想像したであろう。あるいは、何でもありえないと想像したかもしれない。

「小鳥には木のだえが欠けているのよ」とイポーリタは言いわけをした。「ギプスが取れたら、わたしが作ってあげるつもりよ」

わたしは、玄関ホールの明かりで青色の失敗作を調べてみた。

「それは鉢えうなのよ」と彼女は説明した。「ベラクルスにはたくさんあるわ」

パン屑芸術は、歴史をたどれば、ずっと凄まじいまでに無邪気で、具象的なものであったけれど、最近あわただしく、抽象芸術の仲間入りを果たしたところだった。なるほど、イポーリタは、事前のあらゆる段階を飛び越えていた。したがって、彼女の業績が評価されていないことは間違いない。自由の領域にある芸術すらも、例外を受け容れるように開かれていないのである。イポーリタの人形を進歩として捉えるためには、パン屑は、まず、最低限、印象主義と立体派（キュビスム）を乗り越えなければならないのだ。

「その赤いのは何だい」とわたしは尋ねた。すべての人形に赤い斑点が飛び散っていたからだった。

「それですか」とイポーリタは答えながら、鉢えうと想われるもののふくらんだ部分を指さした。

「そうそう」

「血ですよ」

「とすると、死んでいるのかい」

「パン屑でできているから、死んりだなんかしませんよ」と彼女は言った。「何に見まえすか」

わたしは、人形を注意深く洗剤の箱に戻していった。その間、そのときの状況にふさわしい言葉を探した。

「いま飲んでいる鎮痛剤は、やめてはいけないと思うな」

わたしは、こっそり、エスメラルダ学院〔正式にはエスメラルダ国立美術・彫刻・版画学院という。一九二七年創立。メキシコ・シティーにあり、ディエゴ・リベーラやフリーダ・カーロなど有名な画家が教壇に立った〕の入学手続きをすませて、授業を受けようとしていた。姉は、昔から花より団子といったところがあり、パパイアは、眺めて愉しむ前に食べてしまうタチだったので、商業学校に進んだ。残酷な話だが、それからほぼ六十年がたった今頃になってようやく、母親の方が罰を受けるであろうことがわたしには分かった。姉は、どこから見ても秘書になりそうな素質の持ち主だった。じつは、母親は、姉のそうした素質と脚が長いことを、虫酸（むしず）が走るくらい嫌っていたのである。いっぽう、わたしは、父親が犯した失敗の轍（てつ）を踏もうとしていた。父親は、趣味を仕事ととり違えて、母親の頭を狂わせてしまったのだ。まるで、遺伝因子による問題か、肉体的な欠陥、あるいは不治の病いでもあるかのように、わたしは父親の芸術家肌の気質を受け継いでいるものと思いこんでいた。

エスメラルダ学院に通っていたけれど、まもなくほんとうに興味をひくものは、学校の外、ボヘミアン的な暮らしにあることを発見した。わたしたち仲間は、学校の周辺で落ち合い、人数が集まると、繁華街の酒場にくり出した。わたしは、幸せな生活を送り、天職も見つかっていた。しかしそれは、ある夜明けに、飼い犬のふらりん坊が、わたしが脱ぎ散らしたズボンのポケットに鼻面を突っこむまでの話であった。その朝、ふらりん坊は、目をさまさず、息も絶え絶えになっていた。母が、いくら揺すっても何の反応もみせなかったのである。午後になって、母が動物病院に連れてゆくと、マリファナ中毒を起こしているという診断を受けた。それは、鼻面あたりの匂いを嗅ぐだけで、簡単に分かることだった。母が、もっと早く発見できなかったのは、一度も大麻の匂いをかいだことがなかったからだった。わたしが、エスメラルダ学院で〈授業を受けて〉、その夜遅く家に帰ったとき、母は、寝ないで居間の椅子に坐って待っていた。そして、獣医から聴いたことを詳しく話してくれた。あきらかに咎(とが)めるような口ぶりであった。けれども、わたしは、ほろ酔い気分でご機嫌だったので、それに、絶対におのれの落ち度を認めるつもりはなかったので、なるべく愁嘆場にならないように、こう答えた。

「とんでもないことになったね」とわたしは言った。「それにしても、ふらりん坊のやつ、どうやってマリファナ煙草に火をつけたんだろうね」

　母は、次のようにぽつりと洩らした。

「あなたにはがっかりさせられるわ(メ・デスコラソーナス)」

　たぶん、胸が張り裂けるような思いをさせられている、とでも言いたかったのであろう。けれども、そうすれば、単に胸筋が弱いだけと想われかねなかった。まるで、落胆に耐えられない欠陥をそなえており、その落胆の一端は、おのれのせいということになるのだ。それに対して、母は、動詞(デスコラソナール)を、スペイン人が新大陸にやってくる以前のアステカ時代の意味、つまり、心の臓をえぐり取る、という意味で使っていたのである。そうなると、なるほどすべてがわたしのせいだった。母は、あくまで心の臓をもぎ取られて死にかけていたのであって、心の臓の病いのせいではなかったのだ。国立中央病院を訪れていた一九八五年九月十九日〔マグニチュード8の大地震が起きた日。メキシコ・シティーを中心に甚大な被害をもたらした〕、心臓病棟の一部が崩壊してその犠牲になったのである。享年七十三歳であった。前日、ほかの病院の心臓病専門医は、母は健康であると太鼓判を押していたけれど、母は、最期が迫っていると確信していた。しかしながら、まだ、心の準備ができていないし、あの世で父と再会するかもしれない（そのときまだ、父は死んでいなかったけれど、母は知らなかったのだ）と思うだけで、ぞっとすると言っていた。翌日、母はセカンド・オピニオンを求めるために、国立中央病院の心臓病科に行くと言ってきかなかった。予約していなかったので、診察の順番が確実に廻ってくるように、朝早く出かけた。そして、七時十九分以前に着いたのである。シェーンベルクの言葉どおりにしていれば命拾いをして、あと数年、生きていられたかもしれないけれど、母が、探さざる者、発見に至らず、という言葉を読んでいないのは明らかであった。しかしながら、死とは探すものなのか、それとも、ただ単に出くわすものなのか、いったいどっちなんだろう。

　ふらりん坊は、あとで意識が戻ったけれど、それから数時間、物が世界の表面に映し出すさまざまな影像を眺めることに専念した。午後のあいだじゅう、一匹の蟻の動きを追いかけて、その習性を研究していた。わたしはというと、母が遣（つか）わした、郵便局の同僚にあとをつけ廻されていた。その男は、欠勤したときに、母に仕事を肩代わりしてもらっていたので、恩義を感じていたのである。密偵（スパイ）は、とうとう、わたしがエスメラルダ学院に通っていることを探り出した。そこで、恩返しの価値を釣りあげ、一気に負い目をなくしてやろうとばかりに、わたしの破廉恥（はれんち）な振る舞いを洗いざらい母に報告してしまったのである。とくに、息子さんは、薄汚れた恰好をした連中やマリファナ常用者、同性愛者、共産主義者とつるんでいますとか、その指南役は、まさに学院の先生たちにほかなりません、と垂れこんだのだ。母は、あたしが目の黒いうちは、二度と学院に近づいてはいけません、孤児になっても知らないわよ、と凄みを利かせた。またしても、何度も父親に浴びせられていた、次のような諫言を家の中で耳にすることになった。すなわち、〈芸術なんて何の役にも立ちません。どうせ飢え死にするのがオチです。そんな贅沢な暮らし方は、あたしたちにはとうてい無理なんです〉。わたしは、芸術家になる贅沢、飢え死にする贅沢、あるいは無駄なものを作る贅沢、そんなふうな贅沢があるんだ、と考えていた。そして、極めつけが、皆が口々に言う、こういう脅し文句であった。〈芸術というのは、どこかのお金持ちの坊ちゃんがやるお遊びですよ〉。

わたしは、おのれが天職と思っていることについて母親に話した。なるべく具体的な例を挙げるように努め、母親をやりこめてやろうと思った。貧困を乗り越え、後世に燦然と輝く名前を遺した、想像上の画家を取り上げて、あることないこと話をデッチあげた。

「フランスの芸術家について作り話をしても無駄ですよ」と母は話を遮った。「おまえも父さんと同じだね。許すわけにはいきません。考えてもごらん、父さんが仕事からもたらしたものは欲求不満ばかりだったわ。あたしたちがこの先どうなるか考えてみてね」

それから、わたしは、いくら反対されても、画家になることを証明するために、家出をしてやる、たとえ浮浪者に身をやつすことになっても、と言って脅しにかかった。すると、姉を呼びつけたあと、わたしたちふたりを前にして、あたしはリューマチを患っているので、医者から仕事をつづけることを禁じられているのよ、と宣わったのである。しかも、いちど口にしたら、あとには退けない、死ぬまでずっと辻褄あわせをするしかない種類の、究極的な嘘を堂々とついて見せたのだった。

「母さんは、ここまで追いつめられているのよ」と、まるで電池が切れてしまったかのように話した。

「こんどは、あんたたちが何かをしてくれる番なのよ」

　その日以来、母は、病院通いと犬を散歩に連れ出すこと、このふたつしかしなくなった。姉は、初めて秘書の仕事に就いていたが、わたしは、二度とエスメラルダ学院に足を向けることはなかった。わたしの冒険は、一年もつづかなかったけれど、少なくとも人物像の実技の授業を利用して、一糸(いっし)まとわぬ女の姿を目の当たりにする機会に恵まれた。〈本質を捉えるため〉と称して、まじまじと見つめたので、手足の細部まで記憶にとどめることができた。そして、あまりにもせっせとオナニーに耽ったせいで、精も根も尽きはて、視界がぼやけた瞬間に、哀しい直感がひらめいたのである。つまり、ひょっとすると、女とは命を賭けるほど、素晴らしい、神秘に包まれた存在ではないという思いである。

　羽を切り落とされたわたしは、いちばん手っ取り早い道を選んだ。伯父さんにタコスの屋台で働かせてもらうことにしたのである。まぎれもない天職だと思いこんでいた仕事を諦めなければならなくなった以上、タコス屋は、ほかの仕事と同じくらい立派なものに見えた。というか、多くの仕事は、奴隷のようにこき使われる体制になっていることが透けて見えたので、タコス屋になる方がましだと思えたのだ。正直にいえば、たぶん、その方が、犬に恨みをつのらせていたこともあって、よさそうだった。伯父さんの屋台は、カンデラリア・デ・ロス・パトス街にあった。夕方から開く店だったので、仕事は五時半に始まった。わたしは、玉ねぎやコリアンダーを切ったり、トルティージャ〔トウモロコシの粉を練って薄く伸ばして焼いたもの〕の焼け具合を見たり、ハイビスカス・ティーや、オルチャータ〔メキシコでは、米の煮汁を冷やしてシナモンをふりかけた清涼飲料〕ふうのライス・ウォーターを出したり、ミント菓子といっしょにお釣りを手渡したりした。屋台は、ふだん真夜中の十二時に、週末は午前一時半に閉めていた。わたしは、何時間も立ちづめで忙しく動きまわりながら、馴染(なじ)みのお客さんを相手に冗談をいうことに、しだいに慣れていった。ただし、両手に嫌な匂いがくっついて消えないことだけにはほとほと困ったし、何とかならないものか思った。その頃、芸術家の手は、玉ねぎやコリアンダー、ミント、汗にまみれた紙幣や硬貨、といったものが入り混じった、悪臭ふんぷんたる代物（しろもの）になりはてていたのである。

タコスは去っては来たり、タコスは去っては来たりしていた。そうしたタコスに明け暮れる日々をわたしはじっとがまんして過ごした。そのうち、ある夜明けに、ナイロンのストッキング事件に巻きこまれることになった。ストッキングは姉のものであった。明け方、彼女は、誰かが、自分の引き出しをかきまわしているのに気がついたとき、わたしに疑いの目を向けた。そしてついに、ふらりん坊の体が硬直しているのを発見した。姉は、わたしのところにやってくるなり、こう言った。

「とり返しのつかないことになっちゃったわ」

母は、驚いたことに、ふらりん坊の死体解剖を求めなかった。散歩に出かけると、市場（メルカード）の近辺をぶらついていたとき見つけた、野良犬を連れて帰ってきたのである。それはいいが、犬の名前にはどうかと思われる、メルカードという名前をつけた。姉は、そう言って諭（さと）したけれど、母は、ほかの名前をつけることを頑として受けつけず、知らん顔をしていた。それは、仕事をやめた以外に、その頃から、彼女がやり始めたもうひとつのことだった。つまり、頬（ほお）かぶりを決めこむのである。そしてときどき、そのまま気狂いのまねに移ることもあった。姉とわたしが大人になった以上、従来のつき合い方を変える時がきたと見定めたようだった。そこで、今ではすっかり鮮度が落ちてしまった、融通のきかない親から、うすぼんやりした振る舞いを見せる親に変わることにしたのである。そうすれば、知らないうちにさまざまな重い責任を、わたしたち子どもに移せると踏んだのに違いない。

わたしは、ふらりん坊をきちんと葬ってやると母に約束しておきながら、家の近くにある、朝から営業しているバーベキュー・タコスの屋台まで亡骸（なきがら）を運んでいった。そして、五ペソ、ビール四本ぶんのお金をせしめた。明くる日、母が哀しみをやりすごすようにと思って、朝食に誘った。タコス屋は、わたしが近づいてきて、すべてのトッピングを入れたものを二人前、注文すると、ぎくりとした様子で髪を逆立てた。まるで、わたしたちが魔術の儀式にひっぱりこんだかのようであった。

「味は、どうなの」とわたしは、せっせと噛みながら、母に訊いた。

母は、まあまあといったところかしらん、という意味の、左手を振る仕草をして見せたけれど、一口ぶん飲みこむと、タコス屋を怒らせないように、わたしの耳元でこうささやいた。

「肉が生煮えでコリコリした食感ね」

わたしは、ひんぱんに中華料理店に出入りし、ビールを飲んでいた。いつも新聞かノートを持っていった。けれども、じっさいにやっていたのは、中国人の行動を分析し、秘密を探り出すことだったのである。ある日、中国人は、レストランの隅々に水を撒いていた。わたしは、家に帰ると、そのまねをした。ゴキブリは、水をもらうと、触覚を使って拍手をしはじめた。べつの日は、中国人が使っている掃除用品のブランド名をノートに書きとめ、同じものを買って、週に二回、マンション掃除に来てくれる若い娘に渡した。そのとき、これはこのままで、それは水で薄めて、というふうに一連の細かい指示を与えた。部屋に漂う匂いが変わり、家具や床の表面の色艶も少し改善が見られた。ゴキブリは、泰然と構えていた。わたしは、合成樹脂の観葉植物を買い入れた。すると、ゴキブリは、すてきな行楽地ができたとばかりにわがもの顔で占拠した。明かりはすべて提灯に取り替えたままではよかったけれど、夜明けにとり外さなければならなくなった。提灯の上をがさごそ歩くゴキブリの足音がうるさくて、眠れなかったのである。

わたしは、ベッドの下に隠した箱にフォーチュン・クッキーを溜めこんでいた。毎日、運勢を見るのは、ゆきすぎで危険でさえあると思っていたのだ。ときどき、目がさめて、気が萎(な)えそうになる寸前に、思い直すきっかけを求めて、どれかひとつを開けてみると、効果てきめんであった。まるで背中をぽんぽんと続けざまに押されているかのようだった。

　水曜日か土曜日には、ヴィレムをいっしょに連れていった。それにしても、彼は、いちばん途方もない発想をする男であった。ゴキブリを震えあがらせるのは、中国人の体臭であるとか、中国人は、ゴキブリをフライにして食べているとか、家の中の装飾があまりにも派手なので、ゴキブリもたじたじとなって入ろうとはしないだとか、宣(のたま)うのである。そうしたヴィレムの言葉には、真実が含まれていないこともなかった。その証拠に、レストランは、いつ行ってもがらんとしていたのである。おまけに、ヴィレムは、ずっと手招きの動作をくり返している猫を贈ってくれた。むろん、陶器製のやつだった。この招き猫は、けっきょくゴキブリのための遊園地になり果ててしまった。

　ジュリエットは、わたしを哀れんでくれた。あたしには中国語を話す同志がいるのよ、ペルーで北京語を身につけた毛沢東主義者だけれど、その子を紹介するから安心しなさいと言った。

「あなたを手伝うように頼んでみるわ」と話した。「けれども、何も訊いたりしないでね、それに、彼のことは誰にもしゃべらないと約束して。なにしろ非合法活動をしている子だから」

　ジュリエットは、ある日の昼下がり、わたしが事情を説明できるように、八百屋でひき会わせてくれた。そいつは、二十三歳の青年で、ペルーの左翼テロ集団、〈輝ける小径(センデーロ・ルミノーソ)〉の、まるで雑巾(ぞうきん)さながらの、汚いＴシャツを着てあらわれた。頭はボブ・マーリー型のラスタ・ヘアー、指の腹には、墨か煙草か火薬か、何とも知れないものが染みこんでいた。ＵＮＡＭ(ウナム)〔メキシコ国立自治大学〕哲学部にあるＣＡＨ、つまり〈ストライキ非公式委員会〉のテントで四年前から暮らし、非合法活動をしているのである。わたしは、万一にそなえて、事態が紛糾したときを考えて、『美の理論』を携えてきていた。青年の目は、さっそくそちらに向けられた。

「うひゃあ、オジイさんったら、ハードコアものが趣味なんだ」と言った。

わたしが、どんなことを必要としているか打ち明けたあと、ふたりで通りを横断した。青年は、中華料理店の奥まで入りこみ、中国人を相手に話しこんだ。わたしは、外で待っていた。青年の話では、その方がいいとのことであった。中国人は、陰謀めいたことが大好きらしい。二分もしないうちに出てきたけれど、顔には、彼なりに上手にまねたとおぼしい、相手を見くだしたような、偉そうな表情を浮かべていた。とても見られたものではなかった。

「万事休す」と青年は洩らした。「じつは、連中は中国人ではなく韓国人だったんですよ」

わたしから二百ペソの謝礼をせしめようとしたが、けっきょく二十ペソで手を打つことになった。青年は、ふたたび、わたしの右手で吠え立てている『美の理論』に目をやった。

「その種の本が好きでしたら、いくらでも手に入りますよ」と自信ありげに言った。「この近くにある図書館、銀行の図書館なんですけれど、ぼくはそこに本を納入しているんです。ご存知ですか」

「銀行と取り引きがあるのかい」

「ゆすり、たかりのポストモダン的なやり方ですよ。大事なのは、資本を革命のために活用することなんです」

「大学から盗み出すつもりか」

「大学の予算は、政府から出ています。道徳的には、好ましい犯罪の二乗といったところですね。興味おありですか。飛び切りお安くいたしますよ、一冊二十ペソでいかがですか」

「わたしならただですむよ。図書館からくすねてくるからさ」

「フレー、フレー、泥棒から盗みをはたらく泥棒から盗みをはたらく泥棒さん。もう無限の許しを得たようなものです。けれども、図書館には、所蔵されているものしかありませんので、選べませんが、わたしだったら、ご注文に応じたサービスを提供いたしますよ」

「じゃあ、『文学ノート』を手に入れてくれ」

「うひゃあ、そいつより上手（うわて）を行くのは、本当にひとを殺して撮影されるスナッフ映画だけですね」

「贈りものなんだ」

「わあい、ページの隅の方に毒でも仕込んでおけば、申し分のない贈りものになりますね。わかりました。手に入れてあげますよ」

　青年は、まことに不思議なかたちでわたしの手を握りしめたので、指が絡（から）まり合ってしまった。わたしは、名前を訊いた。

「マオといいます」

「本名なのかね」

「そうですとも。オジイさん、ご存知のとおり、名は運命をあらわす、というではありませんか」

「オジイさんはやめてくれ。わたしは、誰のオジイさんでもないし、孫もいないんだ」

「オジイさんになるためには、孫が必要だと誰が言ったんですか。アドルノばかり読んでいてはいけません。ヒューズが飛んじゃいますよ」

　夕方のその時間、お店が閉まる前になると、人びとは早足になった。そして、バシリア・フランコ街で名物のパン屋には行列ができた。イポーリタは、お客さんにパンの身をくださいとねだっていた。マオは、先を急ぐひとたちの邪魔にならないように気をつけながら、架空の歌のリズムで、悠然と歩いていった。ドロテアが街角で彼を待っていた。ふたりが永いあいだキスしているのが見えた。そのあと、抱き合ったままアイスクリーム屋に入っていった。

ヴィレムは、わたしに許しを乞うためにＤＶＤの贈りものを持ってきた。それは、フアン・オゴールマンの生涯と作品を取り上げたドキュメンタリーであった。

「なぜ許しを求めたりするんだ」とわたしは尋ねた。「こちらの言うとおりにしなかったからなのか、それとも、おのれの信条の方がふたりの友情よりも大切だからなのか」

ヴィレムは、取り乱して考えこんでしまった。

「なにも許しを乞う必要などなかったのに」とわたしは励ました。「でも、正直、贈りものはありがたいよ。どこで買ったんだい」

「蚤の市です」

「フアン・オゴールマンのドキュメンタリーの海賊版が出まわっているんだね。メキシコの発展を象徴していることは間違いない。オゴールマンは、好きな人物なんだ」

「分かっていました」

「どうしてだい」

「お話を注意して聴いていましたから。主の御心に達するためには、隣人の話に耳を傾ける術を心得ていなければならないんですよ」

わたしは、ケースからディスクを取り出し、テレビの上に置いてあるプレイヤーの方に歩いていった。

「ところで」と話題を変えた。「犬を取り締まるうら若い婦警さんにきみのことを訊かれたんだけれど、デートをする手筈を整えてあげようか。何なら部屋を貸してやってもいいよ。きみはシーツを持ってくるだけですむけれど」

ヴィレムは、顔を赤らめた。

「婚前に交わることは、罪を犯すことになりますから」と言った。

「まさか。それならいっそのこと、結婚しちゃえばいいさ」

テレビ画面には、凍結したようなモノクロの写真が現われた。ファン・オゴールマンは、〈青い家〉〔メキシコ・シティーのサン・アンヘル地区にある画家フリーダ・カーロの家兼アトリエ。オゴールマンの設計による。通路で繋がっている夫の画家ディエゴ・リベーラの〈白い家〉も同様〕と想われるところの、内庭に面した三階の欄干に両手を置いていた。左手には、丸めた設計図を持ち、右手の指には、葉巻を挟んでいた。シャモア皮の上着に、ウールのズボン、髪はディップで固めてオールバックにし、眼鏡の奥には、そのときはまだ見られないけれど、いずれ降りかかってくる哀しみの前兆となるような、苦悩をたたえた眼ざしがあった。ヴィレムは、わたしがすっかり魅せられているのに気がついた。

「どうしてこうした番組がそんなに好きなんですか」と尋ねた。

「何度も話したけれど、わたしは全員を、というか、大半の連中と知り合いだったんだ。ある者は近くに、またある者は遠くにいたが、ともかく顔見知りで、わたしだって仲間のひとりになっていたかもしれないんだよ」

「で、どうなったんですか」

「どうなったかは、ないよ、グイレム君。後世はわたしたち全員のためにはあるわけではないからね。巷(ちまた)の記憶の量では、全員を想い出すにはとうてい足りないんだ。全員に敬意を表するだけの数の通りはないし、わたしたちの銅像が建っている公園もないし、ドキュメンタリー映画を作ろうという監督もいなければ、有名人を祀(まつ)るロトンダ墓地に空けてある区画もないときている。人生は、選択しなければならない段階にあるのさ。それも、情け容赦ないかたちでね」

「神が仕度を整えていらっしゃいますよ」

テレビは、機能主義の建築について語りはじめた。

「神なんか存在しないね。人生というのは、もっと複雑で、さまざまな情況や、才能、偶然、知識、挙げ句のはては、遺伝子までが混じり合ったものなんだ。幸運な組み合わせにめぐりあわなければ、タコス屋で終わりさ。わたしも例外ではないし、それどころか、ぴったり該当しているんだ。エスメラルダ学院で友だちになった連中のうちで、いったい何人がひとかどの人物になれたと思うかね。ごくわずかなんだよ」

「そのエスメラルダ学院というのは、何の学校ですか」

「美術学校さ。二十世紀メキシコ美術を彩るすべての天才たちが、先生ないしは生徒としてすごしたところだ。むろん、それ以外の、わたしたちのような箸(はし)にも棒にもかからない輩(やから)や、つけ足しの連中、落ちこぼれた者たち、こっそりもぐりこんだ手合い、美術史に入れるような幸せな出会いに恵まれなかった、有(う)

象無象（ぞうむぞう）も通っていたよ。わたしたちは、周囲の情況に迫られたり、おのれの限界を認めたりして、いずれ志望を諦めなければならなかった。それから、根気よく凡庸さを押しとおして美術を生業（なりわい）にし、やむなく馬鹿げた人生を送っているやつらもいる。しかも、何が起ころうとも、ひたすら絵を描きつづけて、ついには気が狂ったり、病気になったり、夭折（ようせつ）したり、美術に殉じたりする者もいるんだ。ひと握りの連中と顔見知りになったけれど、共同墓地に行けば、そんな手合いがわんさかいるんだ。さて、三〇年代に、エスメラルダ学院で、ひとりの男がいくつかの授業をうけていた。そいつは、わたしが一九五三年に勉強していた頃、ときどき姿をあらわして、浮かれ騒ぎする相手を探していた。わたしもボヘミアン的な暮らしが気に入っていたので、親しく交際するようになった。わたしたちは、盛り場の居酒屋では恐怖の的になっていた。あるとき、そいつが絵を見せてくれたけれど、いやあ、たまげたね、鳥肌が立つような素晴らしい出来だった。才能という点では、確乎（かっこ）たる地位を築いた者たちの誰よりも恵まれていたね。そいつがどうなったかといえば、極貧のまま終わったんだ。繁華街のカンデラリア・デ・ロス・パトス街には、わたしのタコスの屋台があったけれど、あそこで一九六〇年に再会したんだ。しかし、わたしのことを憶えていなかった。すっかり恍惚のひとになった彼は、それ以降、食べものをもらいにくるようになった。わたしは、ほかのお客さんの目を盗んでタコスをあげた。ところが、ある日、彼は屋台がある通りで倒れているところを発見された。まだ四十歳前後の若さだった。野たれ死に同然の最期を迎えたんだ」

「名前は何といったんですか」

「それすら分からないんだ、みんな魔術師って呼んでいたけれど、名前を訊いたことはなかった。もはやどうにもならないね。歴史に呑みこまれてしまった、というか、忘れ去られてしまったからね」

「神は、忘れられた人びとを哀れみ給（たま）いますよ」

「DVDを見てもいいかい」

あとで、ようやくヴィレムが帰ったときに、わたしは映画を早戻しにした。ヴィレムが、おしゃべりをしてわたしの注意を画面からそらそうと躍起（やっき）になっていたあいだに、ちらりと見た写真をきちんと見たかったのである。それは、ファン・オゴールマンがニーナ・マサロフという名前の女を抱擁している写真であった。わたしは、一時停止ボタンを押してから、ビールを一杯、もう一杯、さらに一杯とひっかけながら、じっくりと眺めた。それは、ファン・オゴールマンがフリーダ・カーロ宛にヨーロッパから送った、婚約者同士の写真、というか絵葉書だったけれど、わたしがそれまでに見た、いちばん哀しい写真に相違なかった。オゴールマンがよく見せる悲痛な眼ざしに加えて、フィアンセの諦めたような、ぼんやりとした雰囲気が切なく映った。彼女は、自分たちには未来がないことをきっちりと悟っていた。いや、それどころか、未来などどこにもないと観念していたかもしれない。ひょっとすると、哀しみの超大国、中央ヨーロッパのどこかの国、たとえばドイツか、ポーランドか、母なるロシアの出身ではないか、とわたしは想いをめぐらせた。写真に見入りながら、マリリンや、恋人になり得たけれど、じっさいはそうはならなかった、すべての女たちのことを考えた。なるほど、オゴールマンの言うことはもっともであった。人生というのは、あまりにも哀しいので、三度も自殺する必要があるのだ。わたしは、酒を飲みすぎていたが、ノートを開いてマリリンについて憶えていることをすべて書きはじめた。あれこれ不平を洩らすときの特徴や、脚の長さ、さわらせてくれなかった髪の毛のことを。じつは、髪の毛どころか、指一本さわらせてくれなかったのである。

　その夜の明け方、わたしはマリリンとボレロを踊っている夢を見た。彼女に向かって、恋人たちがよく口にする馬鹿げた話をひとつしてやろうと思った矢先、こつこつと背中を叩く音がした。ふり返ると、魔術師が、右手にどでかい靴を持ち、それを高々とふりかざして、今にもわたしの頭の上にふり降ろそうとしているのが見えた。それから、すべてが真っ暗になった。体は、床に散らばったけれど、そのときの衝撃すら感じなかった。夢の中で目ざめると、床に身を投げ出したまま、わたしは、下から魔術師を見上げていた。しかし、わたしたちはもはや、ダンス場ではなく寝室にいたのである。部屋の壁は、鳩の絵に蔽(おお)われていた。死んだ鳩、縛られ、羽をむしられ、血まみれになった鳩がいた。ベッドは壊れ、ぐしゃぐしゃのシーツは中央でひとかたまりになり、絵や絵筆はあちこちに散乱していた。それは、青春真っ盛りの魔術師であった。幸運と不運のあいだのゆらぎに翻弄される連中のように、途方もない生命力に溢れていた。晩年のひ弱で、キ印の、魔術師とは大違いだった。わたしの方に近づくと、踏んづけてやるぞとばかりに足を上げ、口を開けて、こう言い放った。

「おい、どうしたのかね、この小説は、めちゃくちゃキザな方向をめざしているじゃないか」

「これは、小説なんかじゃありませんよ」

「まさか。そう見えるけどな」

「わたしたち、どうやってここまでたどり着いたんですか」

「そんなことはどうでもいいさ」

「ダンス場にいたんですよ」

「なるほどいたけれど、今はここにいるからな」

「マリリンは、どこにいるんですか」

「マリリン、マリリンね………〈俺ハ、キリストヨリモ、苦ルシンデイル。聞コエルカネ？　俺ハ、キリストヨリモ、苦ルシンデイル。オマエガ俺ヲ、ロマンティックナ教養小説ニ、登場サセルコトヲ、コノ俺ノガ認メルトデモ思ッテイルノナラ、思イ違イモ、ハナハダシイゾ〉」

その瞬間、わたしは目をさました。夢の中で魔術師の怒鳴り声を聞いただけではなく、外で、現（うつつ）で、肝臓のあたりに刺すような痛みが走ったのである。そして、また眠りこむまでに時間がかかったので、夢を憶えることができた。

朝になると、エレベーターの中は張りつめた沈黙が支配していたけれど、下まで降りていった。そして、玄関ホールに着いたとたん、フランチェスカは、こう言ってわたしの誤りを正した。

「〈マリリン〉のリの上には、アクセントはついていませんよ。それにスペルは、liではなくlyなの」

連邦区の取締局の捜査官、それに盛り場の屋台経営者の代表が、やってきた。午後六時になっていたけれど、伯父は、まだ到着していなかった。わたしは、街角で伯父を待っていた。捜査官は、わたしに身分証明書を見せた。どうやら、それだけすませておけば、筋違いの、無体な行動に出ても許されると思っているようであった。もうひとりは、ビニールの書類ホルダーから、さまざまな人民機構を束ねる国民連合の汚いカードを取り出した。それは、明らかに、思いついたどんな場所にも自由に出入りできる、パスポートのようなものだった。わたしは、この男が会費を取りにきたとき、一度会ったことがあった。そんなわけで、伯父は彼のことを会費集金人と呼んでいた。ふたりは、書類がいっぱい入ったホールダーをかかえ、耳にはボールペンをはさみ、シャツのボタンとボタンのあいだにクリップを挿していた。そうやって、しがない巡回役人に身をやつしていたのである。

「ひげおやじの店で手伝いをしているひとですね」と会費集金人は言いながら、骨董屋（こっとうや）のように丁寧な手つきでカードをビニールの書類ホルダーにしまった。

　ひげおやじ（ドン・ビゴーテス）とは、屋台をいとなむ伯父の渾名（あだな）であり、〈タコス屋ひげおやじ〉という屋台の名前でもあった。わたしは、ええそうですよ、と答えた。伯父は来るのが遅れています、もうこの時間には、屋台を開ける仕度ができていて、わたしは玉ねぎやコリアンダーをみじん切りにしていなければならないんですけれど。

「何があったか知らないのかね」と捜査官は尋ねた。

　わたしは、頭を右から左、左から右に振った。

「ひげおやじが殺されたんだよ」と会費集金人は告げた。

「何ですって（コモ）」とわたしはぎくりとして問い質（ただ）したけれど、わたしがどうやって（コモ）起きたのか知りたがっている、とふたりは受け止めたようだった。

「アラメダ大通りで発見されたんだ。ナイフで五回、刺されたんだが、そのうちの二回が致命傷になったんだ」

「何ですって（コモ）」とわたしはふたたびぎくりとして、くり返した。ふたりはこのとき、わたしがわけを知りたがっていると考えたらしい。

「どうやら色恋沙汰だったようだ」と捜査官は、役人らしく皮肉をこめた口ぶりで言った。

「むしろ刃傷（にんじょう）沙汰というべきだな」と会費集金人は言い直した。

　わたしは、できるだけ眉を髪の毛の方に釣りあげた。ここはひとつ、知らないふりをした方がいいと本能的に悟ったのである。

「ひげおやじは、ゲイだったことを知らなかったのかね」と捜査官は訊いた。

わたしは、そのとおりですと答えた。じっさいには、ふたたびこう言った。

「何ですって」

「で、きみはどうなんだ」と会費集金人は尋ねた。

「わたしがどうって」

「きみもゲイなのか」

違いますよ、ちゃんとした女性の恋人がいますとわたしは応じた。

「じつは、きみはゲイだと誰もが考えているんだ」と言葉を続けた。「ひげおやじの屋台を手伝っている者は全員、ゲイということになっているんだ。ルイス・モヤ街近辺から連れてこられるようだな。こちらが話していることが分かっているのか。嘘をついているんじゃないだろうな」

ひげおやじが仕事をくれたのは、伯父だったからです、とわたしは説明した。捜査官と会費集金人は、たがいに顔を見合わせながら、この種の情況下で、このたぐいの連中を相手にして、お悔やみを言うのは適当かどうか相談した。しかし、その必要はないという結論に達した。

「で、きみはゲイなのか、ゲイじゃないのか、どちらなんだ」と会費集金人は尋ねた。

「ゲイじゃないと言っているではないですか。ひげおやじは伯父に当たるんです」

「遺伝因子を受け継いでいるってことはないだろうな」と捜査官は言った。

「きみはゲイなのか、ゲイじゃないのか」とまたしても会費集金人は訊いた。

わたしは、ゲイではありませんとふたたび返答した。

「それはよかった」と捜査官は胸を撫でおろした。「だったら、永くつきあえそうだ」

「ところで、取り引きする気はあるかね」と捜査官は本題に入った。

「といいますと」とわたしは、わけが分からず訊き返したけれど、ふたりは、わたしがどういう話か興味を持ったと見たようだ。

「この場所を貸してやるから、売り上げの十パーセントをよこすというのはどうだ」と捜査官は言った。

「おれに十パーセント、相棒に十パーセントだ」

「いや、連合に十パーセント、取締局に十パーセントだ」と捜査官は言い直した。

「でも、わたしがやっているわけではありませんから」と答えた。

説明によると、屋台を貸してくれるのだが、それは契約の一部で、ちゃんと十パーセントの歩合に含まれているというのだった。

「いや、二十パーセントだよ」と会費集金人は訂正した。

「合点がいったかね」と捜査官が訊いた。

「さあ、母さんに訊いてみなければ」

ふたりは、おたがいに顔を見合わせて、まるで一瞬、話を持ちかける相手を間違ったのではないか、すべてを誤解していたのでは、と思ったかのようだった。わたしは、年齢を尋ねられたので、二十一歳だと答えた。

「お母さんに訊くというのかね」と捜査官が問い質した。「きみがやるべきなのは、お母さんの手助けをすることだよ。屋台をやるのは、いい取り引きになると思うな」

「ひげおやじは、母さんの兄弟だったんです。まだ本人は何も知りませんけれど」とわたしは説明した。

「もっともな話だね」と捜査官は言った。「伯父さんが残した遺産だと伝えればいいさ。そしたら、お母さんもきっと喜ぶに違いない」

「いますぐ決めることだ」と会費集金人は勧めた。「チャンスがめぐってきているんだ。この場所に入りたいという連中は行列ができるほど、わんさかいるからな」

わたしは、いい取り引きであることは分かっていた。屋台を閉めたとき、売り上げを計算する手伝いをしていたので、事情は摑《つか》んでいたのだ。ふたりに承諾の返事をした。断わってしまえば、何もかもなくすことになる。その代わり、いったん受け入れてしまえば、嫌になったら、屋台を手放すこともできるからだった。捜査官は、わたしに名刺をくれた。裏には、文字と数字からなるパスワードが書いてあった。

「取締局から同僚が来たら、この名刺を見せなさい。財布にしまっておくんだ。失くさないように。この名刺がなかったら、きみもただの男にすぎない、分かったかね」

わたしは、分かりましたと答えた。

「夜に、帳簿を見に立ち寄るから」と会費集金人は言った。「帳簿を締めておいてくれると助かるな。計算違いをしないように。それから、やっぱりゲイだったたって話はなしだぜ」

「それはまたべつの話さ」と捜査官は言った。

彼は、真正面の歩道の方にくるりと向き直ると、腕を伸ばして、壁に寄りかかっていた男に合図を送った。男は、左右の安全も確かめずに通りを横断したので、車は、轢《ひ》かないように急ブレーキをかけなければならなかった。運転手が窓から顔を出して罵詈雑言を浴びせると、男は、シャツの下に隠し、ズボンのベルトに挟んでいたピストルを見せた。シャツを元に戻すと、わたしたちのそばまでやって来た。顔を横切っている傷痕があり、爪楊枝《つまようじ》をくわえていた。ふた目と見られない顔をしていた。戦争の惨禍に苦しめられた、芸術家によって描かれた暴君のカリカチュアのようであった。あまりにも醜悪なので、ついには気が滅入ってしまう体《てい》の人相だった。まさに、男の顔は履歴書であることを暗示していた。

「こんにちは」と男は言った。

「こんにちは」とわたしは鸚鵡(おうむ)返しに言った。

会費集金人は、男の肩に右手を置くと、こうに紹介した。

「こっちが、きみに肉を売ってくれるひとです」

インターフォンが鳴ったけれど、水曜日でも土曜日でもなかった。玄関先で、マオが歌うような声でこう言った。

「ご注文をお届けにあがりました」

「ピッツァの配達ですか。部屋違いですよ」

「FID、つまり〈わけの分からない哲学者を宅配で〉からまいりました」

わたしは、上がって来るように指示してから、玄関扉のボタンを押して開けてやった。いつもどおり到着するのに五分はかかると踏んでいたら、十分近く経ってしまったが、そのあいだに、彼のアフリカ回帰主義の思想や、ダンスに興じるような歩き方、体臭について思いをめぐらせていた。ようやくマオは、まるでタイプで電信でも打ちこむかのように、部屋の扉をどんどんと叩いた。まずどーんと一回叩いてから、間を置いてどんどんと叩き、最後に一種のバトゥカーダ〔ブラジル・サンバのサブスタイル。メロディーや歌のない、打楽器のみの演奏〕で締めくくったのである。わたしが扉を開けると、眉間（みけん）に困惑した色を浮かべて、こう謝った。

「いつもの癖で申しわけありませんね」

わたしは、眉をひそめて問い質（ただ）すような表情になった。

「なにしろ、永いあいだ地下に潜（もぐ）って活動していたもんですから」

「それしても遅いじゃないか。中国から跪（ひざまず）いてきたのかね」

「エレベーターのせいですよ。めちゃくちゃ時間がかかってしまいました。待ちわびているあいだに、アメリカ帝国の崩壊を見逃がすハメになるのでは、とはらはらしていました」

わたしが、中に請（しょう）じ入れると、マオは、まるで待ち伏せを恐れるように、部屋を点検しはじめた。ゴキブリ以外は、誰ひとりいないと分かると、壁にかかっている絵の正面に立った。

「この化けものみたいなひとは、まだご存命ですか」と訊いた。

「母親なんだ」とわたしは答えた。

「こんなにおデブさんだったんですか」

マオは、またしても〈輝ける小径（センデーロ・ルミノーソ）〉のTシャツを着ていた。それは、遠くからでも悪臭を放っていたので、同じ服だと察しがついた。襤褸（ぼろ）をまとった連中は、非合法活動を言いわけにするのが常套（じょうとう）手段であった。それにしても、わたしを訪ねてくるのは、最前線で働いている闘士ばかりだな、という思いに耽っていた。リュックサックを背負った、画一化された服をまとった青年たちであった。

「ところで」とマオは話した。「玄関ホールにいるのは、何をたくらんでいる連中ですか。どこかの党派に属する輩（やから）ですか」

「まあ、そんなところだな。読書会の会員たちですよ」

「へぇえ、あなたは入っていないんですか」

「もちろんさ。小説なんか読まない主義だからね」

「小説っていうのは、ブルジョア的な発明にほかなりませんよ」

「そうかな」

マオは、リュックを降ろし、ファスナーを開け、二冊の本を取り出し、手渡してくれたのはいいけれど、がっかりしてしまった。『文学ノート』は、何巻もあるのに、マオが持ってきてくれたのは、薄っぺらな第三巻だけで、おそらく役立ちそうにはなかったからである。

「ほかの巻はどうしたんだ」

「とっくに盗まれていました。この巻しか残っていなかったんです」

そのあと、わたしは、もらったもう一冊の本、ジェイムズ・ヒルマン〔一九二六―二〇一一。アメリカの心理学者。ユング派「元型的心理学」の創始者〕の『夢と内的な世界』の、青と赤の表紙をじっくりと眺めた。

「で、これは何だい」と尋ねた。

「それはおまけですよ。七むずかしくて、半分、時代遅れなんですけれど」

わたしは、財布を取り出し、約束していた二十ペソを支払った。歴史上の予測しがたい事態が発生して、謎めいたおまけ本を含めて、けっきょく余計に払わされては困るから、先手を打ったつもりでいたのである。

「おい、ドロテアとは恋仲なのかい」

「顔見知りなんですか」

「ジュリエットの紹介でね。それに、彼女とわたしは、ちょっとした思わぬ災難に巻きこまれたんだ。可愛い恋人が体制のために働いていることは知っているね」

「オジイさん、何か勘違いをしているようですね
「そんなことはないさ。先日、きみが彼女といっしょにいるところを、この目で見たんだから。それと、前にも注意したとおり、オジイさんと呼ぶのはやめてくれ」

「けれども、ドロテアは、あなたが想像しているような女ではありませんから」

「そうかな。じつは、非合法活動の同志なんです、などとあとで言ったりしないでくれよ」

マオは、鼻をすすった。まるで鼻をすすることは、反体制派の暗号で頷(うなず)くことを意味するかのようだった。ふたたび鼻をすすったので、わたしは、きちんと解釈してくれたのだと思った。

「ほんとうに、デッチあげはなしにしてくれよ」

「いいですか、ドロテアはもう告発状を握りつぶしましたから、ご心配には及びませんよ」

「あっ、そうなのか。それでまた、いくら金をせしめようというのだ。もうびた一文出すつもりはないからな」

「落ち着いてください、オジイさん。これは、ドロテアがやったことですから。彼女は、ただの心やさしい女の子ではありません。そして、あなたはおばあちゃんのお友だちですから、特別に気を遣ってくれたんですよ」

「では、動物愛護協会に入って、いったいどんな得があるのか教えてくれないか」

「あそこは、情報については金の鉱脈みたいなところです。あなたは、誰が告発をおこなっているかご存知ですか。じつは、これといって愉しみがない、傲慢な、奥さま連中が退屈しのぎにやっているんです。企業家や政治家の夫人たちです。それ以外に、誰がこの国で動物のことなど気にかけるでしょうか。オジ

イさん、あなたは笑いますが、ドロテアは、つい先頃、世界でいちばんの大金持ち〔ビル・ゲイツに匹敵するメキシコの通信王、カルロス・スリムをさすと想われる〕の御曹司のひとりから、すべての資料を手に入れたところなんです」

「まさか」

「すべてです。住所に、電話番号に、eメール・アドレスまで」

「で、それが何の役に立つんだ」

「それは言えません。作戦が頓挫するようなことがあっては大変ですからね」

　それから、わたしは、身のまわりを点検しはじめた。まるでわたしの部屋で、誰かが会話を盗聴しており、おのれがわけの分からないひどい事件に巻きこまれるのではないか、と怖くなった。そんなことは、あるはずもなかったし、気にすることもなかったけれど。それでも、わたしはあわてて話題を変えた。

「読書会の連中からは、質問をされたのかい」

「ううん、G20サミットからは、そんなふうな質問はされませんでした」

「どんなことを訊かれたんだい」

「何しにきたのかって」

「で、どう答えたんだ」

「物品の納入業者なんですと」

「そいつはいいや。きっとわたしのところ訪れる〈売人〉だと想像しているに違いないよ」

「あるいは、あなたにバイアグラを調達してやっているやつだと思われているかもね」

「あっそうだ、ひょっとしたら、願いが叶うかもしれないな」

「魔法の錠剤を手に入れてくれとでもいうんですか」

「トラルネパントラ市で作られているウイスキーを手に入れられないだろうか」

最後に、わたしは、マオにビールをふるまった。立てつづけに、三、四本、飲ませたあと、ちょっと待ってくれと言って、部屋に行き、ベッドの下から中国製のフォーチュン・クッキーが入った箱を取り出した。

「ひとつどうぞ」

「迷信は、ブルジョアの発明にかかるもので、ひとを惑わし………」

「固い話はよせ。マオ君、これはきみの民族の伝統じゃないか」

マオは、ひとつ選んだ。包み紙を開けてクッキーを食べると、包み紙はズボンのポケットにしまった。

「で」とわたしは尋ねた。

「で、どうしろというんですか」

「占いには何て書いてあるんだ」

「お話しません。伝統に従うのでしたら、ちゃんとやらなきゃなりませんからね」

「えっ」

「でないと、書いてあることが実現しませんよ」

「誕生日の願いごとじゃあるまいし。紙には、何て書いてあるんだ」

マオは、またズボンのポケットに手を突っこんだけれど、紙を摑む前に、二本のコードと携帯電話の充電器を取り出した。

そしてようやく、こう読みあげた。

「〈過去に意味をもたらすのは未来のみである〉」

「それが実現しないと言っていたことかい」

「それにしても、中国人が修正主義者だとは知りませんでしたね」

マオは、ふたたび占いをポケットにしまうと、ビールとクッキーをごちそうになったお礼に、いくばくかのおもねりを見せなければならないとでも思ったのか、部屋の隅々まで見渡してから、おもむろにこう言った。

「ゴキの奴らをぎゃふんと言わせる情け容赦ない対策があるんですが、お持ちしましょうか」

「それには及ばんよ。無敵を誇る連中だから、アメリカ軍もかたなしさ」

「まさしくそうです。ＣＤプレイヤーはありませんか」

マリリンは、相変わらず、最後に会ったときと同じ場所にいた。わたしの記憶の片隅に腰をおろし、わたしの空想の中のベッドのふちに坐っていた。彼女は、相変わらず十五歳のまま、わたしは老人になっていた。女性は、時の流れを克服する驚くべきこつを心得ているのである。わたしは、マリリンのかたえに腰掛け、ズボンのファスナーの下で起きていることをごまかそうとしていた。

「きみは、変わらないね」と話しかけた。

「あなたは、変わったわ」

「ああ、老けこんでしまったよ」

「何年からやって来たの」

「二〇一三年さ」

「うひゃあ、で、どうなの、けっきょく画家になれたのかしら」

「知ってのとおり、ダメだったよ」

「知ってのとおりだなんて。知るわけないでしょう」

「八五年までお隣りさんだったじゃないか」

「マジで」

「知らなかったのかい」

「知るわけないでしょう。一九五三年に生きているんですもの」

わたしは、マリリンを叱るつもりで睨みつける一方、いいかげんにからかうのはよせ、と言ってやろうと考えていた。けれども、そのとき、彼女が学校の制服を着ていることに気がついた。

「あのとき、わたしたち、結婚しなかったのよ」とマリリンは、ほっとしたように溜め息をつきながら、言った。

「もちろん、そうだった」

「なぜ結婚しなかったのかしら」

「わたしに答えろというのか」

わたしが腹立ちまぎれにそう問い返すと、マリリン笑い転げた。彼女の未来の〈わたし〉が、過去にもあったけれど、わたしを撥ねつけるだけの気概をもつかもしれないことが嬉しかったのである。

「で、八五年には何があったの」と彼女は訊いた。「希望を失うまでに三十年以上かかったのかしら」

「母と姉が身罷り、賃貸契約が母親名義だったものだから、それをうまく利用されて、家を追い出されてしまったんだ。つまり、宿なしになったというわけさ」

「それはご愁傷さま。おふたりが亡くなったとは知らなかったわ」

「知っていたはずだ。あの日、きみと話をしたから」

「つまり、あなたはあなたでいろいろ悩みを抱えていたのね」

「というと」

「あたしと結婚することとか、画家になることとか……」

「悩みごとを抱えてはいけないのかね」

「かまわないわよ、そうそう、あなたがヘンタイだってことをすっかり忘れていたわ。ほら、もうズボンが濡れちゃっているんですもの」

そのとたん、まるでマリリンが口にした言葉から現実が生まれたかのように、わたしは、湿ったものがじわじわ股間に広がっていくのを感じた。目を伏せて射精の事実を確かめると、突然、わたしたちのあいだに、亡霊がぬっと姿を現わした。すべてを蔽い尽くすような巨大な亡霊であった。目を上げると、のしかかるようにそそり立つ魔術師の姿が見えた。身の丈はどのくらいあっただろうか。二十メートル、それとも八十メートル？　しゃべるためというよりむしろ、がなり立てるために、口を開いた。まるで火を吐くための仕度をしているかのようだった。

「ワタシハ、オマエニ何ト言ッタカ？　ワタシハ、オマエニ何ト言ッタカ？　小説ハ、ドウナッテイルカ確カメテミロ。ワタシハ、キリストヨリモ苦シイ思イヲシタ。ワタシハ、キリストヨリモ苦シイ思イヲシタ。ワタシハ……」

わたしは、叫び声の途中でめざめ、ただちに心地いいぬくもりのベッドを離れ、ふたたび眠りに落ちないように心がけた。あまりにも気持ちが昂ぶっていたので、居間の物音まで聞こえるように思えた。部屋を出て電気をつけると、ゴキブリは、せっせと仕事にいそしんでいた。わたしは、気持ちを落ち着かせるためにウイスキーを注いだ。そして、まるで悪魔払いでもするかのように、ノートを開けると、熱心に文章を書きはじめたのである。

〈話によると、マリア・イスキエルドは、彼のことを恐れていたらしい。ファン・オゴールマンは、彼の絵が好きだったという。ディエゴは、傲慢の階段とおのれの壁画を描く足場によじ登ったあと、その高みから、彼を見降ろしていた。ローラ・アルバレス・ブラボ〔一九〇三—九三。夫マヌエルとともに二十世紀ラテンアメリカを代表するメキシコ人写真家。マリア・イスキエルドの親友〕は、彼の写真を何枚か撮ったけれど、不思議なことにヴェールがかかったようになっていた。フリーダは、彼のことを憶えていないか、とても上手に憶えていないふりをして見せた。ホセ・ルイス・クエバスは、彼の敵なのか味方なのか分からずにいた。噂では、彼はある村の生まれで、そこでは裕福な家族が、畸形や痴呆、狂気を克服するまで、熱心に同族結婚をくり返していた。彼は、二度結婚をしたといわれている。そして、体内に悪魔が入りこんだ神学生のようであった。彼は、天然痘、梅毒、淋病、結核、疥癬、パルヴォウイルス腸炎を発症した。**わたしは、キリストよりも苦しい思いをした、わたしは、キリストよりも苦しい思いをした**、というのが口癖だった。クリステーロ戦争〔一九二六—二九。メキシコのグアダラハラで起きた反乱。一九一七年の憲法制定以来、政教分離の、反カトリック教会的な姿勢をとる政府に対して、クリステーロと呼ばれた信者たちが起こした反乱〕で没落したけれど、裕福な家庭の出であることを鼻にかけていた。アグスティン・ラソ〔一八九六—一九七一。メキシコの画家。メキシコ美術におけるシュルレアリスムの開拓者といわれている〕は、美術史上、苦悩する画家への割り当て分は底をついた、と彼に告げたといわれている。それ以来、彼はぷっつりエスメラルダ学院の授業には出なくなった。彼は、精神分裂症を患っていたとか、メキシコ・シティーの、ありとあらゆる精神病院に監禁されていたとか、電気ショック療法をうけたとか、前頭葉白質切截術（ロボトミー）をほどこされたとか、いろいろな風評が飛び交った。公園で子どもを怖がらせて追っ払うように、あちこちの展覧会の開会式に出かけて、傲慢な奥方たちを震えあがらせて退散させた。彼の絵は、ジオルジオ・デ・キリコの絵に似ているそうだ。黙示録の光景を描いたし、静物画に見られる果物は、屍姦（しかん）を想起させるらしい。旅に出たことはなく、一介の田舎者にすぎなかった。なんでもラゴス・デ・モレーノ〔メキシコ中部のハリスコ州の都市。〈魔術的な町〉と呼ばれる観光地〕とかの生まれという話だった〉

翌朝、マンションの部屋を出たとき、いつもより目が冴（さ）えていて、二日酔いがひどかったけれど、自分の部屋のドアを半開きにして踊り場を見張っていたフランチェスカにこう怒鳴りつけられた。

「やっと、主人公が登場するところまで進んだわね」

父は、太平洋の高波に呑(の)まれた、との電報が届いた。母は、何ひとつ知ろうとせず、愛犬メルカードとともにおのれの部屋に閉じこもっていた。メルカードが嫌がることはたくさんあったけれど、部屋に閉じこめられることほど嫌がったことはなかったので、発狂したようになった。あまりにもきゃんきゃん吠えつづけるものだから、母は、とうとう泣き女(プラニデーラ)として雇う契約を結んだかと思えなくもなかった。姉とわたしは、バスに乗り、十六時間後にマンサニージョに着いた。バス・センターでは、父がわたしたちを出迎えてくれた。身罷っているわりには、顔色はよかった。生きているわりには、ひどいていたらくであった。

父は、海辺の椰子の葉葺(ぶ)きのレストランに連れていってくれた。海は、腐った潮の匂いがした。父は、言いわけをしたけれど、まるでそうすること自体が悪いことであるかのようだった。わたしたちは、父は死んでなんかいないと思いながら、セビチェ〔魚介類のマリネー〕と海老料理を食べはじめた。じっさい頭の中でも、父は死んでいなかったのだ。そうするあいだにも、父はあれこれ尋ねた。学校には行っているのか、仕事はしているのか、と。答えは、父を失望させるばかりであった。

「絵描きになるものとばかり思っていたよ」と父は言った。

「こっちもそのつもりだったけれど」とわたしは応じた。「エスメラルダ学院で授業を受けていたからね」

「いったい何があったんだ」

「母さんがリューマチを患ったから、仕事に出なければならなくなったんだ」

「タコスは、ちゃんと作れているのかね」

「とびきりおいしいので、街中で評判になっているくらいさ」

「そいつは嬉しいな」と父はおべんちゃらめいた、歯切れの悪い物の言い方をした。

そのあと、恋人はいるのかと訊いた。わたしは、数カ月のうちに結婚する予定だと答えた。それは、結婚を考えていた頃のことだったのだ。父は、相手の名前を知りたがった。わたしが、マリリンというんだと言うと、姉が、ほんとうはイラリアって言うのよ、と横合いから口を出した。父は、姉のことも訊きたがったけれど、水平線を眺めるのに忙しいふりをして、だんまりを決めこんでいた。ありていに言えば、姉は、妻子ある男性と逢瀬（おうせ）を愉しんでいたのである。デザートの時間になったとき、父は、マンゴーのシロップ漬けを薦めてくれた。そして、ようやく母さんはどうしているかと尋ねた。わたしは、ずらりと母の持病を並べ立てた。

デザートを食べ終わった頃、日が暮れはじめ、すべての血がお腹に集まってきた。なるほど、その時分になると、自分たちが亡霊といっしょに食事をしていたという印象を受けた。父は亡くなっており、自分たちは夢の中に入りこんでいたのである。夢を見ているのは、母なのか、わたしなのか、はたまた姉なのか、それを知る必要があった。

「病気なのかい」とわたしは訊いた。

「癌を患っているんだ」と父は答えた。「母さんには内緒だよ」

「まだ生きていて癌にかかっているのか、もう死んでいるのか、どちらなのよ」と姉が迫った。

父は、ぜぇぜぇ喘いだ。まるで、癌を口実にすれば、たしなめるような口ぶりに溜め息で答えたり、次のように話題を変えたりできるかのようだった。

「おまえたちに頼みたいことがある」と父は言った。「そのために来てもらったんだ。頼りにしていいかな」

「ダメよ」と姉が撥ねつけた。

「ことによりけりだけれど」とわたしは応じた。

父は、最後に姉をじっと見つめたあと、わたしに注意を向けた。父が「おまえたち」という複数形を使ったのは、手助けを求める気持ちがわたしたち二人にふり分けられたように見せて、わたしが責任感に押しつぶされることがないようにする気遣いからであった。

「わたしが死んだら」と父は話を続けた。「火葬にして、遺灰を絵の具に混ぜて、誰か画家にくれてやってほしいんだ」

けっきょく、起きていることは夢ではなかったし、父も死んではいなかった。この種のまったく馬鹿げたことは、現実の生活だけで起きるのである。

「父さん、どうかしているわよ」と姉が言った。「遺灰は美術館に撒いてほしかったんじゃないの。それだけでもじゅうぶん突拍子もないことなのに、最後のネジがゆるんでしまったのね」

「父さんは狂ってなんかいないよ」とわたしは口を挟んだ。「心変わりしただけさ」

父は、皿に残ったデザートの方に目をそらし、事情説明であると同時に夢破れた話の告白でもあることをせざるを得なくなったので、のっけからうんざりしていた。

「生きているうちにやりたかったのは」と話を切り出した。「素晴らしい芸術作品を創造することだった。けれども、なし遂げることはできなかった。わたしには才能はもちろん、想像力も、技量も、お金もなかった。お金というのは、絵を描く時間、静けさという意味にほかならない。ひとは、働かなければならないのであれば、芸術家にはなれないんだ。なるほど、わたしは、ほんとうに優れた芸術作品を生み出すことは叶わなかったが、そうした作品に変貌すること、つまり、遺灰となってキャンバスに塗りつけられること、絵画を作る土、芸術の素材になることだったらできると思うんだ」

「精神病院に連絡しますね」と姉は言い出した。

「おい」と父は、姉には頓着せずに、わたしに話しかけた。「わたしを茶毘（だび）に付して、遺灰をギュンター・ゲルツォ〔一九一五―二〇〇〇。ハンガリー・ドイツ系メキシコ人の画家。フランス人のバンジャマン・ペレ、英国人のレオノーラ・カリントン、メキシコ人のレメディオス・バロといった名だたるシュルレアリストと親交があった〕に渡してくれ」

父は、ズボンのポケットに右手を突っこむと、画家の名前を書き留めた紙切れを取り出した。

「その必要はないよ」とわたしは言った。「知っているから」

「知っているだって」と父は初めて嬉しそうな笑顔を見せた。

「誰なのか知っているという意味なんだ。じかに会ったことはないけれど、たぶんエスメラルダ学院の旧友の誰かが知っているに違いない。でなければ、きっとホセ・ルイス・クエバスに頼めるはずだ」

「それだけはやめてくれ。ホセ・ルイス・クエバスは具象画を描いている。抽象画が得意な人間でないと困るんだ。エスメラルダ学院との関わりをひと思いに断ち切るために、現状打破が必要なんだ。しかし、それは道半ばの段階でしかない。めざすは抽象主義なんだから」

「ビセンテ・ロホ〔一九三二年、スペイン・バルセロナ生まれ、四九年、父親とともにメキシコに亡命した画家・彫刻家。フランコ将軍と敵対したスペイン第二共和国のロホ将軍の甥に当たる。抽象画をよくし、〈現状打破世代〉に所属〕だったら、いいのかな」

「ああ、ビセンテなら、かまわんよ。フェルゲーレス〔一九二八年生まれ。メキシコの画家。抽象画を得意とし、〈現状打破世代〉に所属。ディエゴ・リベーラに代表される壁画運動とは訣別した〕でもいいよ。けれども、まずゲルツォに当たってくれ」

「蛙(かえる)の子は蛙ってことね」と姉が茶々を入れた。「母さんのいうとおりだわ。挫折した者同士、気が合うのね」

バス・センターで別れを告げていたとき、父は、犬を飼っているのか、と訊いた。ああ、飼っているよ、とわたしは答えた。

「まあ、気をつけることだな」と父はわたしたちに勧めた。「注意するに越したことはないから」

そして、ほかに何ひとつ起こらないように見えたまさにそのとき、すべてが様変わりしたのである。まるで、いたずら好きな人間が、勝手に配置替えをしてしまったかのようだった。まるで、突然、ナイロンのストッキングが冷蔵庫の中で、そして電球の切れたランプがクッションの下で見つかり、ゴキブリが『メキシコのパリヌーロ』を読み、あの世に行ったひとがあの世に行ったことにうんざりし、過去がもはや以前のようではなくなったみたいであった。

文学ノート

その出来事は、すべての新聞の一面で取り上げられ、ラジオはひっきりなしに伝えており、その日のテレビのトップ・ニュースとして報道されていた。じつは、革命記念碑の平面部分に亀裂が走りはじめていたのである。その件に関して、インターネットには何千ものジョークや、恐竜が地中から出現してくるような合成写真が載っていた。ジュリエットは、携帯電話でそうした写真を見せてくれた。マデーロの墓が暴（あば）かれるのは、遅すぎたくらいであった。わたしたちは、すぐ馳（は）せつけようと思い立ったのだが、界隈はすでに立ち入り禁止になっていた。二日後、原因調査を依頼された専門家は、結果を発表すると、恐竜の一件など、誰も鼻もひっかけなくなった。というのも、革命家たちの口髭は、死後もずっと伸びつづけ、下水道の装置に絡みつくところまでにいっていたのである。専門家の報告書は、正確に正確を期しており、責任の所在をはっきりさせていた。すべては、ビジャとカルデナスのせいであって、マデーロやカジェス、カランサは、無罪放免になった。

わたしは、フランチェスカを嫉妬させるために、その頃、ジュリエットと交わした会話や、ふたりが考えていたすべてのことをノートに書き留めていた。

「なるほど、そこで革命がよみがえってくるってわけね」とジュリエットは顔を輝かせながら言った。「八五年とそっくりだわ。この国の民は、足元の地面がパクリと口を開けたときしか目がさめないのよ」

「そうかな」とわたしは反論した。「唯一ありそうなことといえば、いくつかの通りの名前が変わったり、いくつかの銅像が撤去されたりすることぐらいだろう。誰に責任転嫁しようとしているか考えてみれば分かるよ。もし記念碑が倒壊したら、パンチョ・ビジャとラサロ・カルデナスはテロリストだってことになりかねないよ」

「いまの国民は、そんな小手先の操作は許さないでしょう。テオ、まあ、見ててごらんなさい、地下の話ですもの、死と破壊の神々、地中の化けものが、忽然(こつぜん)として姿を現わすから。八五年のときのことを想い出して。国民の目がさめるためには、地震によってメキシコ・シティーの一部が地中に呑みこまれる必要があるのよ。何千人ものひとが亡くなる必要があるのよ。いまと同様にね。わたしたちの地下の女神、コアトリクエ〔アステカ神話の地母神で、〈蛇のスカートをはく女〉の意をもつ〕を目ざめさせているところなのよ。コアトリクエのこと、知っているでしょう」

「ああ、もちろんだよ。ウィツィロポチトリ〔アステカ神話で、アステカ王国を築いたメシーカ族の最高神。〈左の、または南の、蜂鳥〉の意〕の母親に当たるんだろう」

「清掃婦の母親なのよ。聖霊を表わす鳩の代わりに、道路に落ちている鳩の羽根の毛玉によって、聖母マリアのように奇蹟的に子を孕(はら)むのよ。わが子とともに二面性をかたち作っているわ。つまり、闇と光、ゴミと豊饒なるもの、死と生にほかなりません。現在、人類学博物館に安置されているコアトリクエ像が発見されたとき、何があったか知っているかしら。なんと、ふたたび埋められてしまったのよ。てっきり地獄にある像だとひとは思いこんで、震えあがったというわけ。それが起きたのは、一七九〇年のことだけれど、カトリック教会は、若者たちに与える影響を考えて、ふたたび隠蔽するように命じたのね。もし埋められていなかったら、きっとコアトリクエは、独立の開始を二十年は早めたに違いないわ」

「今さらコアトリクエなんて言われてもね。もはや若者は、スペイン人が新大陸にやってくる以前の神話のことなんか何ひとつ知りはしないんだから」

「そんなこと、気にしなくてもいいのよ。知っている必要なんかないわ。あたしたちの胸の中に収めていればいいことなんですもの。それに、若者たちが革命を起こさなければならないなどと、いったい誰が言い出したんですか。わたしたちこそ、革命を起こさなければならないのではないかしら。失うものは何もないし、老いさき短い身なんだから」

「けれども、過去なら、掃いて棄てるほどたっぷりと持ち合わせているよ。ジュリエット、出まかせを言うのはよせ。失うものが何もないのはあの世に行った連中だけさ」

「というか、生ける屍みたいになっているひとたちね」

さて、昇っていたのか降りていたのか定かではないが、ともかくエレベーターの中で、フランチェスカは、かんかんになってわたしを咎めた。

「それにしても、革命家が亡くなったあとの口髭の話は、剽窃ですよ。たしかガルシア・マルケスの小説〔『愛とその他の悪霊について』の〈まえがき〉〕にあったと思うわ。もっとも、いつまでも伸びつづけるのは口髭ではなくて、女の髪の毛だったけれど」

「まさか。現実が小説を模倣しはじめることが剽窃と見なされるとはね。革命記念碑の地面に亀裂が走った原因について報告書をまとめた、専門家のところまでひとっ走りして、ガルシア・マルケスがあなた方を訴えたら、高い代償を払わされることになりますよ、と知らせておいた方がいいね」

わたしが街角の酒場で、その日、六本目のビールを飲んでいると、〈パパイア頭〉が顔をのぞかせた。ようやく、午後二時になろうとする頃合いであった。けれども、日曜日だったので、わたしは、毎週の糧（かて）を稼ぐために、まじめに仕事にいそしんでいた。おつまみは無料（ただ）であった。〈パパイア頭〉は、わたしがひとりで坐っているテーブルまで歩いてきた。パパイアの黒いゼリー状の種を吐きだしているのが見えたように思ったけれど、そうではなく唾だった。

「ここに来れば会えると聞いたもんですから」

「まさにそのとおり。月曜から金曜まで、九時から二時まで、そして四時から八時まで、ここに陣取っているんだ。おまけに、週末は警備員を任されているんだよ。あんたも日曜出勤ってわけですか」

「仕事で来たのではありませんよ。坐ってもいいですか」

「むろんですよ。何を飲みますか。テキーラですか、メスカルですか。それとも、もっと強いやつがいいかな」

「といいますと」

「苛性ソーダとか、塩素とか、テレピン油とか……」

「ビールにしておきます」

わたしは、声を張りあげて、コロナの小亀（カグアマ）〔メキシコの有名ビール・メイカー、コロナ社の、ずんぐりむっくりした小亀を思わせる瓶に入ったビール〕を一本おくれ、と注文した。そして、〈パパイア頭〉がド派手な彩りの服をつけて現われたわけを突き止めてやろうと気持ちを集中させた。〈パパイア頭〉は、蛍光性の黄色のTシャツに、トロピカルな、オレンジ色のバーミューダ・パンツをはいていたのである。犬の取り締まり部局代表として訪ねてきたときのグレイの制服とは真逆であった。ひょっとしたら、おのれの頭がパパイアに似ていることを意識していたのだろうか。

「海水浴に行きそびれたのかね」とわたしは言った。「きれいなTシャツだ。暗殺者に狙われないようにするにはもってこいだな」

「もらいものなんですよ」

わたしは、分かったような気がした。奥さんが、知ってか知らずか、旦那の頭のかたちに合わせて服を選ぶことになったに違いない。

「奥方がくれたのかね」

「まあ、そんなところですね」

「ということは、恋人か愛人の線になるのかな」

「そんなところは、そんなところですよ」

そのとき、小亀が届いたので、ふたつのグラスに注いだ。

〈パパイア頭〉は、ただちに本題に入るべく、乾杯するひまもあらばこそ、立ちどころにごくごくと飲んだ。彼の世間知らずを包み隠してくれる、仕事をする上での礼儀作法もどこへやら、わたしめに披露に及んだのは、時速四十キロはあろうかという途轍もない早口であった。耐えられないことはなかったけれど、迷惑もいいところであった。

「じつは、お願いしたいことがありまして」

「そいつは、たまげたね。だけど、その前にまず乾杯しようぜ」

わたしは、ビールのグラスをテーブルの中央に向かって持ちあげた。

「犬どもに乾杯」とわたしは言った。

「あのう、告発状はとりあえず保留になりましたよ」と時を移さずに不満げに言った。

「ああ、分かっているよ。だけど、あれはドロテアがやってくれたんだ」

「まったくもって違法な行為ですよ。動物愛護協会のすべてのやり方に違反しているんです。お望みでしたら、いつでも保留を外せますけれど」

「脅迫しているのか」

「いやいや、ご協力をお願いしているんです」

ドロテアが動物愛護協会に潜入したことに、〈パパイア頭〉が気づいたのではないか、とわたしは思った。そこで、わたしがジュリエットと親しく付き合っているのを利用して、潜入を企てたグループに逆に潜入するように、頼みにきたのではないかと想像をめぐらせた。そうした不安が、肝臓を襲う偏執症的な差しこみのように、さっと頭をよぎったけれど、それが同様にさっと恐怖感にとって代わった。そのとき、〈パパイア頭〉は、こう述べたのである。

「じつは、わたし、小説が書きたいんですよ」

「まさか」

わたしは、彼の目を、つまり、腐りはじめたパパイアについたシミのように、どろんとした、コーヒー色の、瞳を、まじまじと見つめたけれど、あいにく、嘘や冗談の色は浮かんでいなかった。

「考えていた以上に、ことは重大ですな」とわたしは感想を洩らした。「おたがいに、もっと強いやつをひっかけなくっちゃ、やっていられませんよ」

わたしは、学校でトイレに行く許可を求めるように、右手を挙げて、酒場の主人の注意をひこうと思った。右手は、ファシストの敬礼とは二十度ほど差があるかたちになっていた。

「テキーラをふたつくれ。大至急だ」

なるべく〈パパイア頭〉のパパイア頭を見てもパパイアとは見ないように懸命になった。そして、年齢を推しはかるために、面(つら)の皮の滑らかさ、眼ざしに浮かんだ疲労の色、唇の端の皺(しわ)にたたえられた表情を分析しはじめた。顔色は、嫌みなというよりは物憂げであり、皮肉屋の感じはまったくなかった。歳の頃は四十前後と踏んだ。おそらく三十九ぐらいかもしれなかった。小説を書きたいという話は、熟年の危機、とくにパパイアの場合、重大な危機をあらわす滑稽千万なことにほかならなかった。

「歳はいくつなんだ」と訊いた。

「三十九になります」

やはりそうだった。わたしは、ふと、七〇年代も半ばになってから、夢中になったことを想い出した。まず、マンションを借りたけれど、けっきょく引っ越すことはなかった。マデーロ街の娼婦にプロポーズをしたことも、癌にかかったと思いこんだこともあった。画布(キャンバス)をしこたま買いこんだけれど、のちに母親の家にある、作りつけの戸棚の上に片づけられてしまった。その家からどこかに引っ越すことはなかった。というのも、絵の具や絵筆を買うに至るほどの情熱はなかったのである。とても絵を描きはじめるどころではなかった。かと言って、父親と同じ道を辿っているのだという思いを、頭から消し去ることはできなかった。というか、心底、同じ轍を踏んでいるとは考えなかったので、何年も前に父親がやった、家族を棄てるようなことはしなかった。少なくとも、そうした心の葛藤が触媒になったからこそ、〈メリケン・ドッグ〉というタコスのレシピを思いついたに違いない。おかげで、わたしは、八〇年代に入って名声を馳せることになった。けれども、タコスの新メニューを発明することと、小説を書くことは、べつの話である。そんなわけで、小説家になることなんかやめた方がいい、とあわてて〈パパイア頭〉に言った。彼の志が、ぽっと出の作家の熱き思いにふくらむ前に、潰してしまうに如くはないと考えたのだ。このまま放っておいたら、彼は、小説を書くのを試みることで、そして、わたしは、それを査読させられることで、塗炭の苦しみを味わうこと請け合いであった。

「いいかね」とわたしは、教えさとすようなやさしい口ぶりで話しかけた。そこには、残念な気持ちや、思いやり、疲労感、それに、わたしたち年老いた者が年下の者に対してそなえていると信じて疑わない、無益な、優越意識、そうしたものがない交ぜになっていた。「すでに話したとおり、わたしは小説なんか書いていない。マンションの連中が言っていることに耳を貸してはならない。彼らは、暇を持てあまし、噂話に花を咲かせている上に、山ほど小説を読んでいるからだ。きみはまだ若いから今のところは分からないけれど、わたしの年になると、必要に応じてとか、戦略上とかではなく、安易に、単なる愉しみから、さまざまなことをデッチあげて、揉めごとを起こしておいて、それを収拾するのに追われることになるんだ。もつれた事態を解きほぐすのは、じつに面白いから、そうやって余生を送るってわけさ」

「小説を書いているのは分かっていますよ」と、まるでパパイアには耳がないかのように、口答えをした。

「マンションで証拠を発見したことをお忘れですね」

わたしは、無理解から誤解につづく、踏み固められた道の途中にたたずみながら、眉をひそめた。相手が分かったと思っていない以上、質問のかたちにせざるをえなくなってしまった。

「いったい何の話をしているんだ」

「ノートのことですよ。決まっているでしょう」

わたしは、言い返す前に、溜め息をつき、息が荒くなり、鼻を鳴らした、というか、そうしたすべての息が少しずつ混じりあったものを露にしたのである。

「あれは、小説ではなくて、素描、覚え書き、ふとした思いつきにすぎない。ただの退屈しのぎにやっていることなんだ。きみは、若いんだから、ものを書く必要なんかないさ。人生は、外に出ればそこにあって、世界は、きみのものなんだから」

「小説でなかったら、ノートを覗くことはなかったでしょうね」と〈パパイア頭〉は話をしめくくった。

彼は、ショットグラスに残っていたテキーラをぐいと飲み干し、病気の治療法についてのわたしの話を無視して、おのれがあらかじめ結論を引き出していたこと、つまり、わたしが嘘をついていることを、当然のことだと見なしていた。

「ふと頭に浮かんだ話をさせてください」と相手は言った。「推理小説ですけれど、犬を次々に殺してゆく男の物語です。犬を皆殺しにするやつが登場します。じつは、メキシコ・シティーのすべてのタコス屋に肉を供給することを生業にしているんです。話は、わたしが担当した、じっさいにあった事件をヒントにしています。その事件は、肉屋が犬の肉をタコス屋に卸して廻っていたというものです」

「まさか」

「肉屋は、何年間も商売をつづけていましたが、わたしたちはそれを暴き、刑務所にぶちこんでやりました。以来、肉屋の衛生状態の検査を厳しくすることにしましたよ」

「なるほど、それで分かった」

「何がですか」

「なぜ最近のタコスがまずいか、そのわけだよ」

〈パパイア頭〉は、ビールのグラスを持ちあげながら、喉を鳴らしながらごくごくと飲んだ。そろそろい
ら立ちを静めようとしていることを、態度で示したのである。

「なぜしつこくふざけて見せるんですか」と相手は訊いた。「まるで聞き分けのない子どものようですよ」

「なに、きみが小説を書く手伝いをするわけにはいかないことを、納得させたいだけだよ」

「あなたは、小説を書く術を心得ているだけではなく、タコス屋まで営んでいる立派な方です」

「それが何の関係があるというのかね」

「わたしは、タコス屋の視点から小説を書こうと思っているんです」

「タコス屋なんかやった憶えはないけれど」

「タコス屋だと肉屋に話していたじゃないですか。すべて告発状に書いてありますよ。ひょっとしたら、もうお忘れですか、ここからほど近い肉屋に犬を売りつけようとしたことを。なぜあなたに対する告発を担当させられたと思いますか。これでも犬の肉の売買に詳しいベテランだからですよ」

　この類いのことがあるせいで、わたしは、前世紀、つまり、ますます十九世紀の様相を帯びてきている二十世紀に、生まれたことを実感したものだった。そして、思ったよりも早くウイスキーがなくなること

に戸惑いをおぼえて、酒場でひんぱんに手を挙げることになった。また、しだいに貯金が減ってゆき、日一日と余命が短くなってゆくことにも当惑させられた。

「小説を書くのを手助けするのは、そんなに煩わしいんですか」と〈パパイア頭〉は、わたしの困惑ぶりに気がついて、歩み寄るような口調で訊いた。「もし協力してもらえるのなら、告発状が何の問題もひき起こさないようにきちんと手を打ちます。もし断わるのでしたら、あなたがアルコール依存症で老化現象に苦しんでいると書いてある、ドロテアが手に入れた医者の証明書を、ファイルから消し去りますよ。そうすれば、ふたたび告発状は有効となります。それはそうと、あなたに加えられる制裁は、どの程度のものになるかと思いますか」

「電気椅子かな」

「かなりの額の罰金刑になりますよ」

それから、天文学的な数字を口にした。それだけの金があれば、始末すれば、三年は生きられるだろうし、現在のリズムを維持しても、二年は糊口をしのげるに違いなかった。つまり、二年か三年分の生活費が消えてゆくのだ。

「これは、最低限の話にすぎません」と〈パパイア頭〉は付け加えた。「請け合ってもいいですが、そうした苦しい生活から逃がれられません。告発者が誰かお分かりですか。あの連中の影響力はあなどれませんよ」

「影響力があるので、告発状がファイルとして保存されていることを知っていて、それがふたたび効力を発揮するように圧力をかけることができるというのかね」

「カギは、連中がうんざりするまで、ことを先延ばしできるかどうかにかかっています。すぐ飽きがくる連中ですからね。けれども、告発状が生きていて、事態が前進すれば、疑う余地はありません。あなたは、情け容赦なく死刑に処せられることになりますよ」

わたしは、一気にテキーラを飲み干して、貯金の二十五パーセントが、世界でいちばん金持ちの男の家族の懐（ふところ）に入ることになるかもしれないことを、忘れるように努めた。そして、さらに悪いことに、哀しい思いをさせたことの償いをしなければならないかもしれなかった。

「どこから始めましょうか」と〈パパイア頭〉は言った。

わたしは、必死になって最後の努力を払った。

「老人にゆすりを働いて恥ずかしくないのかね」

「わたしに憐れんで欲しいんですか。あなたは、誰にも憐れみなどかけて欲しくないはずです」

「勝手に決めつけるのはやめてくれ。それで、少なくとも文章の弁（わきま）えはあるんだね。何の勉強をしたのかね」

「獣医学です」

「それなのに、小説が書きたいんだ」

「すでにお話ししたとおり、小説はどう書いたらいいのか分からないんです。だけど、いちばん大切なものはちゃんとそなえていますよ」

わたしは、明らかに尋問をしているしるしに、眉をつりあげていた。誤解されるような余地はどこにもなかった。

「そこそこ経験もありますし」

「あちこちで文学ワークショップが開かれているよ」

「時間の都合がつかないんです。日曜日のこの時間しか空いていないもんですから」

「日曜日は、奥さんや子どもに家庭サービスをする必要があるんじゃないのかね」

「すでにお話ししたとおり、家族はいません」

「何も聞いていないよ。〈まあ、そんなところです〉と、ひとを煙に巻くようなことしか言っていない。まさかゲイじゃないだろうな。だから、ダメというわけじゃないよ。それどころか、長所と言ってもいいくらいだ。ゲイの作家は珍しくないからな」

「それは偏見ですよ」

「そんなことはないさ、作家どの、なに、統計の問題にすぎんよ」

〈パパイア頭〉は、沈黙は同意のしるしと言いながら、口をつぐんだ。そのあと、興味をおぼえているたったひとつの話題に戻った。

「来週の日曜日から始めましょうか」

「しょうがないな」

「何か持ってくるべきものはありますか」

「文学ワークショップであって、工作の授業じゃないんだよ」

「でも、何か持ってくる必要があるでしょう。よく分かりませんけれど、仕事の材料とか」

「ひと綛分の梳毛糸を持っておいで」

「何ですって」

「今まで書いた分の小説を持っておいで」

〈パパイア頭〉が立ち去る前に、コロナじるしの小亀を三本とテキーラ二杯をひっかけながら、無礼講で軽やかな言動を愉しんだ。〈パパイア頭〉が酒代を出してくれたので嬉しくなって、こう尋ねた。

「ところで、つかぬことをうかがいますが、きみの頭はパパイアにそっくりだ、と言われたことはないかね」

「ひと違いですね」と相手は、テキーラだけが生み出せる見せかけの、当てにならない、仲間意識を感じながら、面白そうに答えた。「あれは兄弟なんですよ」

「兄弟だって」

「ええ、兄貴なんです。誰もがドでかいパパイアだと言っています」

姉は、新しい仕事についたと知らせてきた。今度は、ペット・フード工場の秘書をやるのだという。それは、何も人生の皮肉な成りゆきというのではなかった。じつは、上司が会社を変わり、姉を帯同することになったのである。それは、姉が有能だと思われていたおかげであった。母は、冗談は休み休みに言うものよ、ともう少しで言うところであった。けれども、姉はそれより先に、じつは、コロッケを買うときに割引があるのよ、と伝えた。母は、割引はいくらなの、と訊いた。姉は、五十パーセントよ、と答えた。母は、メルカードが、金のかからない、残飯を食べていることを考えれば、それでもまだ高いわ、と言った。なにしろ、母は、三人が食べる分で四人が食べられるのだから、三人が食べる分で三人と犬一匹が食べられるというのは理に適っている、という人生哲学の持ち主だったのである。五〇年代の終わりにさしかかっていた当時、コロッケふうのフードは、モダンで洒落(しゃれ)ているとしてもてはやされた、斬新なメニューだった。けれども、今では、ひと摑(つか)みのクッキーがあれば、動物の餌はこと足りるようになった。それは、まるで犬どもが、突然、人間よりも進歩したかのようであった。というのも、人間は、相変わらずさまざまな種類のややこしいレシピに頼らざるを得ないからだった。姉は、メルカードの鼻面（はなづら）は嫌な匂いがする（それはほんとうだった）けれど、コロッケふうのフードを食べればきれいに消えるはずよ、と述べた。母は、何も言わなかった。飼い犬の息が臭かったせいで、そのときまで確かに可愛がろうという気持ちにはなれなかったのである。じっさいには、こんなふうなことを洩らした。

「そのうちに、分かることね」

それはとりもなおさず、姉の新しい仕事を認めるということ、そして、いろいろな疑念は抱いているけれど、とりあえずはさて置き、コロッケふうのフードが飼い犬にどんな効果をもたらすか、確かめてみましょうということであった。

姉は、二週間に一回、餌袋を届けることを始めた。ことは、姉の言ったとおりに運んだ。メルカードの鼻面から悪臭が消えただけではなく、毛が絹のように艶々してきたのである。近所の人びとは、こぞって撫でようと近づいてきた。おかげで、メルカードは界隈でいちばんきれいなペットにのし上がった。母は、幸せそうだった。

ある日の晩ごはんの時間に、飼い犬が喉を詰まらせるまでは。そのときは、奇蹟的に死からは免（まぬが）れた。そう、まさに奇蹟的だった。母が気管に指を突っこみ、そこからふたつ折りになった紙切れをひっぱり出したのだ。それは、コロッケふうのフードの袋に入れられた、姉宛のいかがわしい恋文にほかならなかった。まだ憶えているが、密かな愛の告白にまじって、こんなくだりがあった。〈きみの脚は、クエルナバカ高速道路よりも長いんだよね〉、また〈きみのウエストのくびれは、プエルト・バジャルタ高速道路を彷彿（ほうふつ）とさせるところがあるね〉。姉と上司がかつて働いていた会社は、運輸通信省と取り引きがあったせいで、こんな文面になったけれど、もし上司が現在の仕事を念頭に想像力をふくらませ、比喩に使っていたら、恋文はもっと卑猥な感じになっていたかもしれない。恋文はすべて、会社の住所がレッターヘッドに印刷された便箋に、赤インクで書かれていた。ともあれ、母にすれば、飼い犬は秘密諜報員のような役割を演じてくれていたのである。

母は、メルカードとともに部屋に閉じこもったけれど、飼い犬は、ライスやごわごわのタコスの皮、隠元豆、スペアリブといった餌にまた戻ることを予感したのか、きゃんきゃんととめどなく泣いていた。のちに、母は何ごともなかったかのように、部屋から出てきたけれど、誰も起きた事件についてふたたび言及しようとはしなかった。処罰もなければ、むりな要求を突きつけることも、何かが禁止されるようなこともなかった。あるのは沈黙と、大人の暮らしにつきものの変化、つまり表面を取りつくろうことであったともなかった。すでに家庭は、飼い犬の毛が壊滅的な打撃を受けるような、あまりにもたくさんの難題に直面していたのである。

わたしは、ヒルマンの本をめくりながら、あちこち拾い読みしているうちに、行き当たりばったりに地面をついばむ鶏（にわとり）のように、長い長い、まるまると太った、いかにもおいしそうな虫と出くわした。世間のすべての悪意がこめられた、文章をノートに書き写した。〈もし真実が理性的なものにかかわる虚構であるならば、虚構は想像的なものにかかわる真実にほかならない〉。読書会では、解釈上の争いが一週間ずっと続いていた。会員がひとり残らず分かったと思い、これで意見の一致を見たと思った矢先、わたしがたまたま玄関ホールを通りかかり、一同に向けてこう言ったので、爆弾を放った恰好になった。

「皆さんは、想像的なものを想像上のものと取り違えていますよ。両者はまったく別ものなんです。想像上のものは、再生産されるだけにすぎませんが、想像的なものは、知識の器官として生産的な機能をそなえているのです」

わたしは、その件（くだり）を暗記していた。五十九頁にあったのだ。読書会のメンバーはほとほと困惑して、

『メキシコのパリヌーロ』に戻り、二日間にわたって議論を棚上げにしたけれど、彼らの胃袋は、そのあいだずっと生煮えのご飯を消化しつづけていた。そのあと、ふたたび攻勢をかけてきた。最初に結論に達したのは、フランチェスカであった。ある朝、わたしは、エレベーターで彼女と鉢合わせをし、いっしょに下へ降りていった。

「あなたは、アルコール依存症による、幻覚をともなう、振顫譫妄症を患っているんだと思いかけているところなのよ」

「まさか」

「生産的な虚構は、幻覚状態にあるときのみに生じるものなんです。たぶん、あんなにお酒さえ飲まなければ……」

「フランチェスカ、あなたはまだ人生経験が不足していますね。そこが問題なんですよ。たぶん、あんなに読書さえしなければ……」

けっきょくヒルマンの本は、ジュリエットに贈ることになった。地下に関する革命理論が彼女にぴったり合うと思ったのである。本を渡したとき、ビールを何本もお代わりしていたけれど、彼女が贈りものに対して抱いている不信感を解きほぐしてやろうと思って、一文を読んで聞かせた。じつは、それが彼女のことを思いめぐらすきっかけになっていた。〈地下の世界というのは、心理的な宇宙を描き出す神話的な様式にほかならない〉。

「これはこれはありがとう、テオ」とジュリエットは言った。「次回は、少なくともスペイン語で書かれた、分かりやすい本にしてくれない？」

「このあいだも同じことを言っていたね」とわたしは応じた。

「まあ、あたしったら、いったい何本ビールを飲んだのかしらん」

「さっきの文章は、八五年の地震のことや革命記念碑にできた亀裂のことを説明してくれるんだ」

「けれども、それがヘタクソなもんだから、けっきょくあなたがやらなきゃならなくなるのよ」

「神話と大衆の心理には繋がりがある、と書いてあるんだ。そして、大地が口を開くとき、神話の神々が人びとの目をさまし、人びとは大地にひれ伏すことになる。まさに、先日、きみが言っていたとおりなんだ」

「あたしがインテリであることを責めているの」

「きみが賢いことを責めているんだ」

そうした見返りに、わたしの贈りものや心遣いによってというよりも、態度によってやさしくなった、ジュリエットは、お宝を見せてあげるわ、と言い出した。店の奥の部屋の向こうにある、あたしの部屋までついてきてちょうだい、と誘った。わたしは、その前に薬局まで行って、あたりをひと廻りしてくるよ、魔法の効き目があらわれるまで、しばらく待つ必要があるからね、と言った。

「まあ、テオったら、ほんとうに冗談ばっかり」

店の奥の部屋の向こうには、小さな中庭があり、その突き当たりに、窓も換気口もない、穴蔵のような部屋があった。中には、ベッドと、九平方メートルの広さに、想像し得る限りの、ありとあらゆる瓦落多（がらくた）が詰めこまれていた。ジュリエットが、白い光の電灯をつけたので、ゴキブリたちは目がくらんで、あわてて不用品の陰に身を隠したり、下にもぐりこんだりした。ジュリエットは、トランクの中から軽そうに見えるふたつの小さなガラス箱を取り出した。最初に開けた箱には、半分オレンジ色がかった、透明な薄板が入っており、下の部分と想われるものにくっついていた。わたしは、じっくりと四方を眺めた。六方からも、さらには、てっぺんからも下からも。確かに何かではあるのだが、何なのか見当がつかなかった。あるいは、何かではなくなったとしたら、いったい何になりえたのであろうか。成長し、進化し、変化しているとしたら、この先、何になるのだろうか。なぜ小さなガラス箱に入っているか、そしてなぜジュリエットがお宝だと考えているかについては、なおさら察しがつかなかった。わたしは、中庭に出て外の光で調べてみたい、と言った。

「がっかりすることないわ」とジュリエットは言った。「どうやら何か分からなかったようね。なぞなぞではないけれど、じつは赤トマトなのよ、一九八八年の赤トマトなの。この赤トマトに、一九八八年七月十六日、カルデナス技師〔本名クアウテモク・ラサロ・カルデナス・ソロルサーノ。技師にして政治家。一九三四年生まれ。ラサロ・カルデナス・デル・リオ元大統領の子息。民主革命党の創立者。一九八八年を含む三回の大統領選挙に立候補した。連邦区の初代首相。左翼的な思想を持ち、貧困層や弱者のための政策を擁護した〕がさわったんです。あの日のこと、憶えているかしら。八五年の地震は、致命的な余震、つまり、社会を揺るがす地震を起こすことになったわ。あの日に革命が始まった。いや、始まろうとしたけれど、技師に阻まれてしまったのよ。人びとは、国立宮殿を占拠するといっていきり立っていたのに、技師になだめられた。よせ、よせ、よせ、と言われたのよ。歴史が物語っているとおり、技師は賢明だったのか。あるいは、ひそかに政府と結託していたのか。あなたは、どう思っているの」

ジュリエットは、手を伸ばしてわたしにもうひとつの箱を渡した。その中に、赤トマトが入っていることは、前のものとの比較からだけではなく、まだ薄板のかたちまで縮小していなかったので、容易に察しがついた。赤トマトが、ずっと最近のものだったのである。

「これは、二〇〇六年のものなのよ」と彼女は説明した。「その日、中央広場（ソカロ）には、何人のひとがいたか、知っていますか。噂では、百万は超えていたとか。もしロペス・オブラドールがきちんと話ができていたら、何が起きたか想像できますか。〈社会制度なんかクソ食らえ〉と煽動する言葉で締めくくっていれば、事態は変わっていたでしょうね。群衆は、解釈をするということができません。群衆は、軍隊と同様、命令が必要なんです。あのときは、またしても失敗に終わってしまったのよ」

わたしがガラス箱を返すと、ジュリエットはトランクに戻した。そこで、ガラス箱は、ひきつづき自然消滅に至るまでの過程をたどることになった。そのとき一瞬、ほんとうの宝もの、宝箱を見せてくれるのではないか、という期待が頭をよぎった。

「なぜさっきの赤トマトを大事にしまっているか、分かるかしら」とジュリエットは訊いた。

「過去を想い出すためかな」とわたしは答えた。

「ううん、忘れないためなのよ」と彼女は微妙な違いを指摘した。

わたしは、壁に、古いけれど光沢のある木製の額縁に入った、写真がかけてあるのに気がついた。新聞の切り抜きだったが、四人の青年の顔が捉えられていた。ひとりは、右手に小さなマイクを持って話していた。そのひとりを挟むふたりは、虚ろな目つきをしていた。奥の方に、口髭をたくわえた色の浅黒い男がいて、顎を摑みながら、話をしている青年をじっくりと観察していた。髪型、マイクを持っている青年の眼鏡のフレームのかたち、シャツの衿、それに羊皮の上着の衿からすると、六〇年代の写真ではないかと想われた。

「きっと今、あたしの頭が狂っていると考えているに違いないわ」とジュリエットは言った。

いや、じつは、センチメンタルな女だと考えていたところさ、と答えた。わたしは、壁に近づいて写真のキャプションを読んだ。〈全国スト協議会主催で、ゆうべ、UNAM哲文学部で開かれた会議にて〉と書いてあった。

「口髭を生やしているのは弟なのよ」とジュリエットは絵解きをしてくれた。「現在、どこにいるか知っていますか」

わたしは、非合法活動をしているのよ、というだろうと推測した。当ててやろうという気はあったけれど、むろん大声で言うようなことはしなかった。その代わり、眉をひそめて問いかけた。

「あなたが知っていたら、どんなにいいでしょうね」とジュリエットは説明した。「じつは、三十五年前から行方不明なのよ」

わたしは、あらためてじっくりと写真を見た。ジュリエットの弟だけが、納得した上でその場にいるように思えた。残りの三人は、少なくとも気持ちは逃げ腰になっているのが見て取れた。

「兄弟はいるの？」とジュリエットは尋ねた。

「姉がひとりいたけれど、死んじゃったんだ」

「何歳、年上だったの」

「ひとつ違いだった」

「何で亡くなったの」

「八五年の地震のときに。母もいっしょにね」

「マジで。どうしてもっと早く話してくれなかったのよ」

「想い出すのが嫌だったんだ。きみだって弟のことを黙っていたじゃないか」

「お姉さんとお母さん、どこで地震に見舞われたの」

「心臓病科で」

「まさか作り話をしているんじゃないでしょうね」とジュリエットは聞き返した。

「とんでもないよ」

「あら、ベッドのすぐそばまで来ちゃったわ」

「ひとの同情を誘っておいて、口説いてやろうという魂胆なら最低だよな」

「そんなことはないわ、うまくゆくこともあるのよ」

「マジで」

「でも、あいにくね、あたしには効果なくってよ。メスカルを一杯、やりますか」

「二杯にして欲しいな」

　わたしたちは、部屋を出て、店の奥の部屋の方に引き返した。その間、わたしは、きちんと埋葬されていない死者がいて、生きながら死んだも同然のひとがいて、欺瞞と誤謬、記憶によってのみ生きているひとがいることこそ、まぎれもない非合法なことではないか、と考えていた。

情け容赦なく次々にやってくるふつうの日々、その中のある日の午後、といっても、ヴィレムがそれ以前に来ていたわけでも、そのあと来ることになっていたわけでもないので、水曜日か土曜日でなかったことだけははっきりしているけれど、遠くでガシャンとものすごい音がひびいて、二台の車が街角で衝突したことが分かった。わたしがバルコニーに出ると、物見高い連中に混じって、急ぎ足で事故現場に駆けつける読書会の面々の姿が目に留まった。わたしは、グラスに残っているビールをぐいと飲み干した。そして、ここはひとつ、まぜっ返してやろうと思って、『美の理論』を携えて下に降りていった。言ってみれば、持ち寄りパーティーに合流するような気持ちであった。

玄関ホールでは、『メキシコのパリヌーロ』の本が何冊も仰向(あおむ)けにされたたまま、椅子の上に置かれ、八五二頁と八五三頁が大股びらき然となっていた。わたしは、『美の理論』を大股びらきにし、放り出されたパリヌーロ本のうちの一冊の上にかぶせた。そうした重厚長大な本を見ていると、たぶん、本を薬のように服用するのをやめるか、少なくとも量を減らすかした方がいいのではないか、という思いがときどき脳裡をよぎった。わたしは、車座を主宰する椅子、フランチェスカが坐る玉座に近づいた。それは、エレベーターや玄関ホールを同時に監視できる角度に置かれていた。わたしは、おぼろげに霞んで見える目で捉えた、煉瓦のように分厚い本を持ちあげると、電気スタンドにスウィッチを入れ、ルーペを使って焦点をあわせてから、こう朗読した。〈彼は、永年のあいだ、おのれが感じられるいちばんの歓びは、それは勃起をなしとげる唯一の方法でもあるが、女の乳房をまさぐりながら乳房に口づけをするありさまを思い浮かべることだ、と連中に話して聞かせた。けれども恋人を相手に、たまに思い切って試してみたけれど、そんなことはさせてもらえなかった。けっきょく、ズボンを濡らすという一線は越えられなかったというのだった〉。読書会のメンバーは、すぐ熱くなる偽善者どもであった。わたしは、周囲を見まわし、赤のボールペンを見つけると、さっきのくだりに下線を引いた。そして、頁の左の余白と、メッセージが入り切らなかったので、上の余白に、次のように書きこんだ。〈わたしなら、間違いなくやってのけますね。あなたは、相変わらず冷たい女のふりをしつづけるんでしょうか〉。

そうしたことをすませたあと、わたしは、計画を変えた。おのれの部屋まで上がり、ビールをグラスに注いで、バルコニーにあるモデーロのロゴ入りの椅子にどっかと陣どり、読書会の連中が帰ってくるのを待ち構えていた。二十分ほどかかった。救急車が来て、足を骨折した運転手（負傷者が出たことはあとで知った。ジュリエットが話してくれたのだ）を運んでゆくのに手間どったようだった。連中が、ちょうどバルコニーの下を通りかかったときに、わたしはこう叫んだ。

「おそろいで痔のストレッチにでもお出かけでしたか」

いったん一同は視界から玄関ホールに消えた。こちらは、それから何秒たったか数えていたけれど、三十秒まではいかないうちに、フランチェスカがふたたび歩道に姿をあらわした。かんかんに怒った真っ赤な顔をバルコニーの方に向けながら、こう叫んだ。

「このつるっパゲめ」

「マリアッチの伴奏をつけるのを忘れているぜ」

「このヘンタイ野郎め」

「ヘンタイと来ましたか。こちとら、ポルノ本を読み耽っているわけでもないし」

「あたしたちは文学作品を相手にしていますよ」

「早くそう言ってくれなくっちゃね」

「まあ、頼もしいこと。だったら、下に降りてきて本を読みなさいよ」

「きみが上に来てくれた方がいいな。文学の話はさておき、しこしこ臨床試験に励みましょうよ」

フランチェスカは、唇のあいだから舌を出し、ブーという音をひびかせたあと、またしても建物の中に消えた。わたしは、『喜びの歌』を口笛で吹きながら、意気揚々と冷蔵庫まで行ってビールを注いだ。そのとき、大失態を演じたことに気がついた。玄関ホールに『美の理論』を忘れてきたのである。わたしは、ヒステリーにかかったロケットと化して下に降りようとしたけれど、腹立たしいほどのろのろとしか動かないエレベーターに摑まってしまった。そして、こう怒鳴りながら、だしぬけに玄関ホールに姿をあらわしたのだ。

「手をあげろ。誰も動くんじゃないぞ」

フランチェスカは、従順に言われたとおりにし、受け身の態度をとり、ふだんとは異なり口をつぐんでいたけれど、これはどう見てもよくない兆候であった。すでに夜の帳が降り、暗闇の中で電気スタンドを点けて、読書会はひらかれていたので、まるで鉱夫たちの一団が洞窟の中で試掘をしているように見えた。わたしは、『美の理論』を大股びらき然として開けたままにしておいたと記憶している、というか、記憶していると思っている場所を突き止めた。それは、イポーリタの席だった。わたしは、そばに近づいた。そのあいだに、イポーリタは、おそるおそる眼鏡をはずした。右手には、ギプスをはめていたが、そのせいで、いつもの反応のにぶさが強調されることになった。イポーリタは、はずした眼鏡を、それはそれはそっと膝の上に乗せた。まるで、骨がぽきりと折れたらどうするのよ、といった風情で、小鳥でも摑んでいるかのようだった。

「こんにちは、イポーリタ」とわたしは話しかけた。

「お晩です」と彼女は答えた。「またまたお晩です」

鎮痛剤が効いたのか言語障害を来たし、創造力がゆたかになっていた。

「『パリヌーロ』の上に置き忘れていた本を返してもらえませんか」

イポーリタは、助けを求めるかのように、フランチェスカの方に目を向け、左手でいら立たしそうに眼鏡を握りしめた。小鳥は、もはや死んだも同然になった。フランチェスカは、平然としていたけれど、それとなく（それとなくとは、眉の記号論をつまびらかにしない人びとにすれば、という意味にほかならないが）眉を動かしてあらがいなさい、と命じた。

「何のおいいなしかさっぱりなんですけれど」と応じた。

女独裁者は、読書会の面々に対してみごとな統率力をそなえていた。特効薬をしのぐ威力を見せつけることも可能であった。わたしは、周囲にいる馬鹿正直な会員たちに目をやった。連中は、自分には関わりないというふりをしていた。なるほど、まったく関わりのないことに違いなかった。わたしは、何も見つからないだろうとあらかじめ分かっていたけれど、つれづれなるままに、椅子の下や、郵便受けの上、玄関ホールの隅々に目を走らせてみた。

「ははあ、なるほど、そういうことですか」とわたしは大声で言った。「喧嘩をふっかけるつもりなら、準備はおさおさ怠りなくおこなうべし」

フランチェスカは、ぐっとこらえておのれの邪(よこしま)な計画を推し進めてきていたが、こう答えた。

「イポーリタが言ったとおり、何の話かさっぱり分かりません。あなたが本を失くしたのなら、わたしたちが関知するところではありませんね。おそらく、お酒さえぐでんぐでんになるまで飲んでいなければ……」

「わたしが酒さえぐでんぐでんになるまで飲んでいなければ、じぶんたちがコソ泥になるようなマネはしなかった、とでもいうんですか」

「そう、お酒さえぐでんぐでんになるまで飲んでいなければ、本を失くすようなことはなかったでしょう。ちゃんと探したらいいんですよ。ちゃんと探しなさい。探さざる者、発見に至らず、っていうんじゃないかしらん」

わたしは、愛とは何か知らなかったので、マリリンとおしゃべりをするとき、彼女の声によって、リモコンに操られるように、股間で昇ったり降りたりするエレベーター君と取り違えていた。コヨアカン地区〔ディエゴ・リベーラとフリーダ・カーロの邸がある首都の高級住宅街〕から市電で家に帰るのは、長い道のりであった。その間、いずれ劣らず屈辱的なことだったけれど、ふたつの不運のうちのひとつ、つまり、ふぐりの痛みに襲われるか、ズボンが濡れるか、のどちらかに悩まされたものだった。

「何をしたのかい」とわたしはマリリン尋ねた。

「ポーズを取ったのよ」と彼女は答えた。

「素っ裸になったのかい」

「あなたったら、いったい何を考えているのよ。男のひとって皆んな同じなんだから」

「ポーズを取っただけかい。それ以外は何もしなかったのかい」

「それ以外、何をするというのよ。いったい何を想像しているのよ」

「で、向こうさんは何をやるんだい、絵を描いているわけかい」

「デッサンを描いているのよ。壁画のための習作だって言っていたわ」

マリリンの母親は、わたしがずっと付き添っているという条件で、娘に外出許可を出したにもかかわらず、わたしは、邸内のアトリエで起きていることに首を突っこむのを禁じられていた。わたしたちが到着すると、邸の扉がひらき、例によって、天才ディエゴ・リベーラが、つまり、メキシコ美術史の指揮をとっている大御所が、手ずから一ペソのチップをくれて、二時間したらまたおいでと言った。わたしは、付近をひとまわりしてくるつもりでいたけれど、あっというまに引き返してきて、邸の正面の歩道に立って、半開きの窓越しに内部のようすをうかがったものだった。邸へのひとの出入り見ていると、次々にお歴々が姿を見せたので、さまざまな陰謀がくわだてられているのだと勝手に想像した。わたしは、一度ならず、警察から不審者扱いを受けた。凶暴なことたくらんでいると見なされたのである。そして、ようやく二時間半か三時間たった頃、約束どおり二時間きっかりだったことは一度もなかったけれど、扉がひらき、マリリンが敷居をまたいで外の電車道に出てきた。そのとき、わたしはこう訊いた。

「何をしていたのかい」

「分かっているくせに、ポーズを取っていたのよ」

「素っ裸になったのかい」

「いったい何を考えているの？　テオ君、むらむらしてきちゃうってわけ？」

「こんなところに来てほしくないだけさ」

「まあ、男らしくないわね。フリーダがそんな話を耳にしたら、あなた、去勢されちゃうかもしれないわよ」

「フリーダって、フリーダって誰なんだい」

「あら、フリーダが誰か知らないの。ディエゴの奥さんよ」

わたしたちは、帰途についた。そして、ようやく安アパートの入口にさしかかったとき、わたしは、マリリンにこう訊いた。

「きみの絵を描かせてくれないか」

「あしたなら、いいわよ」

以後、わたしは、絵を描いたスケッチブックを携えてゆくようになった。いつかディエゴに見せて助言をもらうことを夢に見ていたのである。それに、マリリンを待っているあいだ、気晴らしに絵でも描いていようと思ったのだ。扉があいたとき、わたしは、スケッチブックをディエゴの方に差し出したけれど、扉は鼻先で（ジャガイモみたいに不恰好な鼻先で、という意味にほかならないけれど）ぴしゃりと閉まった。それから何日かたったある日の午後、邸の常連客のひとりで、眼鏡をかけた、うらぶれた感じの男が、わたしのいる場所につかつかと近づいてきた。

「この近辺で姿を見かけるのは、初めてじゃないけれど」と話しかけてきた。「何をしているのか教えてくれませんか」

「絵を描いているんですよ」とわたしは答えた。

「街角に立ち止まったままですか」

「ここの邸の中にいる女友だちを待っているんですよ」

「マリリンは女友だちですか」

「ええ」

「友だちですか、恋人ですか」

「友だちです。あなたも画家なんですか」

男の顔が一瞬、引きつった。そして、そうだともそうでないとも取れない、質問がぶしつけだということを意味するような表情を浮かべていた。

「家を設計する建築家ですよ」と彼は答えた。

「けれども、画家でもあるんでしょう」とわたしは食いさがった。

眼鏡をかけた、うらぶれた感じの男は、そうだと頷いた。

「絵を見て、ご助言いただけませんか」と頼んだ。

わたしは、スケッチブックを渡した。そこには、家の素描と何枚ものマリリンの横顔のデッサンが入っていた。デッサンは、市電の中で描いたものだった。マリリンが無意識にポーズを取りながら、耳元でこうささやいた。

「テオ君、あたしを描いていると、むらむらとしてきちゃうのね」

じじつ、ズボンは濡れていた。おそらく、眼鏡をかけた、うらぶれた感じの男は、そうした似顔絵の背後にあるもの、わたしが、終わりも希望もないまま、さびしく追求しているものを、嗅ぎつけたに違いない。彼は、丁寧に頁をめくったあと、うらぶれた感じの眼鏡を上げると、スケッチブックを閉じて返してくれた。

「歳はいくつかね」と訊いた。

わたしは、十八になるところですと答えたけれど、じっさいには、十七になったばかりだった。

「これまでに絵画教室に通ったことはあるかい」

わたしは、ありませんと答えた。

「この娘が好きなんだね」と彼は尋ねた。

「絵を見て分かりましたか」とわたしは聞き返した。

「ああ、これだけ何回も描いていればおのずとね」

「どう思われますか」

「技量不足ですが、学習できますよ。エスメラルダ学院に行くといいでしょう」

「といいますと」

「美術学校ですよ」

彼は、わたしの手からスケッチブックを奪い取ると、行き当たりばったりに白い頁を選んで、スケッチブックを壁に押しつけながら、羊皮の上着のポケットに入れていたボールペンで、何か書きはじめた。その日は蒸し暑かったのに、あまりにもきちんと上着を身につけている嫌いがあった。

「学校はどこにあるんですか」とわたしは訊いた。

「エスメラルダ小路(こうじ)ですよ」

彼は、わたしにスケッチブックを返し、次のように言いながら立ち去っていった。

「この近辺にたむろしない方がいいよ。警官に泥棒だと思われるのがオチだから。ディエゴとフリーダの友だちの中には、癇(かん)にさわる者がいないとも限りません。どこかをひとまわりしてくることです。でないと、その鼻では、せいぜい静物画のモデルになるのが関の山でしょうね」

わたしは、彼がうらわびしい足取りで立ち去るのを見ていた。そして、おのれが書いたメモに対して、わたしがどんな反応を見せるか、盗み見するのがむりな距離まで遠ざかったとき、スケッチブックに書いてもらった言葉を読みはじめた。〈国立エスメラルダ美術・彫刻・版画学院事務室御中　ここに、本状を持参する若者を人物画教室に入学させていただきますように、お願い申しあげます。鉛筆の使い方か、少なくともヌードの少女を見る目が身につくかどうか愉しみであります。とり急ぎお願いまで　ファン・オゴールマン〉。

わたしは、マンションにいて、バルコニーからこっそり下の様子をうかがっていた。そしてとうとう、読書会の面々がフランチェスカを先頭にして建物を出て、エピクーロ公園の方に向かうのをこの目で確認した。そこで、わたしは、『美の理論』を取り戻す作戦に取りかかった。家の扉とフランチェスカの扉を隔てる四メートルの踊り場を横切ると、国立老齢者院のカード型の身分証明書を挿入口にさしこんだ。国立老齢者院は、去年、国立高齢者院に名称が変わっていたけれど、わたしはカードを更新していなかった。二秒ほどすると、カチャリと音がして扉がひらいた。それは、すでに一度ならず、やらざるをえなかったことだった。よく中に鍵を忘れたからである。そうしたとき、わたしが扉を開けようとしている現場を見つけたフランチェスカは、こう言って咎めたものだった。

「おそらく、お酒さえぐでんぐでんになるまで飲んでいなければ……」

「酒さえぐでんぐでんになるまで飲んでいなければ、扉の鍵を破るようなことはしなかったというのかい」

　わたしが扉を押し開けたとたん、非常ベルがけたたましい音をひびかせて鳴り出した。おかげで、二時間は続くことになる不整脈が生じ、耳に数滴の鎮痛剤を注入なければならなくなった。わたしは、扉を閉めると、大慌てで部屋に引き返した。非常ベルは、二分後にひとりでに止まった。半開きの扉を通してただひとつ見えたのは、居間の壁にかかっているオクタビオ・パス〔一九一四―九八。メキシコの詩人、文明批評家、外交官。一九九〇年ノーベル文学賞。代表作『鷲か太陽か』（詩集）、『孤独の迷路』（文明論）、*Senda del Oku*（『奥の細道』の西訳、林屋永吉と共訳）ほか〕のポスターであった。

わたしは、最後の審判の日に、死者がよみがえったら、どんな容貌をしているかをめぐって、ヴィレムと議論をしていた。土に蔽(おお)われたまま、半ば腐爛した状態で、地中から現われるのだろうか。あるいは、霊的な存在のように、汚れひとつない、透けて見える、肉体を有していないかたちで、登場するのだろうか。

「グイレム君、想像してくれ」とわたしは言った。「これまで人類史上、亡くなったひとの総数は、いったい何人ぐらいと見積ればいいのだろうか。数十億人に上(のぼ)るだろうな。その全員が突然、地上に姿を現わすわけだ。ある者は、全身白骨化し、ある者は、蛆虫(うじむし)だらけの、腐爛した肉体の切れっぱしを引きずっているというありさまだ。おまけに、火葬された連中は、これでもかというように大量の遺骨となって溢れかえっている。その意味では、聖書はなんとも残酷な本に違いないね」

「そんなことありません」とヴィレムは答えた。「聖書を鵜呑(うの)みにしてはいけませんよ」

「おやおや、驢馬から耳の話を聞かされるとは、まいったな。もちろん、わたしの言うとおりになるに違いないさ。映画ではそうなっているし、よみがえった死者が取り上げられるときは、必ず聖書が脚本として使われているんだ」

「映画は何度も罪を犯していますよ」

「まさか、冗談はやめてくれ」

そんな話をしているとき、インターフォンが鳴り、わたしたちの四方山話はさえぎられた。受話器を取ると、マオの声が聞こえてきた。

「FTCからまいりました」

「〈共産主義者アホウ連合会〉のことでしょうか」

「いえいえ、〈トロツキー主義者ゴキブリ燻蒸装置連合会〉でございます」

「では、まず玄関ホールから始めてください。文学虫がはびこっていますから」

「そりゃ大変ですね」

「部屋まで上がっておいで」

ヴィレムは、聖書をリュクサックにしまった。そのときまで、黙示録の頁を調べていたのである。

「わたしは失失礼した方がよさそうですね」

「いや、いてくれないか」とわたしは頼んだ。「友だちが来たんだ。きっと馬が合うと思うから」

わたしたちは、マオが現われるのを心待ちにする態勢になった。けれども、例によって、到着するのにずいぶん手間どったので、ヴィレムは、ふたたび取り出した聖書を片手に、ゴキブリの後を追いまわした。『美の理論』が押収されて以来、ゴキブリがわがもの顔で繁殖していたのである。『文学ノート』を使って数を減らすことを試みたけれど、わずか百二十頁しかなかったので、いくら強く叩いても、必殺というわけにはいかず、のびた状態にするのが関の山であった。ようやく、マオは、げんこつで扉を秘密の回数だけ叩いた。わたしは、彼がドロテアを同伴していると分かると、意地悪く眉をひそめて見せた。

「部屋が使いたいんだったら」と注意を促した。「前もって知らせてくれなきゃ困るよ。シーツ持参で来てもらわなくちゃならないし……。じつは、先客があるんだ。けれども、とにかく、中に入ってくれ。恋人だって、お客さんが誰か知りたいだろうから」

二人は、敷居をまたいだ。マオは、ヴィレムがいることに気づいたとたん、ふたたび扉の方に取って返すかのように、思わず仰けぞった。

「待ち伏せをしていたんですか」と訊いた。

「図星だね」とわたしは答えた。「イエズス・キリストの思し召しというわけだ」

「マジで」とマオはしつこく言った。「モルモン教の青年がＣＩＡのために働いていることは、ご存知のとおりですよ」

「マオ君、そんなにめくじらを立てることはないさ」とわたしはなだめた。「この友だちのグイレム君は、スパイ活動をするのは罪深いことだと言っているくらいだから」

マオが見ているあいだに、グイレムは聖書を壁にぶつけてゴキブリを叩きつぶした。マオの顔に浮かんでいた痛烈な皮肉の色がしだいに和らいでいった。神の言葉が記された書物をハエ叩き代わりに使うとは、異端を示すしるしに違いないし、少なくとも、〈疑わしさの利益〔証拠不十分の場合は被告に有利に解釈すること〕〉に与るに値すると見たのである。

「スパイ活動をするのは罪深いことですよ」とヴィレムは認めながら、トイレット・ペーパーで聖書の表紙についた汚れをきれいに拭き取った。

「ゴキブリを叩きつぶすのに聖書を使うのは、罪深くないんですか」とマオはヴィレムに尋ねた。「小さな生きものを殺すのは罪深くないんですか」

「ゴゴキブリは、悪魔の手先なんですよ」とヴィレムは応じた。「神の言葉は悪魔に対して情け容赦ありません」

ドロテアは、ヴィレムに近寄り、手をさし出したものの、挨拶のキスはしたものかどうかためらっていた。ヴィレムは、両手がふさがっていたので慌てたけれど、けっきょく、ゴキブリの死骸を摑んだトイレット・ペーパーをズボンのポケットの中にしまいこんだ。

「やあ、グイレム君、元気かしら」とドロテアは話しかけた。

「なんだ顔見知りだったのか」とマオは口を挟んだ。

「先日、ふたりは知り合ったんだ」とわたしはあいだに入った。「きみの恋人がわたしに罪をかぶせにきたとき、ここを訪れていたこの友だちが、わたしを裏切ったというわけだ」

ドロテアとヴィレムは、キスの挨拶を交わさなかった。ドロテアはためらい、ヴィレムは手持ちぶさたになっていた。そのうち、両者は手を取り合い、上下に軽く動かしはじめた。

「キミーイ、手を放さないつもりか」とマオはヴィレムを詰(なじ)った。

「まあ、落ち着いて、同志」とわたしはあいだを取り持った。「これまでさんざん革命やら、非合法活動やらをやってきたから、最後は、映画の中のペドロ・インファンテ〔一九一七—五七。メキシコの人気映画俳優・歌手。ベルリン映画祭・最優秀男優・銀熊賞、ゴールデン・グローヴ・最優秀男優賞を受ける。航空機事故で逝去〕のように、ひとつカッコいいところを見せてくれよ。きょうは、いったい何を持ってきたんだい。あ、そうそう、言っておくけれど、グイレム君は、あらゆることを試み、あれこれ思いをめぐらせてきたけれど、ゴキブリたちはのうのうと暮らしているんだ」

「なるほど、そうですね、オジイさん」

「オジイさんと呼ぶのはよせ、と口を酸っぱくして言っているだろう」

マオは、リュックサックを降ろしたけれど、そのとき、ヴィレムは、マオの、着たきりスズメの、薄汚れた、Tシャツに書いてあるメッセージに気がついた。

「輝けるココミチっていうのは、何かの宗教ですか」と訊いた。

「ひとつのセクトなんだ」とわたしは答えた。「〈世界の光〉（ルス・デル・ムンド）〔世界の光教会。イエズス・キリストが創設し、一九二六年、エウセビオ・ホアキン・ゴンサーレスが復興したとされる、メキシコのグアダラハラに本部がある、キリスト教の組織〕について話を聞いたことはないかい」

「CDプレイヤーは、どこにあるんだ」とマオは尋ねた。

彼は、コンパクト・ディスクの穴に右手の人さし指を突っこんでいた。

「それでどうしようというのかね」とわたしは訊いた。「ゴキブリは、耳が聞こえないっていうじゃないか」

「この毒物は、大学生が六〇年代から知っているものなんです」とマオは明らかにした。「じつは、たまたま発見されました。ストのときのテントの中は、世界でいちばんきれいな場所とはとても言えませんが、そうした場所で見つかりました。これは、ゴキブリ退治に効果てきめんのやり方で、すでに実証済みなんですよ」

「けれども、いったい全体、何なんだ。白色雑音（ホワイト・ノイズ）〔すべての周波数で等しい強度になる雑音〕ってやつかい」

「いや、もっと凄いやつですよ。キューバの歌〈トローバ〉なんですけれど」

マオが、ディスクをプレイヤーに乗せて、ヴォリュームをいっぱいに上げると、歌手がギターの調べに合わせて、音程の狂った声でこうがなり立てるのが聞こえた。〈この人生の旅路が果てるとき、われらの肉体は、死と憎悪の海辺にたどり着くから、むくみあがっていることであろう〉。

「おい、これならきっと効果があるぞ」とわたしは、歌をしのぐ声量を出したつもりで叫んだ。「こちとらは自殺するので、ゴキブリに悩まされることもなくなるが」

歌が第二連に入ると、台所のゴキブリが触覚をのぞかせたかと思うと、だしぬけに飛び出してきて壁にぶつかった。すぐそれに、部屋のゴキブリや風呂・トイレのゴキブリが合流した。

「扉を開けてやってくれ」とマオは、出口のいちばん近くにいたドロテアに向かって叫んだ。

ドロテアは、言われたとおりにしたけれど、そのあいだも歌はうめくように続いていた。〈われらは、未来がある先史時代、われらは遠い昔の人間の記録なのだ〉。何百匹ものゴキブリが、マンションの片隅という片隅からぞろぞろ現われ、ぶんぶん羽音を立てながら通過し、わたしたちの靴にぶつかったあと、ぐるりをとり囲みながら出口に殺到した。ドロテアは、小さな体でモデーロのロゴ入りの椅子の上によじのぼり、長い髪は、吐き気を催すあまり、それに流れてくるリズムの振動によって、電気に打たれたようになっていた。ヴィレムは、いつもより蒼ざめて幽霊みたいになり、目を閉じて神に祈りを捧げはじめた。

「ほら、言ったとおりでしょう」とマオは自慢げに言った。

「何でこんなに効果があるんだ」とわたしは訊いた。「歌手の声に何かわけがあるのか。録音に暗騒音（あんそうおん）〔聴いている以外の騒音〕が入っているぞ」

「ゴキブリどもは、反革命分子なんですよ」とマオは答えた。「ご存知のように、ＣＩＡご自慢の生物兵器にほかなりませんから」

「ＣＩＡの片棒を担いでいるのは、いったい誰なんだ」とわたしは大声を張りあげた。「神か、それとも人類の進化なのか」

「なるほど」とマオは相槌を打った。「ゴキブリは、疫病を蔓延させるために使われますからね」

歌が終わったとたん、部屋は虫どもから解放され、ドロテアはふたたび床に降りることができたし、ヴィレムの視覚は正常に戻った。

「神の御名（みな）の讃えられんことを」とヴィレムは呟いた。

「これは神なんかじゃないよ」とマオは明らかにした。「シルビオ・ロドリーゲス〔一九四六年生まれのキューバ人。キューバ革命とともに生まれた新しい歌〈ヌエバ・トローバ〉の代表的な歌手・詩人〕という歌手なんだ」

わたしは、ステレオに近づき、次の曲が始まる前に、ストップ・ボタンを押した。

「何をするんですか」とマオは声を荒げた。「ゴキブリに戻ってきてほしいんですか」

「まさか、やつらを追い出しておくためには、ずっと音楽をかけていなければならない、なんて言うんじゃないだろうな」

「じつは、ゴキブリには記憶というものがないんです」とマオは説明した。「音楽を切ると、ただちに舞い戻ってきますよ」

「つまり、わたしは、一日じゅう、このヴォリュームでディスクをかけっ放しにしておくわけか。おいおい、グアンタナモ基地〔アメリカがキューバから租借している海軍基地・捕虜収容所〕じゃあるまいし」

「オジイさん、グアンタナモ基地では、デス・メタル〔歌詞に死や地獄、神への冒瀆といった題材を盛りこんだヘヴィー・メタル〕がかかっていますよ。少しだけディスクをそのままにしておいてください、少しだけ毎日かけてくださいね」

わたしがプレイのボタンを押すと、ギターと歌手の声がまた鳴り出したので、わたしたちはまた声を張りあげて話をすることになった。

「これでまた、強烈なやつが飲みたくなったな」とわたしは叫んだ。「きみたちは、何にするかね」

ヴィレムは、半泣きになって、こう言った。

「これで失礼した方がよさそうですね」

わたしは、水を一杯やるから残ってくれと言おうとしたけれど、ドロテアが先に口を出したので思いとどまった。

「ちょうどいい機会だから、おばあちゃんを訪ねて、しばらくおしゃべりをするつもりなの」と彼女は言った。

玄関先で別れぎわに、わたしは左目でヴィレムにウィンクした。すると、彼は、幼虫を思わせる透明な顔を赤らめながら、それに応えた。

「ご迷惑をおかけしました」とドロテアは謝った。「こんなに話がこんぐらかるとは思ってもいませんでしたけれど」

「そんなことを言うのは、パパイア野郎のためかい」

ドロテアは、にっこりとほほ笑んだ。わたしは、彼女の鼻の下の、分厚い上唇に小皺ができるのを目にした。それは、もう一度ほほ笑んでいるように見えた。

「ところで、きみは何もできなくなったのかい」とわたしは尋ねた。

「もう警察には勤めていませんもの、クビになったんですよ」とドロテアはさも哀しそうに答えた。

「なに、心配することはないさ。わたしがすべて牛耳（ぎゅうじ）っているからね」

「ふたたび告発されることになるんでしょうね」

「いや、その代わり、連中に埋め合わせをしてやる必要があるだろうな」

「社会奉仕の仕事でも紹介するつもりですか」

「まあ、せいぜいそんなところだろうか」

カップルの後ろ側の、薄暗い踊り場の片隅では、ゴキブリが折り重なり小高い丘をかたち作っていた。

「何かお手伝いできることはありませんか」とドロテアは訊いた。

「手伝うって、いったい何を」

「そうですね、買いものとか、医者に付き添ってゆくとか、あなたが必要なことですよ。電球を取り替えてもらいたくありませんか。あんなに暗いままでは危険です。うっかりつまずきかねませんよ」

わたしは、電灯の位置と、ドロテアの身の丈、つまり頭のてっぺんがどこまで届いているかを、交互に見比べた。大胆な申し出だったので、ほろりとさせられたけれど、二脚の椅子を積み重ねても、手柄を立てることはできそうになかった。

「もう何何度も、ぼくがやりますと言ったんだ」とヴィレムは口を挟んだ。彼なら、腕を伸ばしただけで掌（てのひら）が天井に届いたのだ。「だだけど、ううんとは言ってくれなかったんです」

「こうしたことは、管理者側がやるべきなんだよ」とわたしは答えた。

まさにそのとおりだった。そのとおりだったが、管理者側は、お隣りさんのフランチェスカが言うことに耳を貸そうとはしなかった。わたしの方は、心の奥底では、そんなことはちっとも気にしていなかった。薄暗がりは、いかがわしいことをするにはもってこいだったからだ。そして、読書会の連中の目を逃がれ、姿をくらませる可能性が広がることも好都合だった。

「そろそろ、帰った方がよさそうだね」とわたしはふたりに言った。「きみたち、ゴキブリの神経をぴりぴりさせているようだから」

「何か困ったことがあったら、おばあちゃんのところに知らせてくださいね。わたしが馳せ参じますから」とドロテアはしつこく言った。そのあと、くるりと背を向けると、目がくらむようなゴキブリの大群とまともに向き合ったけれど、右手にしっかりと睨みを利かせる聖書を抱えたヴィレムに守られていた。

わたしは、扉を閉めるとマオのいる方に戻っていった。マオは、肘掛け椅子に深々と坐っていたけれど、ボブ・マーリー型のラスタ・ヘアーがギターの音に合わせて震えていた。

「何か飲むかい」

「ビールをください」

「ところで、トラルネパントラ産のウイスキーはその後どうなったんだ」

「まだ知らせはきませんが、すでにCATの同志があれこれ調べてくれているようです」

「CATって、〈重度の、文字が読めない人びと教育センター〉のことかい」

「違います、〈トラルネパントラ・アナーキスト集団〉のことですよ」

わたしは、こんなときに格別にうまい、無印の小亀ビールを開けて、グラスに注いだ。そして、時を移さずに最後のウイスキー瓶を取り出した。ありていに言えば、大胆にもわざわざ遠出してウイスキーの三リットル瓶を手に入れたのはいいけれど、もう一本にも満たない、一リットル足らずしか残っていなかったのである。マオにグラスを差し出し、モデーロの椅子に坐ろうとしたとき、インターフォンが鳴った。ヴィレムかドロテアが何か忘れものをしたのではないかと、身辺を見廻してみたが、それらしきものは何ひとつ見つからなかった。ギター演奏の最後に、歌が入っていた。わたしは、次の曲が始まるまでの数秒を利用して、インターフォンの受話器を取った。すると、フランチェスカの怒鳴り声が聞こえてきた。

「ヴォリュームを下げてくれないかしら」

わたしは、受話器を置くとバルコニーまで歩いていった。フランチェスカはかんかんになって、とっくに歩道に出ていた。

「音がうるさくて、集中できずに困っているのよ。ヴォリュームを下げてちょうだい」

「本を返してくれよ」

「ヴォリュームを下げないと、管理者に通報するわよ」

そのとき、わたしは、ヴィレムとドロテアがマンションを出て、車が通り過ぎるのを待ってから、通りを横断して仲よく中華料理店に入ってゆくのが見えた。

わたしは、マオが近づいてくる前に、バルコニーを離れた。それからまた、インターフォンが鳴り出し、一度、二度、限りなく何度も音がひびいた。

「きみのゴキブリ対策がますます気に入ってきたな」

「さっきの本の話はどういうことですか。本が盗まれたんですか」

「読書会の連中とちょっとした喧嘩をやって負けたのさ。『美の理論』を人質にとられているんだ」

歌は、相変わらず流れており、詩は、とんでもない内容であり、ゴキブリは触覚すらのぞかせなかった。

そのとき、いい考えがひらめいた。

「マオ君、お金もうけがしたくないかね」

「また『美の理論』を手に入れてほしいんですか。お安くしときますよ、二十ペソあたりでどうですか」

「毛沢東主義者にしては、がめつい資本主義者なんだね」

「革命のためにうまく資本を役立てなければならないんです。わたしが本を手に入れてあげますよ」

「いや、やめておくよ。わたしの本には線が引いてあったんだ」

「じゃあ、どうするんですか」

「取り返す計画を立てたんだ」

「お手伝いできることがあれば、何なりとおっしゃってくださいね、オジイさん」

わたしが、思いつくままに私案を説明しはじめると、マオは、軍事戦略についての驚くべき才能を発揮して、申し分のないものに仕上げてくれた。わたしは、もう一本、もう一本というふうに次々にビールをふるまった。計画が固まったとき、ふたりで実施日と報酬を決めた。わたしは、ゴキブリを呼び戻すために、鳴らしていた曲のスウィッチを切った。マオは、残っていたビールを飲み干すと、ドロテアを迎えにいった方がよさそうだと言った。そして、玄関に向かう途中、扉のそばの本棚で『文学ノート』を見つけた。

「これは、誰かへの贈りものではなかったんですか」と訊いた。

「いや、計画を変更したんだよ」とわたしは答えた。「ところで、文学部の図書館に入れるのかね」

「もちろんですよ。何が必要なんですか」

「文学理論に関するものをすべて借り出してきてくれ」

「構造主義、解釈学、記号論、受容理論みたいなやつですか」

「何でもかまわない。変てこりんなやつほどいいな」

そのとき、誰かが扉を叩いた。わたしは、フランチェスカと顔を合わせる覚悟を決めたけれど、そこには、強盗に遭ったというので、パチューカ〔メキシコ中央部、イダルゴ州の州都〕までのバス代をせびりにきた少年が立っていた。ひょっとすると、それはそう言っているだけの話で、お金をせしめるための戦略だったかもしれない。ともかく、フランチェスカがわたしを怒鳴りつけているあいだに、マンションの中にするりと忍びこんだのである。彼は、純金のように値打ちのある持ち駒となった。もしフランチェスカが、音楽のヴォリューム問題でわたしを懲(こ)らしめるために、臨時総会を招集しようと考えているならば、わたしは、それを阻むための恰好の非難材料を手に入れたことになるであろう。

「マオ君、きみの携帯にカメラはついているのかね」

「オジイさん、携帯にカメラはついているものなんですよ」

「では、このお友だちの写真をとってくれないか。ぼく、いいかい、にっこり笑うんだよ」

ひとは、どんなことにも、場末の酒場で文学ワークショップを開くという屈辱にさえも、慣れ親しむことができる。それを証明するに至ったのは、わたしではなかった。日曜日が去っては来たり、去っては来たりするうちに、ついに〈パパイア頭〉が、授業料を払ってくれる日がめぐってきたのである。おかげで、永遠にワークショップが続けられたら、わたしは毎年、五十二日、命を長らえさせてもらえることになった。もしワークショップを七日間に広げられたら、一年、長らえることも夢ではなかった。そうなれば、文字どおり、文学にたつきを求めていると言えるであろう。

　ワークショップは、十二時頃から始めて、いちばん早いときは五時半に終わった。わたしは毎週、活発に議論し、好きなだけ講習会を延長できるように、じゅうぶんな資料を用意した。そうすれば、必然的にただ酒をふるまってもらえるというわけである。それにしても、文学部生の公徳心のなさには、大いに助けられた。すべての本に、適切に下線が引いてあったのだ。〈パパイア頭〉は、声を励ましておのれが書いた小説のあらすじを読み上げた。そこには、さまざまな瑣事に混じって、主人公が捕獲した何百もの犬の、一匹一匹の、毛の色、目つき、体重、うなり声の微妙な感触が、いらだたしいほど綿密に書きこまれていた。そのあいだに、わたしは、文学理論の本をぱらぱらめくって、いったん〈パパイア頭〉の朗読を中断させたうえで、声を張りあげて、飲みものをビールからテキーラに切り替えてくれないかと注文できるような、本筋をはなれた議論をふっかけるのに役立ちそうなくだりを探していた。

「おい、ちょっと待ってくれ」とわたしは言った。「すべての読者は、とっくの昔に、居眠りをしてしまったぞ。さらに悪いことに、君の読者は、とっくの昔、十九世紀に、息を引き取ってしまっているよ。ひとつ嫌みを言わせてもらうと、死者は、本など買ってくれないからな。これから読む箇所を注意して聴いてくれ」

そして、わたしは、以下のように朗読した。〈文学史を分析すると、空所は、物語経済学の要素、あるいは修辞学の省略法に特徴づけられる、単なる緊張とサスペンスを生み出すものから、断片的な性格をそなえた現代文学の主役に、躍り出たことを示している。ヴォルフガング・イーザー〔一九二六―二〇〇七。ドイツの文学研究者、英文学者。受容美学すなわち読者反応批評を提唱。テクストの空所の理論や潜在的読者の理論も提唱〕によれば、断片化された性格をもつ物語形式は、空所の貢献度を高める方に向かうのである。もっとも、空所が残されたままの組み立てになっていれば、読者はずっといら立ちをおぼえることになるけれど〉。

「分かったかね」とわたしは尋ねた。「すべてを語る必要はなくて、小説にはたくさん空所を入れていいというわけだ」

「だけど、読者をいら立たせたくなんかありませんよ」

「だからこそ空所を挟むんだ。うまくいけば、きみの小説なんか吹っ飛んでしまうだろうね」

ある日、〈小説の形式が物語を要求するかぎり、もはや物語るということはできない〉というただの一文だけで、酒場の閉店時間まで粘ることができた。

「当たり前ですよ」と〈パパイア頭〉は異を唱えた。「これじゃあ、何ひとつできませんね。もしぼくの意気を阻喪させるつもりなら、小説を書くのを諦めさせる気でしたら、絶交ものですよ。ワークショップは中止、告訴も辞さないつもりです、そうすればすべて丸く収まりますよ」

「分かってくれていないな」とわたしは反論した。「この文章の意味は、じっさいには無理だとしても書かなければならないということです。大切なのは、スポーツと同様、挑戦することなんだ。重要なのは、勝つことではなく、参加して競い合うことなんだ。体がもっと強い酒を求めているぞ。メスカルを二杯くれ」とわたしは、カウンターの向こう側で高麗鼠（こまねずみ）のように動きまわっている酒場の主人に叫んだ。

午後が闌（た）けていくにつれ、常連客がわたしたちのテーブルに近づいてきて、酒杯を重ねるごとに辛辣になってゆく議論を聴いて愉しんでいた。

「あなたは、ぼくが失敗することを望んでいるんだ」と〈パパイア頭〉は食ってかかった。「小説を書かせたくないんだ。ここは、史上最低の文学ワークショップと言わざるをえませんね」

「わたしは、小説の書き方を知らないと言ったじゃないか」

「では、なぜ教えることを引き受けたんですか」

「きみが脅（おど）したからだよ」

「そのサボり癖をなんとかなりませんか」

「ゆすりのマネごとはやめろっていうんだ」

「この老いぼれジジイめ」

「このパパイア野郎め」

そんなこんなのいさかいはあったものの、次の日曜日になると、ふたりとも、のこのこ約束の場所に出かけていった。わたしは、飲み代を出してもらうために、〈パパイア頭〉の方は、一週間ずっと頭から離れなかった、文学理論の意味不明の箇所を、読み解いてもらうために。あくまで小説を書けないふりを装うつもりのようだった。

彼は、ある夜、街角に姿を現わした。しばらく暗闇からこちらの様子をうかがっていた。わたしが肉を切ったり、トルティージャを温めたり、料理を出したりしながら、忙しく立ち廻っているのを見守っていた。骨と皮が目立つほど痩せこけ、目が飛び出した形相であった。けれども、すぐに彼だと分かった。彼とわたしは、権力濫用の暴力沙汰に巻きこまれたり、浮かれ騒ぎをしたりしながら、幾夜も、いつ果てるとも知れないかわたれどきを、いっしょにすごした仲だったのである。今の彼は、路上で生活していると見え、哀れにも野良犬の群れに囲まれていた。栄養失調ぎみで、疥癬病(かいせんや)みの、蚤(のみ)がたかった犬ども。パルヴォウイルス腸炎にかかり、潰瘍ができた犬ども。命拾いをする可能性を失くしたか、もともとそんな可能性など持ったことがない犬ども。こよなく犬を愛するおふくろも、家に連れて帰るのをためらうような犬ども。全体を見ていると、彼か犬か、どっちが足を引っ張っているのか、見分けがつかなかった。

彼のせいでお客が逃げ出したら大変なので、その前に、わたしの方から近づいてタコスを一皿、差し出した。こちらに向けたまなざしから、彼がわたしのことを憶えていないのが分かった。タコスを二つむさぼるように食べると、残りを犬たちに分け与えた。おかげで、しばらく犬の乱闘が起き、あたりにうなり声が充満した。そのあと、彼は手に皿を持って近寄ってきたので、てっきりお代わりが欲しいんだと考えた。慈善というのは、いわば底なしの皿のようなものだ、とわたしは早くから悟っていた。

「犬売りますよ」と彼はぽつりと言った。

そのとき店に来ていたお客は、一瞬、口を動かすのをやめて、好奇心と軽蔑の念のこもった目を彼に向けた。

常連客のひとりは、わたしにこう話しかけた。

「どうしたんだ。こんな時間に、食材の納入業者でも来たのかい」

ほかの連中は、ジョークを飛ばし笑い転げていた。犬どもは、それに応じるかのようにうなり声を発した。わたしは、たくさんタコスを入れた皿を魔術師の方に差し出したけれど、無視された。

「犬売りますよ」と彼はくり返した。

「あいにく、お門違い（かどちが）だよ」とわたしは話をさえぎった。「犬を買ってくれそうなのは、この近くの屋台さ。ポソレ〔豚肉、皮つきのとうもろこし、唐辛子の煮込み料理〕に入れるんだ」

店に居合わせたお客は、ふたたびジョークを聞いて笑った。いかにも気さくな連中であった。魔術師は、暗闇の中に退いてしばらく待っていたけれど、退屈したようで立ち去っていった。そうした光景は、ほとんど毎日くり返されるようになった。お客がいないときは、わたしは話し相手になり、彼の精神錯乱の筋道を把握しようとした。魔術師は、ヨハネ黙示録に書いてある預言が、まるで先週のことでもあるかのように話した。おのれが描いた絵を見せるつもりでいたけれど、盗まれたのだという。またべつの折には、絵を質に入れざるを得なかったので、請け出すための金をくれと言った。わたしは、そんなていたらくでは、絵を描く仕事をつづけることは叶わないし、具象画家の道を棄てて抽象主義に転向するのでなければ、すべては、妄想のなせる業であるように思えた。そして、こちらがいくら粘りづよく説明しても、相変わらずわたしのことは想い出せずにいたのである。

「わたしのこと憶えていないかい。エスメラルダ学院で知り合った仲じゃないか」

「エスメラルダ学院では、三つの授業を取っていたけれど、何ひとつ身につかなかったね」

「外の街角で知り合ったときのこと、憶えていないかい。遊び仲間で落ち合って、ばか騒ぎをしに出かけた、あの街角だよ」

「で、そっちは、エスメラルダ学院で何をしていたんだ」と彼は訊いた。

「授業を受けていたのさ」

「何の授業だったのか」

「人物画だよ」

「辻褄が合わんよ、画家でタコス屋をやっているやつなんていないからな」

そして、何度も何度も、しつこくこう食い下がった。

「犬売りますよ」

ふたりだけになったとき、わたしは、次のように説明した。

「あの犬たちは、ものの役に立ちそうにないね」

「どの犬だい」

「そいつらさ」と答えてから、彼を取り囲んでいる、うらぶれた犬の群れを指さした。

「あんた、どうかしているぜ。こいつらは仲間さ。売るのは別口なんだ」

「別口って。どいつなんだ」

「これから捕まえるのさ。買ってくれるかい。前払いにしてくれ」

わたしたちの出会いは、そんなところを行ったり来たりしていた。そしてとうとう、夜が去っては来たり、去っては来たりするうちに、屋台と同じ通りに住む常連客のひとりが、こんな哀しい話を聞かせてくれたのである。

「ところで、これからどうするんだ」と訊いた。「お気に入りの納入業者は、あの世に行っちゃったよ」

「何だって」

「知らなかったのか。犬を売りつけようとしていたあの変わり者は、くたばってしまったんだ。ここから二ブロックほど離れた路上で、犬に囲まれて倒れているところを発見されたらしいよ」

『美の理論』を押収された影響には、圧倒的なものがあった。テレマーケッティング〔電話によるセールス〕のオペレーターから電話がかかってくると、くだくだしい長話を聞かされるハメになった。それを終わらせるためには、受話器を取らない以外、打つ手はない。けれども、そうするとまたすぐに、呼び出し音が鳴りはじめて、すべてゼロから再スタートするだけの話になった。『美の理論』の代用品として文学理論の本を使うことを試みたけれど、うまくゆかなかった。それは、そうした本の性質上、分かりにくい内容だったせいではなく、きっとわたしが端（はな）から信用していなかったせいに違いない。そもそも、呪物崇拝（フェティシズム）というのは代用品を受けつけないものなのだ。そして、挙げ句のはてに、市場調査に参加するように、金物店のメンバーカードとシャンプーの見本入りの箱が郵送されてくるまでに、危険のレヴェルは跳ね上がったのである。ジュリエットは、こう言ったものだった。

「それもこれも、電話を持っているのがいけないのよ。そもそもどうして電話を引いたのか、そのわけが知りたいわ。ただひとつ役立つことがあるとすれば、それは、世界一の金持ちをさらに金持ちにすることくらいでしょうね」

「一朝事ある秋のためさ」とわたしは答えた。

「一朝事ある秋もへったくれもあるもんですか。あたしたちの歳になると、一朝事あれば一巻の終わりですよ。あたしの知る限り、死人は電話をかけたりしないものなの」

「ジュリエット、口がすぎるよ」

「冗談よ、それにしても怒りっぽいんだから。何だったら、受話器を外したままにしておけばいいのよ」

「万一、愛しい『美の理論』の身代金を求める電話でもかかってきたら、どうするんだ」

「よく言うわ。テオ、そんなにぺろぺろ舐めていたら、脳味噌のおつゆが干あがっちゃうわよ」

「お説教をはじめるつもりかい」

「そんなことないわ。ビールのお代わり、どう？」

わたしは、興奮状態で日々をすごし、おのれを制御することがまったくできなかった。酒を何本飲んだか気にしなくなり、ちょっとしたことでわめき声をあげ、遠くから物を投げてゴキブリを叩きつぶす遊びに興じ、ただわけもなく、あてもなく、部屋やマンションを出たり入ったりした。ヴィレムは、そうした変化に気がつき、何かタチの悪い病気にでもかかっているのではないかと心配した。

「ドラッグでもやっているんですか」と訊いた。

わたしが、きっと睨み返すと、しつこくこう迫った。

「ドラッグでもやっているんでしたら、誰かに助けてもらう必要がありますね」

「じゃあ、頼むよ。『美の理論』を取り戻してくれ」

「たかが一冊の本じゃないですか」

「グイレム君、されど一冊の本なんだよ」

「主は、もののへのこだわりを諫めていますよ」

「まさか。ものはものなんかじゃないさ。いったいいつから、本はものになったのかね。もしなくなったのが聖書だったら、そんなふうに落ち着いていられるのかどうか」

「もし聖書がなくなったら、もっと必要性の高いひとの元に行かざるをえなかったからなんです。なに、べつの聖書を手に入れればすむ話です。それにしても、なぜ同じ本を買い直さないんですか」

「負けたことになるからだよ、それだけはごめんだ。フランチェスカは、わたしに『美の理論』を返さなければならないんだよ」

「なぜ喧嘩をするんですか」

「喧嘩なんかしていないさ」

「そうなんですか」

「そうだよ」

「じゃあ?」

「交尾の前の儀式みたいなもんだよ」

ヴィレムは、顔を赤らめた。

「交尾の話が出たついでに」とわたしは言った。「ドロテアがきみによろしくと言っていたよ」

「ドドロテアに会ったんですか」

「いや、会ってはいないけれど、彼女がジュリエットにそう伝言したのを、わたしが取り次いでいるんだ。

これでも男女の仲の取り持ち役だからな」

ヴィレムは、聖書をリュックにしまった。まるで、聖書を抱きかかえているときに、女のことを考えたりしたら、聖書が汚(けが)れてしまうかのようだった。そのあと、腕時計を見ると、左胸のシャツのポケットにつけていた名札が震えていた。

「彼女には、もう何回も会ったのかね」

「数回ですけれど」

「中華料理店で会ったのかい。ロマンチックないい舞台だよね」

「大学の近くでも」

「それから」

「それからって」

「それからってもないぜ。わざわざシティーを横断してまで彼女に神の言葉を伝えに行った、なんていう話をするんじゃないよ」

「ぼくたちは、いろんな話をしたんです。ふたりは、似似た者同士ってところがありますね」

「おたがいうぶだってことかい」

「彼女も、それなりに、伝伝道なんですよ」

「そうか、少なくとも愛し合うときの体位では意見が一致しているというわけだ」

「何ですって」

「いや何でもない、忘れてくれ。くれぐれも恋人には気をつけろってことさ、なにしろゲリラ戦士としての訓練を受けているからな」

わたしは、腑に落ちないところがあったので、ジュリエットの八百屋まで出かけて、いっしょにロマンスの情況分析を試みることにした。

「ジュリエット、ひとつ約束してもらいたいことがあるんだ」とわたしは話しかけた。

「いっしょに結婚式の介添人でもやろうというの」と彼女は訊いた。

「この件は一切、マオとその同志が企んでいる作戦のひとつだと分かったら、知らせてくれないか」

「作戦だなんて大げさね。可愛いドロテアがマタ・ハリ〔パリのムーラン・ルージュで活躍したオランダ人の妖艶な踊り子。第一次世界大戦中にドイツのスパイとなり処刑された。以後、女スパイの代名詞となる〕になりすましているとは思えないわ」

「マオのやつ、次々に陰謀が頭に浮かんでくるんだ。ドロテアを使ってモルモン教徒の中に潜入させようなんて、考えつかないとも限らないからな」

「なぜそこまで心配するのよ。グイレム君は、まるで息子みたいね」

「あの子は、気に入っているんだけれど、もう少し経験を積んでもらわないと困るんだ」

「テオったら、むらむらしてきているのかしらん」

「えっ、何の話だ」

「ごまかさないでよ、可愛い子が、ドロテアと寝ているところを頭に思い描くだけでむらむらしてきているんじゃないの。ヘンタイなんだから、もう」

もう午後三時になろうというのに、ピーナッツ、フライド・ポテト、そして、つぶした隠元豆を皮で包んで揚げた、しけた感じのタコス二個、おつまみはたったこれだけであった。〈パパイア頭〉は、おのれが書いた小説の試作を読みあげるかたわら、なんともゆっくりと酒に口をつけていたので、突き出しを食べる速度もいっこうに上がらなかった。わたしは、空腹のせいでいらいらしていた。そんなわけで、〈パパイア頭〉が、句点のあと改行するときや、段落替えのとき、あるいは息継ぎをするとき、朗読をさえぎってこう話しかけた。

「さっさと飲んでくれよ、おつまみがなくなるように」

「何ですって」と彼は訊き返した。

「ビールを飲み干してお代わりを注文してくれ、と言っているんだ。もっと酒の肴(さかな)を持ってきてもらいたいのさ」

〈パパイア頭〉は、一気にグラスに残っていた分を空けたので、わたしは、もう一本、小亀を注文した。すると、十ペソ硬貨大のソペ〔揚げたタコスの皮に野菜をのせ、チリソースをかけたもの〕が二個ついてきた。

「これだけかい」とわたしは酒場の主人に尋ねた。

「もっと欲しいんですか」と主人は答えた。「きょうはまた、すこぶるつきのスロー・ペースですね」

二十分後も、わたしたちは、同じ近辺をうろついていた。わたしは、お腹ぺこぺこ、〈パパイア頭〉は、蛇行するようにくだくだしい内容の小説に沈潜していた。

「おいきみ、朝食に何を食べたのかね」

「バーベキューの肉ですけれど」

「なるほどな」

「何がなるほどなんですか」

「きみは意地悪をしているんだよ。もっと酒を飲むピッチを上げられないのかね」

「意地悪をしている相手に、耳の話をさせてもらいますが、ちゃんと朗読を聴いていませんね」

「もちろん、聴いているに決まっているさ。ほかに選択の余地はないんだから」

「けれども、そこはこんなふうに手直しをしたらいいとか、まだひとことも助言をもらっていませんよ」

「言い出したら切りがないからだ」

「切りがないんですか、じゃあ、ひとつだけいまいちのところを挙げてください」

「主人公を見るだけで分かるよ。主人公が犬を殺すことを正当化しようと思って、書いているくだりを考えてくれ。きみによれば、主人公はひとり寂しい男で、アルコール依存症で、麻薬常用者で、大の女好きで、顔に傷痕があり、映画に出てくる敵役(かたきやく)のように、爪楊枝をくわえていることになっている。あまりにも冴えない描き方をしているので、まるで、悪とは肉体の属性である、とでも言いたそうに思えるんだ」

「実話にもとづいているんですよ」と彼は釈明した。「犬の肉を売りさばいている現場を押さえて逮捕した、肉屋の主人を描いています。拘束されたときの証拠写真もありますよ」

「それが、彼のふるまいを説明すると思っているわけか」

「ふるまいを説明するのは、彼が肉屋にさえなりたくなかった、人生の挫折者だということです」

「まさか。ひとつコツを教えよう。誰ひとり天職や趣味で肉屋になる者はいないけれど、誰かが肉屋になる必要があるんだ。そうだろう。でなければ、世界は、詩人や画家、映画俳優、恐れを知らぬ旅行家で溢れかえることになるに違いない。そして公園は、そうした連中を顕彰する銅像で埋め尽くされるはずだ。けれども、ものごとがうまく回転するようにしてくれる者は誰ひとりいないであろう。誰かが野牛を捕まえ、畑に種をまき、世間のネジを締めなければならないんだ。おまけに、きみは、要点を押さえることなく作中人物に判断をくだしているね」

「といいますと」

「その前にまず、ビールをぐっと空けなさい」とわたしは命じ、そうするまで先を続けるつもりはないことを分からせようと思って、体をのけぞらせた。

〈パパイア頭〉は、言われたとおりにしたので、わたしは、小亀のお代わりをくれ、と大声で言った。そしてやっとのことで、二皿のポソレが手許に届けられるところまでこぎつけた。

「きみは、主人公がどこに住んでいるかを忘れているんだよ」とわたしは指摘した。「どこで生まれて、どこで育ったかも。きみは、シティーの出身かい」

「いや、地方の生まれですけれど」と答えた。

「じゃないかと思っていたよ。都会のことはご存じないわけだ。きみの村では、犬を殺すやつは犬殺しと呼ばれているけれど、ここでは、その犬殺しはしぶとく生き延びるやつと呼ばれているんだ。

「じつは村では、犬儒学派（キュニコス）と呼ばれているんです」

「それから、きみみたいな男はぽっと出と呼ばれているんだ。もうお分かりのように、犬のことなんかどうでもいいのさ。犬は、犬が犬であることなんかどうでもいいんだ。犬は、犬だから犬なのだが、人生が残酷なことを示すシンボルとして役立ちそうな、ほかのどんなものにもなれるのさ。もし犬がいなければ、鼠か兎が代役を務めるかもしれないけれど」

「犬は、かつてそうだったから、犬なんです。犬は、大切なんですよ、それが現実ですからね」

「現実はどうでもいいんだ」

「じゃあ、いったい何が大切なんですか」

「さあね、けれども、ひとつだけ確かなことがある。きみが小説を書くことはどうでもいいことなんだ」

「あくまで邪魔立てするつもりですね」

「いや、冷えかかっているポソレが食べたいだけさ。失礼するよ」

〈パパイア頭〉は、椅子を後ろに引いたとき、ぎょっとするような音をひびかせた。そして立ち上がると、こう言い放った。

「どう落とし前をつけるか、まあ、見ててください」

それから、なるほど重大なことが起きた。〈パパイア頭〉は、銃弾のように凄まじい速さで酒場を横切ると、食い逃げをはかったのである。

電話の主（ぬし）は女性で、ときどき混線したけれど、わたしと話がしたい、マンサニージョのＩＭＳＳ病院からかけているとのことだった。ご尊父が身罷られましたので、遺体を引き取りに来ていただく必要がありますというのだ。わたしは、できるだけ平静を装い、母親は質問もせず微笑すら浮かべながら、次のようなことを思いめぐらせていた。この謎めいた電話がかかってきたということは、ようやく息子が生きるために這いずりまわる時期が終わり、マリリンとの破局から永い歳月が流れてしまったけれど、それを乗り越える仕度にかかれることを意味するのではないかしらん。母親が犬を散歩に連れ出すと、わたしは姉に起きたことを話して聞かせた。

「あたしは、行かないわよ」

「ふたりで行くと約束したんだけれど」とわたしは答えた。

「あなたが勝手に約束したんでしょう。わたしはもう、父をマンサニージョの墓地に葬ってしまったのよ。

ふたりで母さんに話したとおり、ひとがふつうするとおりにね。もう忘れてしまったの？」

わたしは、数日間、ヴァカンスに出かける、と母に言ったけれど、母は、どこにとか、誰とか、訊かなかった。ふたたび、微笑を浮かべただけだった。それも、こぼれんばかりに。姉とわたしは、大人になったけれど、母は、母のままであった。わたしたちがおばあちゃんに変えてしまわない限り、母でなくなることはないだろう。しかしけっきょく、そんな時はいつまでもやってこなかった。

わたしは、バスに乗り、十四時間後にマンサニージョに着いた。バス・センターでは、父が出迎えてくれた。身罷ったにしては、なんともぶざまな顔つきをしていた（死化粧を施されていたのかもしれない）。生きているにしては、亡霊然としていた。わたしは、骨と皮だけの体を抱き寄せ、こちらが言っていることが聞き取れているのを確認するために、耳許で大声でこう言った。

「こんなマネをするのはよさなきゃ。本当にあの世に行く日に、共同墓地ゆきになるか、医学部ゆきになるかしたら、どうするんだ」

「そんなことは、童話の中でしか起きないよ。お前はもう大人じゃないか」と父は答えた。「姉さんはどこにいるんだ」

「来たくないんだって。もう父さんは葬ったと言っているよ」

「約束したくせに」

「約束したのはぼくだから、こうやって訪ねてきたじゃないか。まさか、生きたまま、火葬する炉の中に放りこんでくれ、と言うんじゃないだろうね」

父は、海辺の椰子の葉葺きのレストランに行って、魚介類を食べようと誘ってくれたけれど、断わった。それが、一家の恒例行事のようになるのが嫌だったのだ。わたしたちは、町の繁華街にあるレストランで食事をした。扇風機が耳ざわりな音をひびかせて全速力でまわっていたけれど、たまらないほど蒸し暑かった。父は、わたしが扇子代わりにメニューで涼を入れているのを見ると、こう言った。

「ほら、言ったとおりだろう。ここには、そよ風は吹いていない。わざわざ好き好んで苦労することはないのに。その点、母さんにそっくりだな」

「父さんこそ、癌にかかっていたんじゃないのかい」

「かかっていたけれど、治ったんだ」

「それはよかったね。じゃあ、何のためにぼくを呼び寄せたんだい」

「そう急くなよ。すべてに頃合いってものがあるんだ。お嫁さんは元気かね。子どもはいるのか」

「結婚なんかしていないよ」

「結婚するところではなかったのか」

「父さんこそ、身罷るところではなかったのかい」

「つまり、ふたりとも女にフラれたってわけだ。お前の恋人は、わたしのよりも美人であって欲しいけれど。わたしのは目も当てられなかったからな」

　いたたまれない気がしたのは、暑さではなく、まともに父に目を向けてはいられないせいだった。そう、少なくとも、父の目がいつ何どき眼窩から飛び出さないとも限らない、というおっかなびっくりの気持ちを抱いていたのである。わたしたちは、押し黙ったまま海老と蛸のカクテルを食べた。そのあと、わたしは、その日の面会をなるべく早く切りあげようと思った。

「父さんは、何のためにぼくを呼び寄せたんだ」

「考えが変わったからさ。いや、ちがう、考えが変わらなかったからだ。変わったのは美術の方だった。

美術は、留(とど)まることはないからな。茶毘(だび)に付されたあと、遺灰を絵の具と混ぜてもらう話は、もうやめることにした。時代錯誤的な作品の中で後世まで残ることはごめんなんだ。わたしの遺体を使ってパフォーマンスをしてもらいたいのさ。ホドロフスキー〔一九二九年チリ生まれ。ロシア系ユダヤ人の血をひく映画監督、芝居の演出家、パフォーマンス集団主宰者。多彩な才能をもち、詩人、俳優、作家、バンド・デシネ作家、タロット占い師としても知られる。パリとメキシコ・シティーで活躍中〕にくれてやってくれ、何を思いつくか愉しみだ」

「ホドロフスキーは、もうシティーにはいないよ。パリで暮らしているからね」

「だったら、フェリーペ・エレンベルク〔一九四三—二〇一七。ドイツ系メキシコ人。芸術家。コンセプト・アートやパフォーマンス、メイル・アートに秀で多方面で活動した〕に渡してくれ」

「そんなひと知らないよ。もうその世界のひとは誰も知り合いがいないんだ。父さん、死ぬのがすっかり遅れてしまったんだよ、というか、すっかり遅れてしまっているのさ」

「フェリーペでなければ、パフォーマンス、ハプニングをやっているグループの誰かに進呈してくれ。そんなやつはわんさかいるじゃないか。けれども、その前によく調べてくれよ。マリファナを吸う軽薄な連中の集まりではかなくなるのは願いさげだからな」

父は、骸骨のような細い指を使って、シャツのポケットに折り畳んで入れていた一枚の紙切れを取り出し、わたしに差し出した。それは、遺体を芸術的な使用のために献呈することを、〈おのれの知能を十全に使って〉認める承諾書であった。見本だったので、父は、〈科学的な使用〉と書いてあるところの、ひとつ目の言葉に線を引いて、その上に〈芸術的な〉と書き直した。そして近くに、父の署名に加えて、ふたりの証人の署名と、公証人の判と署名があった。

「遺体を引き取りに来るときは」と父は言った。「この書類を持参することを忘れるなよ」

作戦は、十分足らず続いた。あまりにもてきぱきと推し進められたので、マオによるゲリラ兵式の訓練が行き届いていることにほとほと感心させられた。ペルー万歳、やるじゃないか。マオが玄関ホールの呼び鈴を鳴らしたので、わたしは扉を開けるためにインターフォンのボタンを押した。その瞬間、ポータブル・ラジカセにもスウィッチを入れて音楽を鳴らした。ラジカセは、前の晩、マオが持って来てくれたものだった。ゴキブリは、楽の音に乗って出口の方に向かった。こんなとき、ハーメルンの笛吹き男なら先導したけれど、わたしは後ろから徐々にエレベーターの方に追い立てるかたちをとった。エレベーターの扉は、モデーロ・ビールのロゴ入りの折り畳み椅子を使って、開けたままにしておいたのである。ゴキブリは、エレベーターに殺到して山のように重なり合っていた。いっぽう、ラジカセのスピーカーからは、次のようなアナウンスが流れていた。〈きのう青い一角獣（ユニコーン）が行方不明になりました。牧場に放って草を食（は）ませていたところ、姿をくらましたのです。どんな情報でもかまいません。お知らせいただいた方には、たっぷり謝礼をはずみます〉。エレベーターがゴキブリで天井までいっぱいになると、わたしが椅子を取り除いたので、扉が閉まった。エレベーターは、一階の玄関ホールにいるマオによって操作されていたのだ。

　ゴキブリは、四階からぶじ玄関ホールまで降りたとたん、どっと洪水のように、しかも意気揚々と、溢れ出した。読書会の面々は、ほうほうの体(てい)で外の通りに退散した。マオは、分捕り品をエレベーターに積みこむと、四階まで引き返した。電気スタンド十一台と『メキシコのパリヌーロ』十一冊を運んだのである。わたしたちは、ふたたびエレベーターの扉に折り畳み椅子を挟んだ。マオは、『パリヌーロ』を三冊ずつわたしの部屋に運びこんだ。

『パリヌーロ』は、去りては来たり、去りては来たりして、わたしたちはようやくエレベーターを離れて、部屋の中に入った。マオは、肩で息をし、わたしは、『喜びの歌』を口笛で吹き鳴らしていた。

「革命のための偉大なる勝利だ」とわたしは叫んだ。「ビールで祝杯でもあげるかね」

「もちろんですとも、オジイさん。イベロアメリカ・サミットで、負傷させられた太っちょの同志がサツにしょっぴかれないように、体を二キロ引きずらざるを得なかったとき以来、こんなに重いものを抱えたことはありませんでしたよ」

　わたしは、冷蔵庫までゆき、そうした機会にそなえて冷していたヴィクトリア・ビールの小亀を取り出した。マオは、肘掛け椅子にへたれこむと、柔軟体操よろしく両腕を曲げはじめた。

「で、これからどうするんですか」とマオは訊いた。

「待つ必要があるな」とわたしは答えた。「次は取り引きをする段になる。連中は、きみが荷物を運ぶところを見ていたのかね」

「いえ、なにしろ、一同はゴキブリどもに追い立てられ、外の通りに飛び出しましたからね。バルコニーから見ていたんでしょう」

「ああ、見ていた。テオドーロ・フローレス街で曲がると、エピクーロ公園の方に向かっていったよ」

わたしが、二つのグラスにビールを注いでいる隙に、ゴキブリが扉の下から中に侵入しはじめた。まず、先遣隊の四、五匹がおずおずと、次いで、残りがいけしゃあしゃあと続いた。なんとも厚かましいゴキブリどもであった。

「まさか」とマオは言った。「ゴキブリどもは、どこから湧いてくるんですか」

「やつらは」とわたしは応じた。「予備役が尽きることがない軍隊のようなものだ。ロボットが限りなくいる国と言ってもいいかもしれんな」

「音楽をかけましょうか」

「いや、やめてくれ」

「ところで、この煉瓦（れんが）はどうしますか」とマオは、『パリヌーロ』の塔の方を指さしながら尋ねた。

「話したとおりさ、『美の理論』をとりもどす取り引きに使うんだ」

「貸してもらいたいんですけれど」

「読書会でもひらくつもりか。小説は、ブルジョアの発明すぎないと言っていたくせに」

「読もうというのじゃありません。たったいま、思いついたことがあるんですよ」

「じゃあ、持って行けばいいさ。事実上、ここに長いあいだ置いておくのはヤバいからな」

わたしは、マオにビールのグラスを渡し、自分でも手にとった。

「革命に乾杯」

「それより、革命文学に乾杯の方がカッコいいですよ」
「じゃあ、そうするか」

ヴィレムが、玄関のインターフォンを鳴らしてから、ずいぶん時間がたったのに、まだわたしの部屋の扉までたどり着いていなかった。その日は、水曜日でも土曜日でもなかったので、二重に不思議な気がした。わたしは、バルコニーに出てみたが、何も見えなかった。すぐにまた、インターフォンのチャイムの音が聞こえた。

「どうしたんだ。どうして上がってこないんだ」

「彼、捕まえたわよ」とフランチェスカの声が聞こえてきた。

「えっ」とわたしは答えた。

「お友だちを拘束しました。『パリヌーロ』を返すまでは、解放するつもりはありませんから」

「こちとらは、『パリヌーロ』なんか持っていないよ」

「嘘をつくのはやめてよ。すべては、あなたが仕組んだこと、うす汚れた恰好をした青年の助けを借りてね」

「何の話をしているんだ」

「玄関ホールに汗くさい足の匂いを残してゆく青年のことよ」

「もう何度も言ったとおり、『パリヌーロ』なんか持っていないんだから」

「もう耳にしたと思うけれど、本を返しなさい、さもないとお友だちは解放しませんよ」

「マジかね。アメリカ人を誘拐したら、どれだけひどいしっぺ返しを食うか、覚悟はできているんだろうな」


電話の向こう側では、少し間があったので、脅しが効いていることが分かった。

「フランチェスカ、この電話を切るよ。アメリカ大使館に連絡しなきゃならんからな」

「どう決着がつくか見てなさいよ」とフランチェスカは啖呵(たんか)を切った。


わたしは、電話を切り、家の玄関先に立って、ヴィレムがやってくるのを待っていた。ヴィレムは、ちょうど五分かかったけれど、玄関の敷居のところに姿を現わした。まるで拷問(ごうもん)にあった殉教者のような顔つきをしていた。

「父と母が、カエ帰って来るようにと言っているんですよ」

「ひとまず、中に入りなさい」


ヴィレムは、苦悩のいっぱい詰まったリュックを背負って部屋に入った。少なくとも、そんなふうに見せかけていた。リュックが肩にめりこみ、落胆の色が濃かった。

「グイレム君、テキーラ一杯やるかい」

「水を一杯お願いします」

「怖い思いをしたのか」

「どうしてですか」

「誘拐されそうになったんだろう」

「何ですって」

「下で何をしていたんだ。どうしてこんなに手間どったんだ」

「主の言葉についてシャしゃべって欲しいとイ言われたもんですから、シしばらく皆さんといっしょに聖書を読んでいたんですよ」

　わたしは、口が長い水差しの下にグラスを置いた。グラスを満たしているあいだに、ヴィレムが、いつもとは違い、リュックを入口のそばに放り出し、聖書のことを忘れて肘掛け椅子に坐るのが見えた。

「いったいどうしたんだ」とわたしは訊いた。「家庭内で問題でも起きたのか」

「両親はおびえています」とヴィレムは答えた。「オオ大地震が起きると言っているんですよ」

「どうしてそんなことが分かるんだ。イエズス・キリストのお告げでもあったというのか」

「ニュースでミ見たんですよ」

「いったい何を」

「地面にぱっくり口を開けたひび割れをね。それが前兆で、いつなんどきオオ大地震が起きないとも限らないと言っているんです」

　わたしは、ヴィレムに水の入ったグラスを渡し、モデーロのロゴ入りの椅子を引っぱってきて、正面に腰を降ろした。

「それは、何の関係もないね」とわたしは言った。

「どういうことですか」

「地震は予知できないんだ。ひび割れのことは、もう説明がついているけれど、知らないのか。革命家の口髭については聞いたことあるかい」

ヴィレムは、水をふた口飲むと、グラスを股間の肘掛け椅子の上に置き、ひっくり返らないようにしっかりと両股で挟んだ。

「それは、愚にもつかないウ嘘で、誰も信じていませんよ」と主の平静さもどこへやら、興奮したようすで言った。「そのハ話は、ある本からのイ引用らしいですね。ドドロテアも、根拠がないと言っていましたよ」

「ドロテアは、陰謀理論の王様、マオの恋人だぜ」とわたしは応じた。「彼女の話に耳を貸してはいけないよ。ところで、ヴィレム君、こっちに来てどのくらいになるのかね」

「合計、二年といったところですね」

「それで？」

「それで何でしょうか」

「これからどうするつもりなんだ」

「カ帰りたくないんですよ」

わたしは、ヴィレムが話を続けるのを待ちながら、股間に置かれたグラスのバランスが保たれているかどうかを見守っていた。

「それに、ドドロテアは、もうマオの恋人じゃありませんよ」と打ち明けた。

「まさか。わたしに謎を解かせてくれよ……。あははん、そうか、そんなわけで帰りたくないというのか」

ヴィレムは、顔を上げて、わたしの目を見つめた。わたしは、彼が少なくとも顔を赤らめることもない段階までに成長したことを誇らしく思った。

「ここに残るつもりなら」とわたしは忠告した。「ちゃんとした理由がないといけないよ。残りたいなら、残ればいいさ。けれども、ドロテアのために残ってはいけないね」

「ぼくは、ノコ残りたいから、ノコ残ります。ノコ残りたいのは、ドドロテアのためなんですよ」

「もう彼女と寝たのかね」

「婚前交……は」

「ああ、そんなことは分かっている、分かっているさ」とわたしは話をさえぎった。「じゃあ、彼女を抱くためというか、彼女と結婚するために残るつもりなんだね」

ヴィレムは、目をそらし、リュックを置いた入口の方を見た。その中には、聖書が憩っていた。ヴィレムは、おそらく、聖書のこと、何百頁かある中のどこかの頁に、答えが書いてあると考えているに違いない、とわたしは想像をめぐらせていた。

「そろそろ、おいとました方がよさそうですね」とヴィレムは言った。

決然として立ち上がったので、股間の水はこぼれたけれど、グラスは床に落ちる寸前に摑んだ。そして、手でズボンをぱたぱた叩きはじめた。わたしは、水がかかった箇所を乾かすようにと思って、トイレット・ペーパーをロールごと渡した。黒の生地の上に濡れたところがはっきり見え、いまはそこにトイレット・ペーパーの白い点々がついていた。

「待っててくれ」とわたしは言って寝室に行った。

背をかがめてフォーチュン・クッキー入りの箱を摑んだ。ヴィレムは、さらに重たくなった苦悩を背負って帰ろうとしていた。

「ひとつ選んでくれ」

ヴィレムは、自信なさそうに、かといって逆らうでもなく、手を入れた。どんな情況にあっても、絶対にひとの言うことを聞かない、というような頑(かたく)なプログラムは組まれていなかったのである。ヴィレムは、小さな包みを摑むと、開けて、クッキーをふたつに割った。

「で？」

「〈きみが救いの手を探すべき場所は、腕の先っぽにほかならない〉」

「ビンゴ」

ヴィレムは、心臓がある側の、名札の後ろの、シャツのポケットに紙片をしまいこんだ。

「もし帰国するんだったら、知らせにきてくれ」とわたしは頼んだ。

「帰りませんよ」と答えた。

「なら、いいけれど」

わたしは、彼が良心の呵責(かしゃく)をおぼえている決意を胸に、立ち去るのを見た。扉を閉めてから、彼があんな濡れそぼったズボンをはいたまま、玄関ホールを通り過ぎるのをひとが見たら、さぞかし顰蹙(ひんしゅく)を買うだろうな、と気がかりでならなかった。

わたしは、タコス屋だからといって表彰されたこともなければ、銅像を建てられたりしたこともなかった。けれども、メキシコ・シティーの目抜き通りに屋台をかまえていたおかげで、もっぱら評判のタコス屋になっていた。味自慢の噂は、八〇年代に頂点に達した。カンデラリア・デ・ロス・パトス街にある店に、首都社会のお歴々や錚々たる人物が足しげく通ってきたのである。常連客のひとりはメキシコ・シティー市長であった。何名ものボディーガードに身辺を固められ、やってきた。彼らは、監視の目を怠りなくするために、順番に夕食をとった。わたしの方も、お客が、市長に消化不良を起こさせる、ややこしい要望を突きつけるような事態がゆめゆめ起きないように目を光らせていた。少なくとも週一回はやってくる、もうひとりの人物といえば、当時、連邦区の警視庁長官を務めていたエル・ネグロ・ドゥラーソだった。それは、大統領が交代する以前、警視庁長官がメキシコ・シティーの悪魔大使であることに、人びとが気づく以前の話であった。決して誇れるようなお客ではなかったけれど、こちらの言うことにいちばん忠実に従う人物のひとりだった。しかしながら、刑務所に収監される運びとなってから逃亡を図った。以来、消息は杳として知れない。

あるとき、ホセ・ルイス・クエバスがやってきた。すでに押しも押されもせぬ芸術家であり、フェルナンド・ガンボーアとともにシティーの中心地を歩きまわって、おのれの美術館を建てる用地を探していた。わたしは、一度お目にかかったことがありますけれど、憶えていらっしゃいますか、と尋ねたかったのだが、気恥ずかしくて尻ごみしたのである。もうひとりの常連客は、タマーヨ美術館館長でピカソ展を企画した、アルベルト・ラウレル〔一九四八―八三。ハバナ生まれのキューバ人だが、アメリカ人に帰化しハーヴァード大学卒。アメリカの銀行や画廊の美術顧問、キュレーターを務めたあと、メキシコ・シティーのタマーヨ美術館館長に就任。八三年、メキシコ・シティーで暗殺された。メキシコとアメリカの画家の交流に貢献した〕であった。お偉いさんでありながら、半分アメリカ人の血が流れていたせいで、タコス大好き人間だった。夕食にやって来ると、わたしとの会話が弾んで、タコスが冷えきってしまい、温め直さなければならないのが悩みの種であった。日参してテーブルを囲む連中や、近隣に住むたくさんの人びとや官僚、あらゆる種類の宵っぱりたちは、わたしのことを、こう言ってからかっていた。

「タコス屋変じて美術評論家とは、これいかにですよ」

ラウレルは、笑いながらも真顔で、いつもこう言って弁護してくれた。

「美術に造詣が深いタコス屋とは、まことにけっこうな話じゃないか、これこそわたしどもが求めていたものだよ」

わたしは、画家になりたいという胸中に秘めていた熱い想い、うたかたの夢に終わったけれど、エスメラルダ学院に通っていた青春時代のことを話した。そしていまも、美術館やギャラリー通いをつづけていること、しかしながら、もはや面白い作品がまったく見当たらないこと、二十世紀前半の美術は偉大であったのに、後半はすっかり見る影もなくなっていること、昨今は本当に新しい作品はひとつも存在しないこと、そうした意見を述べてみた。ラウレルは、わたしの判断には同意してくれなかった。彼は、幼い頃に躾（しつけ）を受けなかった連中にありがちなことだけれど、右手の指を不思議なぐあいに絡ませながら、タコスを摑んでいた。そのいっぽうで、タコスにかぶりつく合間と合間に、辛抱強く、美学について講釈してくれた。

「もちろん、新しい芸術は誕生していますよ」と彼はくり返した。「新しい芸術はずっと誕生しているんだ。ドイツの理理論家が何と言っているか知っているかい。新しいものとは、新しいものに憧れを抱くことなんだとさ。そうだな、ピアノの前に坐って、いまだかつて弾いたことがない、新しいメロディーを探している少年を想像してみたまえ。その少年は、失敗し挫折する運命になっている。そんなメロディーは、存在しないし、すべての可能なメロディーは、すでに鍵盤上で考え出されているからだ。それは、決められた鍵（キー）の結びつきをそなえた鍵盤がちゃんと存在している、というごく単純な事実に基づいているんだ。けけれども、新しいものとは、少年がやっていること、何か新しいものを生み生み出したい、ということにほかならないんだ。新しいものとは、新しいものに憧れを抱くことなんだ。新しいものとは、少年に必要なものなんだ。それが、芸術が抱えるパパラドックスさ。新しいものを探さなければならない。探さざる者、発見に至らず、だよ」

「何という名前なんですか」

「誰のこと訊いているんだ」

「そうしたことを述べたドイツ人ですよ」

「テオドール・アドルノというんだ。アドルノの本を読みたまえ。きっと好きになるから」

わたしは、皆んなにからかわれる前に、こう言いわけをした。

「館長、いったいいつ読めとおっしゃるんですか。わたしは、汗水たらして働かなければなりません、タコス屋の暮らしがどんなにあくせくしたものかご存じないんですね」

ラウレルは、こっちに向かってウィンクし、左手を挙げながら、右手で崩れかけているタコスを摑もうとした。そして、周りに聞こえるように声を励まして次のように話すあいだ、人さし指を宙で揺らしていた。

「おかげさまで、ここの屋台で、ハーヴァードよりも立派な芸術談義ができましたよ。何なら誓ってもいいですけれど」

そのあと、ラウレルは暗殺された。わたしの屋台からそう遠くない、繁華街のレストランで夕食を取っていたとき、襲撃をうけ、抵抗したものの、銃殺されたのである。事件は、すべての新聞に掲載された。享年、三十五歳であった。タマーヨ美術館では、ちょうど、ラウレルが企画したマティス展が開かれていた。それは、明るく華やかな、彩りゆたかなものだったので、降って湧いたような事件が、なおさら気味の悪いジョークに思えてならなかった。明くる年、エル・ネグロ・ドゥラーソが逮捕された。強要、凶器準備、密輸、権力濫用の罪で告発され、監獄に放りこまれた。こっちのお客さんの方は、失くしても痛くも痒(かゆ)くもなかった。

インターフォンのチャイムが鳴ったとき、わたしはノートにせっせと書きこみをしながら、その瞬間までは、その日、最後の一本だと思っていたビールを飲んでいた。

「コ・ヨ・タからまいりました」というマオの声が受話器から聞こえた。

「いま何時か分かっているのかね」とたしなめた。

「緊急のお届けものがございましたもので」

「恋に破れた、酔っぱらいの、宅配便が来たとでもいうのかね」

「ご名答。どうして分かったんですか」

「きみの声を聴いたら、それくらいのことは分かるさ。ウイスキーは、手に入ったのかい」

「まだですけれど」

「で、手みやげは?」

「ビール二本とピーナッツひと袋です」

「何だ、それぽっちかい」

「それに、マリファナ煙草がありますね」

「それを早く言えよ。上にあがっておいで」

エレベーターが昇ってくるまでに、ちょうど三分かかった。その時間を利用して、堪えがたい拷問（ごうもん）のようなキューバ音楽をかけた。

「そんなちょろいヴォリュームじゃ、ゴキブリどもは退散しませんよ」とマオは部屋に入るなりに言った。

「かまわんさ」とわたしは答えた。「フランチェスカはもう家に帰って眠っているようだけれど、話を聞かれたくないんだ」

「それにしてもおおげさすぎませんか」

「壁の厚さは見てのとおりさ」

マオは、わたしに冷蔵庫に入れてもらうべく、熱くほてった缶ビールを手渡したあと、ズボンのポケットから、日本産ピーナッツが文字どおり三粒しか残っていない袋を取り出した。

「途中でお腹がすいて食べちゃったんですよ」

「で、マリファナ煙草は？」

マオは、リュックのファスナーを開け、さらに中のファスナーを開けて、ぺちゃんこの、いびつなかたちになった、葉巻の吸いさしをひっぱり出した。わたしが摑むと、まだほてりが残っていた。

「こいつも、途中で吸いたくなったのかね」と尋ねた。「ライターはあるかい。吸うのは久しぶりだよ」

「とっくにお見通しですよ」

「ふん、そうかね」

「もちろんです、ひったくるような摑み方をしましたからね。そういえば、ドアーズ〔カリスマ的なヴォーカリスト、ジム・モリソンが在籍した、一九六〇年代のロック黎明期のアメリカ西海岸を代表するバンド〕の映画で似たような場面を見たことがありますよ」

　わたしは、差し出されたライターをむんずと摑むと、冷蔵庫の方に歩いていった。背後では、わたしが肘掛け椅子の上にうっかり開けたままにしたノートを、マオが見つけたところだった。ノートの頁をめくりはじめると、デッサンの頁で手を止めて見入っているのが、横目で分かった。

「なかなか凝ったデッサンですね」とマオは感想を洩らした。「犬と女だけしか描かないんですか。両者をいっしょに描いたら、申し分のない性的倒錯の作品になりますよ。そうした狂気に取り憑かれた最後の男は、コロシオ〔一九五〇―九四。メキシコの政治家。九四年、制度的革命党から大統領選挙に立候補したが、選挙戦中にティファーナで暗殺された〕を暗殺したかどで起訴されましたから、要注意ですよ。カバジェーロ・アギラのこと、憶えていますか。彼はこれとそっくりのノートを持っていましたよ」

「毛沢東主義者の連中は、出しゃばりになるコツまで教えてくれるのかね。それとも、躾がなっていないだけの話かね」

「オジイさん、まあ、そんなにカッカ、神経をぴりぴりさせることとありませんよ。いいですか、ぼくのことを文章のネタにすることだけは勘弁してくださいね」

「よく言うよ。そんな面白いタマでもない癖に」

「マジで、この身が剣呑になるし、あなたの身だって剣呑になりかねませんよ」

　わたしは、何時間も停電になった日以来、大事に忍ばせておいたテカテの缶ビールを、冷蔵庫の奥から取り出した。そのあと、秘密の隠し所から、残しておいた半リットルのウイスキー瓶をひっぱり出した。

「ところで、マオ君、ドロテアにはフラれたのかね」とわたしは話頭を転じた。

案の定、マオは、ノートに興味を失くし、テーブルの上に放り出して、おのれの悩みに頭を抱えはじめた。

「ご存知だったんですか」と訊いた。「モルモン教のやつが話したんですか」

「てっきりきみは、モルモン教に入信したがっているものだとばかり思っていたよ」

「じつは、そう考えていたんですよ」

「ところが、そうはいかなくなった。ひとのいいグイレム君に、あんなに魅力があるとは、計算していなかったというわけだ」

「あのクソったれヤンキー野郎をひり出した母親なんか、くたばりゃいいんですよ」

「落ち着け、マオ君。もっとちゃんとした躾（しつけ）を受けていると思っていたのに」

「いまさら、言葉遣いが気になるんですか。まいったな」

「躾がなっていないと言っているのさ。きみは毛並みが違うと思っていたんだ」

わたしは、マオにビールの缶を渡すと、片手にウイスキーのグラス、もう一方の片手に火をつけた葉巻を持って、どかりと肘掛け椅子に坐った。それから、乾杯するためにグラスを持ちあげた。

「ホルヘ・ネグレーテ〔一九一一―五三。メキシコの歌手、映画俳優。マリア・フェリックスやカンティンフラとともにメキシコ映画の黄金時代を象徴する存在〕に」とわたしは言った。

「からかうんでしたら、お暇（いとま）しますよ」とマオは涙声になって応じた。

「まじめな話さ。くつろいでくれ、まあ、坐れよ。女のせいで、ドロテアみたいな女ひとりのせいで、世界は滅びることはないんだから。毛沢東主義者の連中は、恋愛について何も教えてくれないのかね。恋愛のせいで、革命の大義をぶっ壊すようなことにはならないだろうね」

「いったい恋愛が、革命とどんな関係があるというんですか」とマオは尋ねながら、モデーロのロゴ入りの椅子をひき寄せて、そばに腰を降ろした。

「大ありだよ。本物の闘士は、しがらみを持ってはならないんだ。人類史上において、妻や子ども連れの、本物の革命家がいたかね。恋に落ちたテロリストを想像することができるかい。恋をすれば、傷つきやすくなるし、失うべきものがたくさんあると思うようになるし、ものごとの優先順位が変わってくるから、自由を奪われるハメに陥るんだ。こんな話、まだ続けるかい」

マオは、ごくごくとゆっくりビールを飲んだ。

「このビール、気が抜けちゃったな」

「まさか。ツイていないな」

「で、あなたは、どんな革命をやったんですか。六八年の革命ですか。ぼくの知る限りでは、家族はいませんよね」

「六八年は、三十三歳だった。わたしがやった革命というのは、屋台に顔をのぞかせた学生たちにタコスをごちそうしてやったことくらいさ」

「マジで」

「数日間だけだったけれど。そのあと、噂が広がり、やめざるをえなかったんだ。ひとは何と言っていたか知っているかい。慈善というは、底の抜けた皿だってさ」

「それからは?」

「それから何だと言うんだ」

「どうしてひとりのままでいたんですか。何か理由があるでしょう。誰もわけもなくひとりのままではいませんからね」

「誰でもいいから訊いてみるんだな、なぜ結婚したかとか、なぜ子どもをもうけたかとか。世の中は、理由もなく結婚し、理由もなく子どもをもうけ、理由もなく離婚して再婚する連中が五万といるんだ。わけもなくひとりのままでいることのどこが可笑(おか)しいんだ」

「それをください」

わたしは、小さくなった葉巻を渡したけれど、そのときあまり慣れていなかったので、誤ってマオの指に火傷(やけど)を負わせてしまった。

「ごめん」とわたしは言った。「火を消してくれ(マタ・ラ・バチャ)」

「ホセ・アグスティン〔一九四四年生まれ。メキシコの作家。グスタボ・サインスらとともに、六〇年代のロックンロール世代の作家を中心としたオンダ（波）の文学に所属。代表作『墓』（六四）ほか〕の小説の作中人物みたいなしゃべり方をしますね」

「ホセ・アグスティンの作品を読んだのかね。小説なんか読まないいんじゃなかったのかね」

「大学予科(プレパ)で読まされたんですよ」

マオは、リュックのいちばん上のフタについている洗濯バサミを外して、葉巻の先端を摑み、吸いさしを吹かした。

「話を聞かせてくれないんですか」

「何の話だい」

「どうして結婚しなかったんですか」

「もう話したじゃないか」

「ゲイじゃないんでしょうね」

「むろんだとも。ちょうどおまえさんが酔っぱらって、煙草をくゆらせているところを襲って、強姦してやるよ」

「そんなにカッカしないでください。ほらね、やっぱり何か裏話があるんだ」

「どうして裏話が必要なんだ。どうしていつも物ごとを説明する隠れた話がなくてはならないんだ。いったい、いつから、人生には、ひとの振る舞いを正当化するような語り手が求められるようになったんだ。わたしは、平凡な人間であって、有名人なんかじゃないんだ」

「話したくなかったら、話さなくてもいいんですけれど、嘘はつかないでください。あなたは、アドルノの本を読む前は、ぼくとよく馬が合っていた。ご自慢の文学論のせいで、脳味噌の無駄遣いが進んでいるようですね」

「こちらだって、昔はおまえさんと、じつにしっくりいっていた。おまえさんが素敵な曲のステップを踏むように歩く、そんなふうに見えた頃だよ。ところがいまは、田舎臭いカントリー・ミュージックよろしく、ふらふらよたよた歩いている」

　そのうち、葉巻は、洗濯バサミのあいだに文字どおり消えてなくなった。マオは、椅子に寄りかかり、なんとか絞り出すことに成功した最後の一服をぷうっと吹かした。

「ところで、交渉の進みぐあいはどうなんですか」とマオは尋ねた。

「ちょうど第一ラウンドのための日時と場所を決めているところなんだ」とわたしは答えた。

「へええ、そうなんですか」

「いいかね、『メキシコのパリヌーロ』は失くさないでくれよ」

「もちろんですとも」

「で、いったい何のために使うつもりなんだ」

「口外できません。作戦を危うくすることになりかねませんからね」

　マオは、ビールの残りを飲み干すと、吐き気をもよおすような表情を浮かべながら、立ち上がった。〈輝ける小径（センデーロ・ルミノーソ）〉のシャツは、ふだんよりもみずぼらしさが際立っていた。さまざまなことに由来する無数の汚れ目や、お臍（へそ）のあたりには不思議な穴があき、左手首の縫い目はほつれていた。たぶん、初めて会った日からそんなふうだったのだろうが、葉巻を吸ったせいで、ようやくそうした細部に気づく時がきたのである。

「知っている限りでは、きみは、非合法活動をしている毛沢東主義者の中でいちばん不用心なやつだよ」と言った。「逮捕されるのを望んでいるかのように見えるときさえあるけれど、どうなんだ。愚痴を洩らす材料を作るために、抑圧されることを望んでいるのか」

「そんなことを言うのは、このシャツを着ているからですか」とマオは答えた。「なに、これは、ただのカムフラージュにすぎませんよ」

「毛沢東主義者じゃないというのかね」

「もちろんですよ」

「じゃあ、どうして毛沢東主義者だと言ったんだ」

「そんなことは言っていません。あなたが勝手にそう決めつけただけの話なんですから」

「ジュリエットが教えてくれたんだ」

「ほんとうですか」

「毛沢東主義者じゃないのか」

「むろんですよ」

「じゃあ、そもそもきみは何なんだ」

「その質問は、もはやどうでもいいことです、オジイさん。時代は変わったんです。ついでながら、ぼくたちは、ポスト・イデオロギーの時代に生きているんです」

「ポスト・イデオロギーね。小説は、ブルジョアの発明品だとくり返していたのは、きみではなかったのかい」

「あれは、そんなごたいそうなものではなく、オジイさん、単なるお話にすぎませんよ」

「じゃあ、マオ君、本名は何というのだ」

「それもどうでもいいことです。あなただって、テオという本名ではないではありませんか」

「ということは、ペルーに行ったことはないんだ」

「ペルーにいちばん近いところまで行ったといえば、コンデサ街にあるレストランでしょうね。インカの先住民、ワンカヨ族ふうの、ジャガイモ料理がとびきりおいしいですよ。そういえば、ジャガイモそっくりの鼻をしていると言われたことはありませんか」

「マオ君、失敬なことを言うんじゃないよ。ところで、きみは中国語が分かるとは思っていないけれど、正面のレストランの中国人は韓国人だと、どうして分かったか教えてくれないか。それとも、すべてデッチあげなのかね」

「スマフォの翻訳機能を使ったんですよ」

マオは、リュックを持ち上げ、背負うと、話を切り上げ、立ち去る仕度にかかった。

「もうお腹が空いちゃいました」と言った。

「それはいい兆候だね」とわたしは答えた。

「何の兆候でしょうか」と訊いた。

「失恋のせいで死ぬことにはならないという兆候さ」

「あるいは、マリファナ煙草がおいしかったという兆候かもね」

「街角に閉まるのが遅いタコス屋が何軒か並んでいるよ」

「いやはや、あの辺は、見るからにまずそうですよ。犬の肉を使っているんじゃないでしょうか」

「それはないよ」

第一ラウンドは、フランチェスカが選んだ中立地帯、エピクーロ公園の正面にあるサンボルンス〔ホテル売店ふうのコーナーがある、有名なレストラン・チェーン店〕で、土曜日の昼下がりにおこなわれた。ジュリエットが調停役を買って出た。何でも、この手の揉めごとを丸く収めるベテランという触れこみであった。

「仲介役を買って出るのは、初めてではありませんし、これが最後になるわけでもありません。悪しからず」とジュリエットは、候補に名乗り出たときに述べている。

ジュリエットとわたしは、親しかったので、フランチェスカは焼きもちを焼き、ジュリエットがわたしの主張の方に依怙贔屓（えこひいき）をするのではないかと想い、異を唱えようとした。そのとき、ジュリエットは、話をさえぎって、こう自己弁護した。

「怒りますよ、奥さん」と言った。「腐敗した国家が抱えるさまざまな悪徳に対して、あたしが盾つこうとしていることを散らつかせるようでしたらね」

交渉のテーブルの上には、フランチェスカ用の紅茶と、二杯のビールが置いてあった。わたしは、真っ先にふたりに、交渉を長引かせるつもりはありませんよ、と断わった。

「ずばり本題に入りましょう」と言った。「ビールは三十ペソもしますからね」

「なに、交渉は、手間どりませんよ」とフランチェスカは応じた。「あっというまに片がつきます。あなたは、『パリヌーロ』と電気スタンドを返してください。でないと、マンションの総会で告発しますよ」

「もう二十回も言ったじゃないですか」とわたしは言い返した。「『パリヌーロ』は持っていません。失くしたのでしたら、よく探すんですね。諺にも言うじゃないですか、探さざる者は、発見するに至ることなし、って。ああ、それから電気スタンドも同様ですよ」

「でしたら、あたしたちは、ここでいったい何をしているのか分かりません」とフランチェスカは、ジュリエットを睨みつけながら、不満をぶつけた。

「何の交渉をやっているのか説明させてください」とわたしは口を挟んだ。「『美の理論』を返してくれるなら、あなたの信用に傷をつけかねない写真を処分しましょう。でないと……」

「いったい何の話をしているんですか」とフランチェスカは話をさえぎった。

「あなたがうっかりしてマンションの中に入れてしまった少年の写真のことですよ。独裁者みずから規則破りをしたことについて、総会でどんな意見が出るか、愉しみですよ。独裁者をクビにすることを提案しようかと、つらつら考えているところなんです」

「あたしは、誰ひとり中には入れていませんよ」

「わたしは、『パリヌーロ』なんか持っていませんよ」

「あたしは、『美の理論』なんか持っていませんよ」

「おふたりとも」とジュリエットは仲に入った。「落ち着きましょう。対話を始めるためにかりそめの舞台を作ることをお勧めします。まあ、頭の体操みたいなものです。あわてて何かを否定する必要などありませんから」

フランチェスカは、うなずき、わたしは、喉をうるおす程度の、微々たる量のビールを口にふくんだ。

「こう想定してみましょう」とジュリエットは話を続けた。「淑女は、殿方のものである『美の理論』の本を所持している、と」

「もっとも、あたしは、所持なんかしていないけれど」

「さっきも言ったとおり、これはあくまでかりそめの話です。そしてまた、殿方は、読書会メンバーのものである『パリヌーロ』と電気スタンドを所持しているとしましょう。さらに、もうひとつ、おふたりが述べているとおり、双方ともくだんのものを所持していないと想定してみましょう。けれども、所持するようになるかもしれないのです。おふたりとも所持していませんが、もし友好的な合意に達するのであれば、所持することになるかもしれません。そうした推測にもとづいて、たがいに欲しがっているものを気持ちよく交換しませんか」

「もともと所持していないものをあげるわけにはいきませんよ」とわたしは言った。

「あたしだってそうです」とフランチェスカは負けていなかった。

「でも、ひょっとすると、探しているものは、どこに行けば見つかるかを相手に教えることなら、できるかもしれません。一種の情報交換ですね」

「殿方にお渡しできるものなら、ここに持っていますけれど」とフランチェスカは自信ありげに言った。

バッグに手を突っこむと、折り畳んだ書類を取り出して、わたしの方に差し出した。

「これは何ですか」とわたしは訊いた。

「読んでご覧なさい」とフランチェスカは答えた。

それは、医者の診断書のコピーであった。わたしには、〈法的な能力〉が欠け、アルコール依存症と老化のせいで〈判断力のための感受性〉に乏しいことを証明するものであった。

「この診断書は、贋物（にせもの）ですよ」とわたしは叫んだ。

「いえ、正式の文書なんですよ」とフランチェスカは主張した。「動物愛護協会が申請したものです。おかげで、あなたは罰金を払わずにすみました。あたしがこれをマンションの総会に出したら、どうなるか、お分かりですか。規約はよくご存知でしょう。この紙切れ一枚で、あなたを老人ホーム送りにすることもできるんです」

わたしは、〈パパイア頭〉のパパイアそっくりの頭を思い浮かべながら、そいつを棍棒で叩き潰してピューレにしたり、肉屋のどでかい庖丁でスライスしたりするさまを想像していた。

「これは侮辱もいいところです」とわたしは大声を出した。「退席させてもらいます。交渉などもってのほかですよ」

わたしは、相手の返答を待つひまもあらばこそ、時を移さずに立ち去った。その秘めたる原因は、勘定を払わなければならなかったけれど、そのつもりがさらさらなかったところにあった。明くる日、予想していたとおり、〈パパイア頭〉は、酒場で開いている文学ワークショップにやってこなかった。月曜日、ジュリエットの助けを借りてドロテアに電話をかけ、〈パパイア頭〉の電話番号を聞き出した。イダルゴ産のテキーラを二杯ひっかけたあと、頭に血が昇り、腹立ちまぎれに電話をかけた。

「よくも寝返りおったな」とわたしは、〈パパイア頭〉が電話に出るやいなや、怒鳴りつけた。

「これはこれは、ぐうたら先生でしたか」

「よくもあんなに卑劣なマネができたものだ」

「その言葉、そっくりお返しいたします。先生は、わたしが小説を書く邪魔をしたかっただけではありませんか。フランチェスカさんの研修をたった一度、受けただけで、第一章がすらすらと書けてしまったことをご存知ですか」

「小説のために裏切りやがったな」

「酒代を払ってくれる誰かべつの男を探すことですね」

「このパパイア頭め」

相手が電話を切る音が聞こえた。このさき、老人ホームで一生を終える道しか残されていないと思うと、その日は自棄（やけ）になって、ぐでんぐでんに酔っぱらうまで飲み、すっかり正体をなくしてしまった。

「君の絵を描かせてくれるかい」

「あしたならいいわよ」

「手を握ってもいいかい」

「あしたならいいわよ。ほかの仕事を探すつもりじゃなかったのかしらん」

「あしたになったらね。キスしてもいいかい」

「あしたならいいわよ。屋台でタコスの仕事をずっと続ける気はない、と言っていたじゃないの。いつタコス屋をやめるのかしらん」

「あしたになったらね。結婚してくれるかい」

「あしたならいいわよ。どうして大学に入学して実益のあることを勉強しないのかしらん」

「あしたになったらね。きみがポーズを取っているところを見学するために、邸の中に入れてくれるかい」

「テオったら、むらむらとして来ちゃうのかしらん」

いいいよしなしごとは、去りては来たり、去りては来たりして、人生は、そんなふうに過ぎてゆくものなのである。

わたしたちの体は、砂漠のような場所を浮遊していた。そこは、あちらこちらに、魔術師が呪文を唱えれば、今にも動き出しそうな枯れ木が林立していた。ふたたび命がよみがえり若葉に蔽(おお)われる代わりに、地中から根っこを引きずり出して、今にも歩き出しそうな枯れ木であった。子どもが見る悪夢から抜け出してきた化けもの、腕のように枝を広げた枯れ木であった。立ち枯れした木であった。地平線には、岩だらけの丘陵がいくつか見え、珍しいかたちの雲が空に漂っていた。その雲が何を表わしたものか、気象学者も美術批評家も謎が解けそうになかった。

マリリンがいっしょについて来ているような胸騒ぎがしたので、わたしは手を握り締めて彼女を落ち着かせようとした。けれども、何ひとつ手に握り締めていなかったし、マリリンもいっしょにはいなかった。その代わり、後ろ姿の魔術師が目に入った。彼が右腕を精妙に動かすと、苦悩に満ちた筆遣いから、まわりに風景が生まれた。一本の樹を描き終わると、両手にパレットと筆を持ったまま、わたしの方に浮遊してきた。そして、まるで風景を眺めることが命令でもあるかのように、風景を眺めはじめた。わたしには目顔で〈風景を眺めるんだよ〉と知らせた。〈風景を眺めるんだよ〉と。わたしは、風景を眺めていたけれど、人類出現以前の、黙示録的な情況を思わせる、その場に居合わせたくはなかった。まるで地球上の生命は、始まる前に終わりに到達したかのようだった。まるで進化の過程で何らかの誤算が生じて、生命は絶滅の道をたどり、ついにオタマジャクシ一匹すらも誕生させるに至らなかったかのようだった。世界は、終末に向かっており、唯一の痕跡が、変わり果てた姿の木々だったというわけである。

魔術師は、深くため息をつき、わたしは、深くため息をついた。その世界では、油絵の具の脂ぎった匂いがするばかりだった。

「マリリンは、どこにいるんですか」とわたしは訊いた。

「マリリン、マリリンね……」と魔術師は答えた。

彼は、真正面に顔を突き出し、垂直にキャンバスを破ったので、わたしもそれを真似ると、彼の部屋が見えた。ベッドには、汗にまみれた敷布にくるまり、マリリンが横たわっていた。手足を縛られ、口には絆創膏(ばんそうこう)を貼られて、口が利けなかった。壁には、果物の静物画が掛かっていた。お尻そのものといったところの桃、西瓜、ワギナを想わせる月下美人がモチーフであった。ベッドの枕元には、真っ二つに切られたパパイアが置いてあり、猥(みだ)りがわしくゼリー状の果肉をひと目にさらしていた。

わたしは、老いさらばえた体が何の反応もみせないので、目くるめくような怒りに駆られて、ふたたび顔をキャンバスに突っこんだ。黙示録的な風景の、静止した空気の中で、こぶしをゆっくりと突き動かしていた。

「友よ、落ち着け。そうカッカしないで」と魔術師は言った。

「彼女を放してやれ」とわたしは思わず叫んだ。

「それは、きみしだいさ。きちんと役目を果たせば、彼女には何ひとつ起こらない、何なら約束してもいい。ここまでやりたくはなかったんだけれど、分かってもらえないだろうな」

「どうしろというんだ」

「分かってないのか」

「何ひとつ指示されていないのに、分かるわけがないじゃないか」

「言う必要があるのかね。ひとの言うことを鵜呑みにするのはいいけれど、夢の持つ象徴的な意味を失くしてしまうことになりかねないよ」

「何なら、なぞなぞ遊びでもやりますか」

「感が鈍いんだね。いや、めちゃくちゃ鈍いよ」

「で？」

「で、何なんだ」

「どうして欲しいんだい」

「ほんとうに分からないのか。わたしを取り上げた小説を書いてもらいたいんだよ」

「小説なんか書いていないよ」

「ほう、また、そうきたか」

「なりたかったのは画家、造形美術家なんだ。文学に興味を抱いたことはさらさらないんだから」

「画家になりたかった、美術家になりたかったけれど、なれなかったというわけだ」

「作家でもないし」

「けれども、芸術的な資質はそなえているよ、そこが大事なんだ。ひとは、芸術的な資質をそなえていれば、絵画や文学と同様に、音楽にも生かせるんだ。ひとつだけ教えてもいいかな」
それから、魔術師は、パレットと絵筆を木の枝に託すと、木の枝は、まるで指が生えているかのように、ちゃんと受け取った。ついで、ズボンのポケットに手を突っこんで、中国のフォーチュン・クッキーを取り出そうとした。不思議なことに、わたしは、まるで自分のポケットの中にあるかのように、見てもいないのに、それがクッキーであることが分かっていた。そして、魔術師が、死後硬直したような指先で、おのれのではなく、わたしの鼠蹊部を掻き廻すのを感じた。ぎょっとするとともに、くすぐったくもあったので、わたしは目を覚ましてしまった。

頭では、立ち上がり、顔を洗って、水を一杯飲もうと思っていたけれど、まだ、へべれけに酔っていたので、やめた方がいいと思い直した。その代わり、目を見開いたまま横になり、暗闇がぐるぐる廻るのを見ていた。そして、ふたたび眠りに落ちようとする寸前に、玄関の扉がそっと開いたかと思うと、時を移さずに閉まる音がはっきりと聞こえたのである。わたしは、シーツの下から出した手を伸ばして、部屋の電気をつけた。息を殺して、居間から洩れてくる物音なら何でも聞き取ろうとしたけれど、いつものように忙しく立ち廻っているゴキブリの音以外は、何ひとつ聞こえなかった。寝ぼけまなこのまま、しゃがみこむと、夢のつづきをまっとうするために、フォーチュン・クッキー入りの箱を摑んだ。そのあと、包み紙を破り、クッキーをふたつに割って、目の前に運勢が書いてある紙を広げた。そこには、〈未来はもはや昔のようにはなりません〉と書いてあった。わたしは、電気を消して、ふたたび眠ったのはいいけれど、寝心地が悪かった。それもそのはずで、クッキーの屑がシーツに散らばり、ざらざらしていたのだ。

朝になってから、ゆうべの玄関の扉の物音のことを想い出し、二日酔いの頭が許す範囲で、室内でなくなっているものはないか、点検しはじめた。何ひとつ気がついたものはなかった。わたしは、いつもの薬を飲んでから、八百屋で頭をはっきりさせ、宿酔を治してやろうと思って外出した。

玄関ホールには、陰鬱な空気が流れていた。読書会の会員たちは、両手を見つめながら、とりわけ気に入った『パリヌーロ』のいくつかのエピソードについて、溜め息まじりに語っていた。

「今度は、いったい誰が亡くなったんですか」とわたしは一同に水を向けた。

「お忘れなきように」とフランチェスカは答えた。「あなただって、一日は二十四時間しかないんですよ」

わたしは、八百屋に入ったのはいいけれど、強い陽射しを額にまともに浴びたせいで、吐き気を催しそうになった。奥の部屋の暗がりとぬくもりが、あんなにありがたかったことはなかった。ジュリエットは、わたしの覚束ない足取りを聞きつけると、読んでいた新聞から目を上げた。

「もう見て来たのかしら」と彼女は、そのとき新聞で読んだばかりの記事に触れながら尋ねた。「記念碑の周囲、二キロメートルが立ち入り禁止になったのよ。亀裂が広がっているんですって」

「何か飲ませてくれないか」とわたしは泣きついた。

「まあ、テオったら、すっかり悪酔いしちゃって、ここまでお酒が匂ってくるわよ」

「ビールを飲ませてくれるのか、くれないのか」

「そう、急かさないでよ。ビールを出しますから、安心しなさい。だけど、お腹も空いているんじゃないの。バーベキュー・タコスでも取りましょうか。あたしも、お腹がグーグー鳴っているのよ」

わたしは、それはいいね、と言って、二十ペソ紙幣を渡し、ジュリエットが坐っていたそばの椅子に腰を降ろした。彼女は、八百屋の店先まで歩いてゆくと、タコスとビールをちょうだい、と大声で注文した。それから、引き返してくると、広げたままの新聞をテーブルの上に置いてから、坐り直した。

「これでまた元気が出てきたわ」と言った。

「フランチェスカが、明け方にマンションの部屋に忍びこんできたんだ」

「あなたを犯そうとでも思っていたのかしら」

「おいおい、まじめな話だよ」

「二日酔いがひどいので、冗談抜きってわけなの」

「面白可笑しい話をする気分じゃないね」

「じゃあ、お薬あげるわ」

「もう飲んだよ」

「フランチェスカが忍びこんだって、どうして分かるのよ。見たわけ？」

「見てはいないけれど、扉が開いたときと閉まったときに、物音が聞こえたんだ。うとうとしていて起きられなかったけれど」

「酒を浴びるほど飲んでいなければ、おそらく……」

「酒を浴びるほど飲んでいなければ、フランチェスカは忍びこんだりしなかったというのかね」

「酒を浴びるほど飲んでいなければ、起き上がって、現行犯で捕まえられたでしょうね。もちろん、忍びこんだと仮定しての話だけれど。あなたって妄想癖があるから……。そもそも彼女は、何のために忍びこんだりするのよ」

「『パリヌーロ』の本を探すためさ」

「それなら、もっと早くやったでしょうね。今はそんな必要はないわ。ご存知のあそこを押さえてしまっているんですものね」

「ひどいこと言うな、ジュリエット」

「そんなことないわ、事実なんだから、仕方がないでしょう」

「それはそうと、ドロテアとは話したのかい」

「彼にメッセージを伝えると約束したわ」

「マオの携帯電話を手に入れてくれと頼んでいた件は？」

「ドロテアが嫌がったの、わたしたちの身のためだって言うのよ」

「ふたりとも、子どもじみた遊びをするのが好きなんだね」

「あなたは違うの」

　そのとき、子どもが、使い捨ての皿、二枚にのせてあるタコス、それに子亀ビールを配達しにやってきた。

「待って」とジュリエットはわたしに言った。「まだ食べないでね。験(げん)直しに、激辛のトウガラシを渡しますから」

　彼女は、ビールを二杯用意し、トウガラシの辛みが増すように、両手に挟んでよくこすってから差し出した。そのあと、ふたりで黙々と食べた。ジュリエットは、もぐもぐと噛んでいたし、わたしは、噛みしめながら、足の爪先から頭のてっぺんまでぐっしょりと汗をかいた。ビールは、二日酔いよりも気持ちのいい、奇蹟的な、ほろ酔いの効果をもたらしてくれた。ジュリエットは、わたしが額の汗を拭くように、ジャガイモ鼻から滴り落ちはじめているものを擤(か)むように、トイレット・ペーパーをひと巻き持ってきてくれた。洟(はな)を擤んだとき、そういえば、けっきょくのところ、ジュリエットはこの種のことに関しては造詣が深いけれど、わたしの鼻がほんとうにこぶのようなかたちをしているかどうか、一度も尋ねたことはなかったことに気づいた。

「ところで、この鼻だけれど、どんなかたちをしているのかな」と問いかけた。

「嘘偽りないところを聞きたいの？　気分はよくなったのね……」

「ジャガイモのかたちをしているのかい」

「ええ、そうだけれど、ペルーのジャガイモにそっくりなのよ。見たことあるかしら、赤味がかったやつだけれど」

わたしは、もう一杯ビールを注いでもらおうと思って、ジュリエットにグラスを差し出した。彼女は、グラスを摑んだとき、わたしが駆けこんできた緊急の度合いと理由をさぐり出すかのように、こちらの目を覗きこんだ。

「もう一度、寝た方がよさそうね」と勧めた。「今ならすぐ眠れると思うわ」

「今いちばんやりたくないのが眠ることなんだ」とわたしは答えた。「このところ、奇妙な夢ばかり見ているんだ」

「エロチックな夢を見ているの？」

「それはないよ、まじめな話。どうして何もかもがふざけた話でなければならないのかな」

「あたしたち、いつも面白可笑しく生きているからよ。失礼ながら言わせてもらうと、面白可笑しい話ときたら、あなたの右に出る者はいないわ。けれども、これからまじめな話がしたいのなら、かまわないから、さあ、夢の話を聞かせて」

「夢の話なんかしたくない。あとで、解釈されるのがオチだから」

「それは、あなたのせいなのよ」

「へええ、そうなの？」

「もちろんよ、あんな不合理な本をくれたのがいけないのよ」

「読んでくれているんだ」

「寝る前に、ときどきね。まるでホラー映画を見ているみたいだわ。ちょっと待って」

わたしは、ジュリエットが小さな中庭を横切り、自分の部屋に入り、そのあとしばらくしてから、本をめくり、ある箇所を探しながら、ひき返してくるのを眺めていた。わたしの前で立ち止まると、何頁かめくってから、ようやくこう言った。

「見つけたわ。いいこと、読むわよ」

そして、次のように朗読した。〈わたしたちの心の中には、また黒い天使が存在している。それは、暗闇の中で光り輝き、匂いを嗅ぎまわる犬、魔術、黒い月、亡霊、塵（ごみ）、毒物を通して、底辺社会と先験的に繋がりを持つ意識にほかならない〉。

ジュリエットは、ほかの箇所を見つけようと、さらに次から次へと頁をめくっていった。

「それで、悪い夢でも見るのかい」

「とんでもないわ、毎晩、コアトリクエの夢を見ているのよ」

マオは、『パリヌーロ』が入った、キャスターつきのスーツケースをひきずりながら、酒場にやってきた。夜の八時近くになっていたので、わたしは、心配のあまり酒杯を重ね、ずいぶん前に何杯飲んだか分からなくなっていた。愛読書『美の理論』からはあまりに遠く、老人ホームにはあまりに近かった。マオは、真正面の椅子に坐り、荷物をひっぱってきて疲れた、右腕の屈伸をはじめた。

「おい、マオ君」とわたしは言った。「火急の用事だったたんだ。ドロテアから伝言を預かってきてくれたかい」

「きのう、作戦を実行に移しました」とマオは答えた。「あなたに、やいのやいの言われたので、早めることにしたんです」

「それで?」

「首尾よくいきましたよ」

「『パリヌーロ』の話をしているんだ。君の作戦のことなんかどうでもいいよ。持ってきてくれたかい」

「スーツケースに入っていますよ。ビールをごちそうしてくれますか」

「自腹にしてくれ」

マオは、ヴィクトリア・ビールをくださいと大声で酒場の主人に注文した。そして、わたしの目をじっと見つめた。おのれの身に降りかかったことをしゃべりたくてならず、言葉が口をついて出てくるようであった。

「ほんとうに聞きたくないんですか」とマオは尋ねた。

「非合法な作戦ではなかったのか」

「あなたは大義を作るのに貢献してくれましたから、知るのにふさわしい方なんです」

「取り違えてはいけないよ。わたしには大義などないんだ。ただ、さまざまな問題を抱えているだけさ。前回、顔を合わせたとき以来、事情はややこしくなってしまったけれど」

マオにすれば、わたしは、あまりにも意気消沈したように見えたに違いない。だから、哀れを誘うような印象を持ったし、彼のボブ・マーリー型のラスタ・ヘアーまでがしょんぼりして、縮れぐあいが今ひとつ冴えないように見えた。

「何かお手伝いできることはありますか」とマオは訊いた。

「さしあたりは」とわたしは答えた。「読書会の連中が床につくまでいっしょにいてくれ。彼らが寝たあと、部屋まで『パリヌーロ』を運ぼう。そして、本を渡す手伝いをして欲しいんだ」

「おっしゃるとおりにいたしますよ、オジイさん」

わたしたちは、さらに二、三杯ビールを飲んだ。その間、しつこく、わたしを口車に乗せて、おのれの悪行の共犯者に仕立てようとするマオに、おしゃべりをやめさせようと躍起になっていた。それから、玄関ホールをちらっと覗いてくるように命じた。マオは、帰ってくると、こう言った。

「伽藍堂ですよ」

わたしが、部屋でスーツケースを開けて、中身をあらためると、『パリヌーロ』が出てきた。すべてが目も当てられないほど傷んでいた。表紙の角が押しつぶされ、数頁が剝がれ、本自体にそなわる量感も失われていた。ある本の扉には、靴で踏んづけた跡がはっきりと残っていた。

「おいおい、マオ君、何をやったんだ」

「そんな話は、聞きたくなかったのでは？」

「ああ、ちっとも聞きたくないけれど、どうして本に対してこんなにひどい仕打ちをしたのか知りたいね」

「作戦において武器として使ったせいですよ、オジイさん」

「作戦って何の作戦なんだ。『パリヌーロ』をめぐる小競り合いでもあったというのか」

「話してもいいんですか、いけないいんですか」

「手短に頼むよ。もうゴタゴタはたくさんだけれど」

「かい摘んでいえば、犬を拉致してきたんですよ」

「犬をだって」

「そんじょそこらにいる犬ではありません。世界一の大金持ちの子息が飼っている犬なんですよ」

「犬は死んだのではなかったのかね」

「もう一匹いたんです。ラブラドル犬の連れ合いが。ここ数日のうちに身代金を要求するつもりです」

「すでに言ったとおり、わたしは何も知りたくないね。では、エピクーロ公園に行くとしようか」

明くる日、ジュリエットは、フランチェスカに本を手渡す条件を知らせた。わたしが郵便受けで見つけた紙切れには、『美の理論』は、部屋のベッド下に置いてあるとのことだった。なるほど、本は、フォーチュン・クッキーが入っていた箱に置かれているのを発見した。読書会の会員たちは会員たちで、エピクーロ公園の藪の中から『パリヌーロ』を取り戻した。読書の禁断症状は限界ぎりぎりまできていたので、連中はただちにベンチに腰を降ろして本を読みはじめた。警察は、その現場で、傷んだ『パリヌーロ』を証拠品として、会員たちを逮捕した。彼らは、殺人未遂をおこなったときに使った武器を所持し、不法に犬の自由を奪ったかどで、告発されたのである。

犬は、ずっと部屋の扉をひっかき続けていた。それはとりもなおさず、母親が犬を連れずに外出したことを意味した。わたしは、ほかのどの犬よりも、その犬を毛嫌いしていた。父親が蒸発する事態を招いた犬よりも、ふらりん坊よりも憎んでいたのである。その犬が忌まわしいものの究極的な象徴と化す以前から、そうだった。とにかく、神経過敏もいいところで、眠っているあいだにも心臓発作を起こしそうであった。足を伸ばし、体を震わせ、夢の中の敵にむかって吠え立てるかと思うと、うなり声をあげて威嚇した。母親は、もらい受けた年が八三年だったことから、八三という名前をつけていた。前の犬が死んでから二週間後、母親が連れてきたとき、姉は、わたしたちの生活って、母さんが飼う犬によって時代分けされているのよね、と穿（うが）ったことを口にした。まさにそのとおりであった。わたしたちは、かつて家庭で起きた出来事を想い出すとき、それは四〇年代だったとか、六〇年代だったとか、ましてや父親が出奔（しゅっぽん）する以前だったとか、以後だったとか、言ったりするようなことは金輪際なかった。もっとも、父親の蒸発は、家庭史における紛れもない分岐点となっていたけれど。その代わり、おそらく一種のはぐらかしであろうが、それはふらりん坊の時代に起きたことだ、といったふうに言ったものだった。あるいは、メルカードの時代にあったことだ、と述べたりした。ついでながら、メルカードは、絹のようにすべすべした毛並みの犬であって、気が楽になるので言ってしまうと、泌尿器の感染症にかかり、それが全身に広がって、体が風船のようにふくらみ（おかげで、グルメ材料には向かなくなったのだが）、じわじわと息絶えていったのである。

八三は、一年後の八四年には、時代遅れになってしまった。そして、八五年に入り、かなり時間がたち、部屋の扉をひっかきはじめる頃になると、こちらの堪忍袋がどこまで持つかを試すような、とんでもない厄介者になっていた。はたして八六年になるまで生き永らえるかどうか、まじめに思い悩んだものだった。

その頃、わたしは、正午まで眠った、というか眠ろうとしていた。それというのも、午前零時に、週末は午前一時に、店を閉めたあと、洗いものをすませてからゴミを棄てたあと、屋台を有料で預かってくれるガレージまで押していったあと、近隣の酒場のどこかで、二、三杯、時として四、五杯になることもあったけれど、酒をひっかけたあと、寝るのは早くても深夜の三時になったからだった。姉は、朝早く仕事に出かけたし、母は、暇なひとの例に洩れず、一日の空き時間をなくそうとして、買い物に出かけては帰り、出かけては帰りしていた。飼い犬は去りては来たり、去りては来たりして、生活を送っていた。わたしは五十歳、姉は五十一歳であった。父親のあと、意を決して蒸発しようとする者はひとりもいなかった。

わたしは、ベッドから起き上がったけれど、そのとき、二日酔いのせいで、ふと想い出したことがあった。母親が、犬を連れては行けない数少ない場所のひとつ、医者のところに行こうとしていたことを。置き去りにされた犬は、わたしが連れ出しておしっこをさせるまで、しつこくつきまとって離れなかった。

コップ一杯の水を飲もうと思って台所にゆくと、前日、母親に渡された診察結果がテーブルの上に放置されているのを見つけた。診断書によれば、母親の見立てとは異なり、心臓疾患などどこにもない、ということであった。どうやら、わざと忘れたふりをして置いていったとおぼしい。母親は、その日、セカンド・オピニオンを求めるつもりらしかったが、それに制約がかからないようにしたのだ。つまり、心気症（ヒポコンデリー）にすぎませんと言われ、それ以上、診察もされずに家に送り帰されることを嫌ったのである。

時刻は、十一時になろうとしていた。わたしは、前日と同じ服を着ると、八三に追い立てられるように、近隣の露地に出た。そこには、近所の人びとがひとり残らず顔を揃えていた。グループを作ったり崩したりしていた。ヴォリュームをいっぱいに上げたラジオがかかり、家々の扉は開けっ放し、テレビは点（つ）けたままであった。わたしは一瞬たじろいだけれど、マリリンが近づいてくるのを目にしたので、仰天してしまった。恨みつらみは去りては来たり、去りては来たりして、わたしたちが言葉を交わさなくなって以来、二十五年が経（た）っていた。

マリリンの伝説的となった色香を考えると、彼女の身にきわめて重大なことが降りかかったのに違いなかった。洗顔をした上で、パジャマかもしれないブラウスとパンタロンのアンサンブルを着ていた。素っぴんの顔には皺がのぞいていた。それは、わたしがそのときまで目にしたくなかった、事実上、目にしたくなかったけれど、ずっと存続していたことを、物語るものにほかならなかった。

「お母さんはどこにいますか」

「医者のところに行ったけれど」とわたしは答えた。「どうかしたのかい」

「知らないみたいね、地震が起きたのよ」

「寝ていたものだから」

「家の扉をずっと叩いていたのよ」

「聞こえなかったな。ぐっすり眠っていたんだ」

「おそらく、お酒を浴びるほど飲んでいなかったら……」

「酒を浴びるほど飲んでいなかったら、地震が起きることもなかっただろう、というのかい。まさか」

「お母さんはどこに行ったんですか」

「医者のところだよ」

「医者ってどこの」

「さあ、心臓病の専門病院だと思うけれど」

「間違いないわね」

「さあ、どうだろうか、きっとそうだと思うけれど」

「中央病院は倒壊したって話よ」

「誰が言っているんだ」

「さあ、ラジオかテレビじゃないかしら」

「姉に知らせるよ」

「どこにいるの」

「仕事に行っているんだ」

「電話は通じないわよ」

わたしは、マリリンを置き去りにし、家に引き返して中に入った。八三のことなど気にもしていなかったけれど、ともあれ、あとから付いてきた。そのときは集団ヒステリーが伝染していたので、ヒステリックになっていたのはもっともな話であった。わたしは、テレビのスウィッチを入れにいった。そのとき、テレビの上にメッセージが書かれた紙切れがあるのを見つけた。〈きょうは、心臓病の専門病院に行きますから、憶えておいてね。どれだけ時間がかかるか分かりません。八三を散歩に連れ出し、用を足させてあげてね。もし悪いところがあれば、即入院させられるかもしれません。そのときは、夜に餌をやることを忘れないでね。お姉さんが付き添ってきてくれるようです〉。

わたしは、ドロテアとヴィレムに付き添われて、警察署に出頭した。そして、犯行があった日、『パリヌーロ』は行方不明になったけれど、読書会の会員たちは、ちょうどそれを取り戻したときに逮捕された、と申し立てた。わたしは、二年分の生活費に相当する額の保釈金を払うために、お金を用意していた。そのときは、そんなことをするのを悔しく思うようなことはなかった。寿命が、あと七、八年ではなく、五、六年になろうが、五、六年ではなく、三、四年分になろうが、どのみち、同じことのように思われた。しかも、読書会の会員たちが無罪放免になれば、保釈金を取り戻す可能性もなしとはしなかったのである。もっとも、いずれ彼らに『パリヌーロ』が返却されるということは、ありそうもなかった。事件の証拠品になってしまったからだ。

わたしたちは、読書会の会員たちが釈放されるのを待った。そして、出てきたとき、抱擁も泣き崩れる場面もなかった。ただ、憎しみと感謝の念の道半ばで、まなざしを交わしただけであった。もっとも、それは、双方の感情を結びつけるような、そんな道が存在するとしての話である。わたしたちは、タクシーでやってきたけれど、そのときは、蟻の大群よろしく人数がふくれ上がっていたので、地下鉄で帰ることをそれとなくほのめかした。読書会メンバーのひとりは、この物語において、何かを言ったり、何かをしたりして、注目を浴びたことは一度もなかったが、あの方面で仕事をした経験があり、土地勘があるというので、地下鉄の駅までの道案内を買って出てくれた。わたしたちは、黙って歩いた。ドロテアとヴィレムは手をつないでいたけれど、わたしはというと、冗談を言い出す頃合いを見計らっていた。葬列のように見えることだけは避けたかったのである。わたしは、二ブロックほど待ってから、こう口を切った。

「読書会のメンバーがいなくなって以来、とても寂しい思いをしていました」

「それにしても、なぜあんなことをしたのよ」とフランチェスカは尋ねた。

わたしがなぜ、何をしたというのであろう、と考えた。『パリヌーロ』を貸して犯罪行為をおこなわせておいて、そのあと、証拠がいっぱい残っている本を返却して、読書会のメンバーに罪を着せたり、何も知らないふりをしたり、すべては勘違いもいいところでしたと言ったりしたことであろうか。

「わたしがなぜ、何をしたというんだ」と大きな声で訊いた。

「保釈金を払ったことよ」とフランチェスカは答えた。「あんなことをする必要はなかったのよ。すでに、あたしたちの方でお金を集めていたんです。あたしの分は払わせてもらうつもりでいますから……」

「誤解しないでくれ、フランチェスカ、きみが想像しているような理由でやったんじゃないんだ」

「あたしが何を想像しているというの」

「わたしの方から折れたこと、悪かったと思っていること、皆さんに借りがあると考えていることだよ」

「そうじゃないというの」

「もちろんさ」

「じゃあ、どうするのよ」

「取り引きだよ。掛け値なしの取り引きをやるのさ。きみは、わたしの診断書を隠しているので、マンション総会において、じつは、議長は、いま犯罪の嫌疑をうけて捜査されている最中なんだ、と報告してやろうと思っているんだ」

「犯罪なんて濡れ衣もいいところよ」

「だから保釈金を払ったんだ」

「自分に非があると思っているせいね」

「『パリヌーロ』さえなくなっていなければ、こんなことにはならなかったんだから」

「正義感がそなわっているとは知らなかったわ」

「今夜、ウイスキーを飲みに来ないか、そうすれば、正義と死刑執行について知っていることをすべて話してあげるよ。ローマ帝国の地下墓地（カタコンベ）から説き起こしてもいいな」

「ふん、ヘンタイなんだから」

「そうそう、きみはそうでなくっちゃあ」

　わたしたちは、黙って歩き続けた。陽射しの名残りをとどめるものといえば、アスファルトから立ちのぼる火照り（ほて）しかなかった。ビルとビルのあいだから見えている地平線に目をやっているうちに、コロニアル様式の古い宮殿の壁にかけられた、キャンバス地にみごとにプリントされた、ある自画像を発見した。

「全体、止まれ」とわたしは叫んだ。

　誰もが、突然、立ち止まり、何か危険が待ち構えているか、暴走車か、狂犬病にかかった犬が襲ってくるのかと想像をめぐらせた。

「どうしたんですか」とヴィレムが訊いた。

「どうしたんですか」とフランチェスカが訊いた。

「どうしたんですか」とドロテアが訊いた。

「どうしたんですか」と読書会の会員たちがいっせいに訊いた。

わたしは、〈傷ついた静物画。マヌエル・ゴンサーレス・セラーノ。一九一七―一九六〇〉という展覧会の垂れ幕を読んだ。

「あいつだ」とわたしは一同に答えた。

「誰なんですか」とヴィレムが尋ねた。

「魔術師だよ」

わたしは、その場所まで道案内をしてきた、無名の読書会メンバーの腕を引っぱった。そして、夢ではないことを確かめるためにつねりながら、こう尋ねた。

「君の名は？」

「ヴィルヒリオ〔ウェルギリウスのスペイン語名。『神曲』でダンテの地獄めぐりの案内役を務めたウェルギリウスになぞらえている〕といいます」

それから、ある日のこと、予期したとおり、ありふれたこととして、じっさいに父が身罷った。マンサニージョの法医学サービス・センターの係の女性から電話があり、説明を受けたのである。父の年齢を計算すれば、それが事実であることはじゅうぶんありえたけれど、わたしは、ふたたび一杯食わされるハメには陥りたくなかった。そこで、駆けつける前に、まず、手続き用に死亡診断書が必要なんですが、と言うと、わたしが引っ越して、当時、住んでいたマンションの真正面にあった、文房具店宛にファクシミリで届けてくれた。人生の皮肉というべきであろう、父がじっさいに亡くなる前に、わたしは、母と姉が行方（ゆくえ）知れずになることを経験していた。届いたファクシミリは、写りが悪く全体がぼやけていたけれど、コリーマ州〔太平洋に面したメキシコの小さな州。バショウカジキ釣りのメッカでリゾート地であるマンサニージョが中心都市〕政府の紋章と、父の名前の半分ほどは判別できた。さしあたり、信憑性（しんぴょうせい）も半ばといったところだったので、けっきょく馳せ参じて確認せざるをえなくなった。

わたしは、バスに乗り、十二時間後、マンサニージョに着いた。バス・センターには、誰も待っていなかった。わたしは、死体安置所に向かい、父がほんとうに身罷ったこと、自殺だったことを知った。父は、青酸カリを飲んだ上に、屍（しかばね）の腐敗を遅らせるであろう保存処置までとっていた。それは、わたしに残した遺書、自決の書簡にしたためてあった。父は、赤インクで、ぶるぶる震えた、ぎゅうぎゅう詰めの、右に傾きすぎた嫌いのある文字で書いていたので、文章の方が死ぬことの機先を制しているように見えた。わたしは、亡骸（なきがら）が引き渡されるのを待つあいだ、死体安置所の待合室に坐って、遺書の内容を読み解いたけれど、かなりの時間がかかった。〈そのときが、申し分のないときが、やってきた。わたしをいっしょにメキシコ・シティーに連れ帰り、法医学センターに引き渡してくれ。ほんものの法医学センターではなく、芸術集団の方だよ。先週、コリーマ市でひらかれた身の毛がよだつような展覧会を見た。ひとの血で作られた壺や屍の肖像画が並んでいた。テレサ・マルゴージェス〔一九六三年生まれ。メキシコ国立自治大学卒。メキシコのコンセプトアーティスト、パフォーマンス・アーティスト〕と掛け合ってくれ、どんなことを思いつくか愉しみだ〉。

同じ日の夜に、父を荼毘（だび）に付すことができたので、翌日、漁師に金を払って、沖合まで連れていってもらった。海岸からじゅうぶん沖に出たあたりで、遺灰を太平洋にゆだねた。

「誰だったんですか」と漁師は訊いた。

「父親ですよ」とわたしは答えた。

男は、船の揺れに合わせて動いていた。ひとと船が、いつもひとりぼっちで漁をおこなうときの動きと同調していた。わたしは、目を閉じて若い頃の父を想い出そうとしたけれど、頭に浮かんだのは、ビール・メイカーのロゴが入ったグラスばかりであった。父は、よくそのグラスで絵筆を洗ったので、水はずっと汚れたままだった。漁師は、わたしの夢想をさえぎった。

「見ない方がいいですよ」と言った。

もちろん、わたしは、目を開けて海面に視線を注いだ。魚の群れが遺灰をむさぼり食らっていた。

「やっても構いませんか」と漁師は尋ねた。

彼は、網を広げていた。

構わんよ、とわたしは答えた。

漁師は、沖に出たのをいいことに、ちゃっかり漁をはじめたのである。

わたしは、つき合いで残ってくれたドロテアとヴィレムを左右に従える恰好で、展覧会の壁に向かって立った。そして、そこに掛けてある絵画の説明文を読みはじめたところだった。絵画は、一種の刺激剤のようなものだったけれど、残念ながら眠気を払ってはくれなかった。〈一九一七年、ハリスコ州ラゴス・デ・モレーノに生まれた、マヌエル・ゴンサーレス・セラーノは、メキシコ絵画学校、ひと呼んで時流に逆行した絵画学校がそなえているもうひとつの顔に属している。前世紀の四〇年代と五〇年代の前半に、もっとも豊饒な収穫の時期を迎えた。精神病院に幽閉されたときのさまざまなエピソードに彩られた人生を過ごしたあと、メキシコ・シティーの中心地で野たれ死に同然の死に方をした〉。

美術館は、閉館時間が近づいていたので、ざわついて慌ただしい雰囲気に包まれていた。展示室それぞれが、例によって大勢のひとでごった返していた。そうした中には、展覧会にせっせと通っているわりに見識がない、うぬぼれ屋のご婦人方や、ノートに作品名を書き取り、先生に出席を認めてもらおうという生徒たち、あるいは、いたずらに一週間の予定をこなしているだけの退職者、異国情緒にひたることに飢えたあまり、作品の持つ意味を誤解しそうな観光客、美術館を出たらアイスクリームを食べに走りそうな若者のカップルがいた。わたしはというと、絵画の前にできているひとだかりを避けて、次の説明文にたどり着くことばかり気にしていた。まるでそうした説明文が本の最終章であって、そこに歴史の意味や、わたしの人生が持つ意味合いがしたためられているかのようだった。〈魔術師は、相変わらずあまり世に知られていない芸術家である。それは、作品が公の美術館所蔵の文化遺産にまったく含まれていないか、わずかしか含まれていないためにほかならない。また、館長が持っている期間限定の展示物の手引きにも、二十世紀前半のメキシコ絵画に関する文献目録にも収められていないのだ〉。

ドロテアとヴィレムは、わたしが動揺しているのに気がつき、ひっきりなしに質問をぶつけてきた。

「気分でも悪いんですか」

「グラス一杯の水をおお持ちしましょうか」

そこで、わたしは、こう言った。

「グイレム君、ここを読んでくれ」

すると、朗読してくれた。〈三〇年代の前半に首都に定住し、サン・カルロスやエスメラルダ絵画学院において不定期の聴講生として勉強を始めたけれど、すぐにやめた〉。

「これは、どういう意意味ですか」

「不定期とは、折にふれてという意味だよ」とわたしは答えた。

「そのことを言っているのではありません。このすべて、展覧会がどういう意意味を持っているか、という意意味です。歴史がその誤誤りを正正してくれるんですか」

「さあ、どうかな、グイレム君、これは小説ではなく、人生だから、説明するのはそう簡単にはゆかないさ」

わたしたちは、警備員に追い立てられるようにして美術館を後にすると、ヴィルヒリオの指示に従って、地下鉄の駅をめざして歩いていったけれど、わたしの足はもつれていた。その間、わたしは、両手で展覧会のパンフレットに触っていた。それを持ち帰ったのはほかでもない、美術館を訪れたのがまぎれもない事実であることを、明くる日も、そのまた明くる日も、そのまた明くる日も、確かめるためだった。わたしたちは、ときどき恋人同士が交わす、グルッグルッという雷鳴を想わせる、キスの音に破られることはあったものの、静寂の中を歩いた。

地下鉄にたどり着く二ブロック前あたりから、人だかりが見えはじめた。どうやら、地下鉄は閉鎖されているようであった。群衆の中に、どうやってマンションに帰るかを話し合っている読書会の会員たちがいるのを見つけた。

「どうしたんですか」とわたしたちは尋ねた。

「地下鉄が閉鎖されているんですよ」とイポーリタは教えてくれた。

「地下鉄全線なのよ」とフランチェスカは付け加えた。「シティーは混沌とした状態らしいわ」

わたしたちは、周囲のあちらこちらで交わされている会話に耳を澄まして、最大公約数を摑もうとした。大地が軋み、革命記念碑の裂け目が広がって、インスルヘンテス大通りやレフォルマ大通りをあっさり横切ったらしかった。大勢のひとが、最初は噂話をするために、記念碑のまわりに集まったけれど、しだいに、蜂起する方向に傾いているというのだ。革命記念碑は崩壊し、地下鉄は安全を考えて閉鎖され、すぐに再開されるめどは立っていないとのことであった。

「歩いて帰る方法を知っていますよ」とヴィルヒリオが自信ありげに言ったので、わたしたちは彼のあとについて歩きはじめた。

それは、一時間ほどの道のりであった。ある女性は静脈瘤、ほかの者は不整脈、二、三人は足の親指の腱膜瘤のせいで、そして誰もが息もたえだえに、重苦しい足取りをきざんでいた。わたしたちは、都市全体に広がった、車を乗り棄てにする以外、逃がれる手だてがない、ひどい渋滞を目の当たりにした。しだいに、人びとが外の通りに飛び出してくる姿が見え、そのうちに、目を覚まそうとしている何かの地鳴りのようなものが聞こえてきた。

夜の八時頃、マンションに着くと、三台のトラックが停まり、八百屋の腐ったトマトが積みこまれていた。ジュリエットが顔をのぞかせて、わたしに向かってこう叫んだ。

「とうとうその日が来たのよ、テオ、その日が来たのよ」

ヴィレムは、わたしを脇に呼び、プラスティック製の名札を心臓のあたりでぶらぶらさせながら、次のようにこっそりと話しかけた。

「部屋を貸してもらえませんか」

わたしが、鍵を渡すと、彼がドロテアの手をひいて玄関ホールを横切ってゆくのが見えた。さすがに、びっくり仰天せざるをえなかった。歴史は、栄えある一頁を記そうとしていたのである。玄関には、鍵がかけられたので、わたしは、歩道に放り出された恰好になった。

「来ますか」と、八百屋を閉める仕度をしていたジュリエットは、尋ねた。

「いったいどこへ？」とわたしは問い返した。

「人びとがシウダデーラ広場に集まっているところなのよ」

「厄介なことに関わるのはごめんだね。ジュリエット、こちらは、酒場に行ってビールを飲んでいるよ」

彼女は、幸せそうにからからと打ち笑った。ジュリエットにすれば、革命は、おのれが女王(クウィーン)に収まるカーニヴァルの祭りのようなものかもしれない、と一瞬、脳裡にひらめいたけれど、じつは、笑っている原因はほかにあったのだ。

「ほんとうに、テオったらヘンタイなんだから」と言った。

「なぜだい」とわたしは訊いた。

「なぜだいもないわよ」と答えながら、わたしの股間に目を注いでいた。「ごらんなさい、もうズボンを濡らしちゃっているんですもの」

わたしは、角の酒場まで歩いてゆき、中に入ると、まっすぐトイレに行って、湿らせた紙切れでズボンを擦(こす)った。何とか、お洩らしに見せかけるところまで漕(こ)ぎつけると、トイレを出てビールとテキーラを注文し、腰を降ろした。ちょうどマオが、これまで『メキシコのパリヌーロ』をあちこち運びまわってきたスーツケースをひっぱりながら入ってくるのが見えた。わたしのテーブルをめざして突進してくる、制御の利かなくなった車のようであった。

「ドロテアはどこにいるんですか」と怒鳴った。

「それより、革命に参加するチャンスを逃がしかけているぞ」とわたしは言った。

「どこなんですか」

「そんなこと、分かっているだろう。グイレムといっしょだ」

「モルモン野郎をひり出した母親をぶん殴ってやるから」

「マオ、落ち着け、先日、話し合ったことを想い出すんだ」

彼は、打ちひしがれた様子で正面の椅子にへたりこんだけれど、今回の敗北は、ほんとうは大したことではないと考えて、おのれを騙しにかかっていた。わたしは、背中をぽんと叩いて慰めてやりたくてならなかった。

「ビールをおごってくれますか」と訊いてきた。

ビールとテキーラを持ってきてくれ、とわたしは主人に向かって叫んだ。ふたりとも黙って待っていた。飲みものがくると、マオは、ビールをごくごくと飲んだ。

「犬でもけしかけてやりますか」と言った。

「すでに言ったとおり、わたしは、何も知りたくないんだ。知らなければ知らないほどいいと思っている。さしあたり、読書会のメンバーは釈放されたから、事態をさらに紛糾させるようなマネだけはよそうぜ」

「作戦は頓挫したことを知ってもらいたいんですよ」

「ふむ、分かった」

わたしたちは、『パリヌーロ』を運ぶのにスーツケースを使っていたけれど、わたしはそれが置いてある方角を顎でしゃくって見せた。

「で、『パリヌーロ』は手に入れたのかい」と尋ねた。

「金で買うハメになりました。図書館からくすねたやつもありますけれど、あれだけの冊数を揃えるためには、メキシコにあるすべての文学部を遍歴して廻らざるをえないでしょうね。次回は、余裕をもってご注文くださいね」

「いくらかかったんだ」

「千百ペソです」

「何だって」

「一冊あたり百ペソですから。でも。オジイさん、ご心配なく、金は作戦の予算から出しておりますから」

「そいつは、よかった、もともと身銭を切るつもりはなかったけれど」

マオは、スーツケースの方に体を傾けて、ジッパーを開けながら、こう言った。

「もうひとつお土産がありますよ」

「アドルノ全集でも見つけたのかい」

「トラルネパントラ産の妙薬をお持ちしました」とマオは言うかたわら、テーブルの上にウイスキー瓶を置いた。

「いくらしたのだ」

「五十ペソです」

「いつもは、三十で手に入れたのに」

「アナーキスト税が二十足してあるんですよ」

マオは、相変わらず黙りこくってビールとテキーラを飲み続けていた。そうやって、頁をめくり、未来に向かう仕度をしていたのである。あるいは、ひとは若ければまだ成長できるので、ドロテアと知り合う以前の瞬間に戻ろうと思って、ページを逆めくりをする仕度をしていたのかもしれない。その瞬間から、歴史を異なる方向に切り替えられるとでも踏んだのであろう。マオは、物思いから抜け出すと、夢想家のようなふるまいを見せた。

「飛行機の事件、知っていますか」と訊いた。

知らないと答えると、新聞記事を読むように携帯電話を目の前に突き出した。じつは、テロリストの集団が、ロンドンからニュー・ヨークに向かっていた、株式仲買人で満席の飛行機をハイジャックしたのだが、そのとき、ジェイムズ・ジョイスの『ユリシーズ』の、優に千四百頁はある、ハードカヴァーの、註釈版を五冊、使ったというのである。

「われわれは、学校を創ろうとしているんですよ」とマオは言った。

彼は、酒を飲み干すと、同志がシウダデーラ広場で待っていると言って、いとま乞いをした。わたしは、握手をし、彼が立ち去る前に、こう話した。

「ウイスキーがなくなったら、どうやって連絡すればいいんだ」

マオは、紙ナプキンにさらさらと携帯の電話番号を書いてくれた。

「電話するときは」と言った。「ファンをお願いしますと言ってくださいね」

「ファンという名前なんだ」

「違います。暗号なんですよ」

わたしが、ビールとテキーラを何度もお代わりするうちに、とうとう酒場が看板になる時間がやってきた。その頃になってようやく、ヴィレムがにんまりと笑いながら顔をのぞかせた。おかげで、彼の歯の大きさをまざまざと見せつけられることになった。

「それで?」

「しっぽり濡濡れちゃいいましたよ」と答えた。

「コンドームはつけたのかい」

「コンドームをつけるのは罪なんです」

「スーツケースを部屋まで運ぶ手伝いをしてくれないか。それに、シーツを洗濯してもらう必要があるし」

心臓病の専門病院の瓦礫の中にパワー・ショヴェルを入れてもらう必要があった。母も救出されていなかったし、姉も救出されていなかったのである。ふたりの遺体も見つかっていなかった。それは、シティー中の数千人のひとたちと同様であった。亡骸もなく死者もいないまま、かたちだけの葬式が執りおこなわれようとしていた。埋葬されるのは、想い出だけになりそうだった。仮にそうだとしても、それすらできないかもしれなかった。

数週間前、母は、すっかり癖になっていた心気症の発作を起こしたとき、先祖代々の墓所である、ドローレス市民墓地に埋葬してくれるように頼んでいた。それは、著名人が眠るロトンダ墓地から一キロほど離れていた。すでに母の両親も身罷り、兄弟も身罷っていたので、当時、疎遠になっていたせいで、わざわざ埋葬に立ち会うことなど考えられない、数人の従兄弟の承諾書を取り寄せるだけで済んだ。

わたしは、葬式の仕度するために、八三にナイロンのストッキングを与えた。それは、とても長い、姉の脚と同じくらい長いもので、姉が二度とはこうとはしなかった代物であった。犬の遺骨は、母と姉の名前が彫られた、金のプレートつきの、松の木製の棺（ひつぎ）の中に入れられることになった。ふたりの名前は、メキシコ革命のとき、流れ弾に当たって亡くなった祖父の名前の上に並んでいた。

読書会の会員たちは、めでたく『メキシコのパリヌーロ』を読了した。それを祝って、サカテカス産のシャンパーニュと、マヨネーズで和えた、マグロのパテを塗った、塩味のクラッカーというメニューで、カクテル・パーティーがひらかれた。

わたしが、酒場に向かう途中、玄関ホールを横切ったとき、よかったらパーティーに参加なさいませんかと誘われたので、大きな声でこう答えた。

「こんな上品な空気の中にいると、胃炎がひどくなりそうなので遠慮させていただきます」

それまでにあまりにもたくさんの出来事があったので、もはや何事も起こりえないように思えた。そんな矢先、新人の配達人が真実を語っていたということが判明した。わたしたちがそれを知ったのは、あの夜、イポーリタが、二階の踊り場で、行方知れずになっていたハラペーニョ唐辛子の缶詰につまずいて転んだときであった。居住者の総会では、なるほど配達人は缶詰をくすねてはいなかったけれど、さまざまな面から見て、当該者が命を落としたことに関しては有罪であるとの判決がくだされた。イポーリタは、転倒したせいで生き永らえられなかったのである。読書会の会員たちは、口々に次のように述べた。

「悪いのはスーパーマーケットですよ。そもそもあのずぼらな配達人を雇ったのがいけないんだ」

「悪いのは新しい配達人ですよ。ずぼらな配達人が廊下に缶詰を落としたことに気がつかなかったんだから」

「悪いのはマンションの管理部会ですよ。きちんと廊下の保全をおこなっていなかったのがいけないんだ」

「悪いのは医者ですよ。イポーリタにあんなに強い鎮痛剤を処方したせいで、頭がくらくらするようになったんだ」

「悪いのは漆喰ですよ、もし両手がめりこむくらいに柔らかかったら、頭を強打することもなかったでしょうのに」

「悪いのはかつての旦那ですよ、もし彼が騙していなかったら、イポーリタがベラクルスを離れる必要もなかっただろうし、このマンションでお陀仏になることもなかったはずだ」

「悪いのはシャンパーニュですよ、あまりにも酔いがまわるのが早かったんです」

「悪いのはイポーリタですよ、シャンパーニュを立て続けに三杯も飲んだんですもの」

わたしも、ひと言、口を挟みたくなった。

「悪いのはフェルナンド・デル・パソですよ、『パリヌーロ』をもっと簡潔に書いていれば、こんな事態にはならなかったのに」

救急センターでは、イポーリタのお腹に鎮痛剤がいっぱい詰まっているのが判明したという話であった。

おかげで、少なくとも苦痛を感じることはなかった。葬式も埋葬式もおこなわれなかった。子どもたちは、遺体を荼毘に付したあと、遺灰をベラクルスに運んでいったのである。オリサバ山の麓に撒くつもりのようだった。読書会は、追悼の行列をする代わりに、スーパーマーケットに抗議する行進をおこなうことを満場一致で決めた。感激屋のジュリエットは、五十キロのトマトを差し入れることにした。わたしは、バルコニーから、連中がパレードする姿を見つけたとき、こう叫んだ。

「タマウリーパス街にフォンド・デ・クルトゥーラ・エコノミカ出版社直営の書店があるからね」

わたしは、わが身に降りかかったことすべてを把握しようと思って、ノートに書き出してみた。〈どうすれば、起きたことすべてを理解できるのであろう。起こったことは、どんな意味を孕んでいるのだろう。忘れられた人びとや、姿をくらました連中、呪われた者たち、社会から疎外された輩、野良犬ども、そうした有象無象の復権を図ろうとしたのであろうか。あるいは、美術史家は修正主義者だ、と言わんとするために複雑な方法を取ったのだろうか。イポーリタを厄介払いしたのは、人生のたちの悪い冗談なのであろうか。あるいは、すべては、ヴィレムとドロテアを結びつけようとする、運命によって仕組まれていたのだろうか。そして、ふたりに子どもができたら、どうなるのであろうか。けっきょく、大山鳴動して子ども一匹、という仕儀に立ち至らないとも限らない。ひょっとすると、人生というのは、何が何でも立身出世を希求するものかもしれないけれど、どうなんだろうか。あるいは、ひどい話だが、道徳的な教訓がこめられていて、わたしは、断酒して、さまざまな道楽をほかの活動、たとえば小説を書くことに振り向けなければならないのであろうか〉。

すべてを把握し、修業時代だったと要約しようとしたせいか、不安な夢にうなされることになった。明け方のある時刻に、細長い展示室の廊下が果てるあたりに、魔術師の輪郭がぼやけて見えたのである。わたしが彼の方に歩いてゆくと、彼が、いつものように、もの哀しげな犬の群れに囲まれながら、こちらに近づいてくるのが見えた。

「どうやら、わたしの小説を書く仕度が整ったようだな」と魔術師は話しかけてきた。

「おめでとうございます」とわたしは答えた。

「何がおめでたいんだい」

「展覧会をひらいたことですよ」

「わたしが、後世の連中に認められることに興味を抱いている、とでも思っているのか」

「違うんですか」

「わたしは、キリスト以上に苦しんできた。それは、何をもってしても埋め合わせることはできないんだ」

「小説もダメなんですか」

「まさにそのとおり。けれども、お前が書こうとしている小説は、わ、わ、わ、わたしのためのものではない、い、い、い、わたしについて取り上げたものだ」

「では、いったい誰のためのものなんですか」

「決まっているじゃないか。ほら、見たまえ」

そのとき、魔術師は、シャツをめくりあげて、ズボンの下から、ベルトで留めていた『美の理論』一冊を取り出した。

「ここを読んでくれ」

そこで、わたしは、〈新しきものは、死と血を分けあった兄弟にほかならない〉という、金文字のようになっていてひときわ目を引く文章を読んだ。

「わたしは、死ぬということですか」と訊いた。

「いや、まだだ」と答えた。「まず、お前さんは小説を書くのだ。さあ、目をさませ」

「何ですって」

「目 を さ ま せ 、 と 言 っ て い る んだ」

わたしは、冷や汗をかきながら目をさましたけれど、肝臓のあたりに刺すような痛みを感じた。そこで起き上がり、グラス一杯の水を飲み、痛みを和らげる薬を探した。暗い居間を横切ったとき、小さな明かりが点いているのが見えた。わたしは、手さぐりで電灯のスウィッチを探した。見つけたとたん、紅い絹の長いガウンをまとった、フランチェスカの姿がスポットライトに浮かび上がった。わたしの肘掛け椅子に坐り、中国風の電気スタンドを使って、わたしのノートを読んでいた。

「鍵を返してくれ」とわたしは命じた。

彼女は、鍵でいっぱいの束を見せた。

「わたしのをくれ」と畳みかけた。

「渡せないわ」と返事した。「責任がありますからね。総会の議長としての責任が。死人が出たとき、誰が扉を開けようと思うかしら」

「このところずっと明け方に、部屋に忍びこんでいましたね」

フランチェスカは、黙りこくったまま、まさしくそのとおりだと認めた。

「それにしても、今の今まで、どうして気がつかなかったんだろうか」とわたしは大声で尋ねた。そんな声が出たのはむしろ、頭の中で弾んでいる驚きの表現のように思われた。

「あなたは、鬱陶しい夢を見ているのよ。おそらく、お酒を浴びるほど飲んでいなければ……」

「わたしが酒を浴びるほど飲んでいなければ、君は部屋に忍びこんでノートを盗み読みしたりするようなマネはしなかったというのか」

フランチェスカは、立ち上がり、柔らかくて、しっかりとした、テオが永いあいだ憧れていた、お尻を乗せていた場所にノートを置いた。

「さあ、これで、小説を書く仕度は整いましたよ」と言った。

「何だって」

「もう小説書きはじめてもいいんですよ」

「ひとつ分からないことがあるけれど」とわたしは言った。

「いったい何かしらん」

「なぜそこまでこだわるんだ。何のためなんだ。何か実入りでもあるというのか」

「分かっていないのね。わたしは、文学のために働いているんです」

「まさか。奨学金でももらっているのか」

「まあ、そんなところかも」

「〈まあ、そんなところかも〉だって。〈まあ、そんなところかも〉とは、どういう意味だ。部屋に忍びこまれたあげく、謎かけ遊びに付き合わされるんだからまいるよ」

「わたしが手に入れるのは小説なのよ」

「おいおい、藪から棒にミューズの女神を気取るのはよせ」

フランチェスカは、わたしの疑念を裏づけるように、ふたたび口をつぐんだ。そこで、わたしは、まさしく説明を求めるべく眉を上げた。

「何を期待しているのよ」と彼女は答えた。「川べりをひらひら舞う妖精かしらん。パリのカフェに腰を降ろしている、長い金髪に青い目をした、体が半分透けて見える若い娘かしらん。大地の子どもに乳をふくませている、豊満な乳房の、黒髪で小麦色の肌をした女かしらん」

「ミューズの女神にしては、ずいぶんひねくれているな」

「あなたの診断書はわたしが持っていることを、くれぐれも忘れないで。相変わらず手に負えないようであれば、老人ホームに放りこみますよ」

「ミューズの女神は、ひとを恐喝するのではなく、霊感を授けるものだとばかり思っていたけれど」

「これは、現実の生活であり、文学ではないんですよ。知らんふりをするのはやめて。あなたの望みはただひとつ、わたしと寝ることなんだから」

「それで？」

「それで、何なのよ」

「そのおつもりは？」

フランチェスカは、腰のほうに、ガウンの帯として使っている絹ひものほうに、両手を持っていき、ふんわりと結んで見せた。それが、あまりにも柔らかな結び方だったので、撥ねつける代わりに、何となくいいわよと受け入れてくれているように見えた。

「そのうち分かるけれど」と答えた。「ひとまず、小説を書くのよ。わたしたちのことをね。わたしたちの身に降りかかったことすべてを。わたしたちの来し方を書くのよ」

わたしは、闘牛士よろしく、フランチェスカに帰り道を示した。すると、いつものように気取った様子で立ち去ってゆくのが見えた。あとには、馨(かぐわ)しいレモンの匂いが漂っていた。そんなわけで、わたしは、小説を書きはじめなければならなくなっていた。明くる日、わたしは、マオを呼び寄せて、公共の建物を占拠したとき身につけた技術を使って、マンションの部屋の扉にかんぬきを掛ける装置をふたりで取りつけた。夜になって、その日、最後のビールを飲んだけれど、そのあと、けっきょく、それは最後から二本目の前の、三本目という計算になった。そして、わたしは、作者が書きたくないと思っている小説のことを考えはじめたのである。それは、じっさいに体験したかどうか定かでないことを取り上げた小説であった。じっさいには体験されていないことをめぐる小説だったが、周知のように、小説というのは、犬の肉を使ったタコス料理のようなものかもしれないのだ。わたしは、行き当たりばったりに『美の理論』の頁をめくり、下線を引いた箇所を読み返していった。そうした箇所を着想の源として捉えたのである。それから、ノートを開き、ペンを摑んで、こう書きはじめた。〈あのころ毎朝、マンションの3Cの部屋を出ると、廊下で3Dの部屋に住む隣りの女と出くわしたものだった。女は、わたしが小説を書いていると思いこんでいたふしがある。Francescaという名前であったけれど、むろん、わたしは小説など書いていなかった〉。

さまざまなご恩に対する謝意

〈気の置けない読者仲間委員会〉の構成員、アンドレイア・モローニ、テレサ・ガルシア・ディアス、クリスティーナ・バルトロメー、ロザリンド・ハーヴェイ〔本書（*I'LL SELL YOU A DOG*, High Wycombe, Los Angeles 2016）の英訳者〕、イバン・ディアス・サンチョ〔スペイン・タラゴナ生まれ。現在、京都在住。京都大学文学博士、関西大学講師〕、ハビエル・ビジャ、ルイス・アルフォンソ・ビジャロボス〔〈メキシコ革命記念碑〉変じて〈タコス屋ひげおやじ〉となった原書の表紙の合成写真を担当した作者の兄弟のひとり〕に厚く御礼を申しあげます。彼らは、この小説の原稿に目を通し、見違えるほど立派なものに磨きあげてくれました。

思春期のいつ頃だったかは定かではないけれど、オスカル・セラーノは、テキーラを飲みながら、伯父のマヌエル・ゴンサーレス・セラーノについて初めて打ち明けてくれました。

パトリック・シャープネル〔一九六七年メキシコのグアダラハラ生まれ。メキシコ内外のさまざまな展覧会の企画者として名を馳せる。ニューヨークのバリオ美術館の常務理事〕は、寛大にも、スカイプを通して、二十世紀メキシコ美術について素晴らしい講義を聞かせてくれました。この小説の中で不正確な箇所があるとしたら、小説家について書いた小説家の頭脳が責めを負うものであります。

マヌエル・シルバは、赤ワインを酌み交わし、バルサのゴール場面を横目に見ながら、アドルノの『美の理論』を読まなければ、美術について書いたり、深く考えたりすることはできない、とくり返し説いて飽きるところがありませんでした。

カルメン・カリスは、バルセロナ自治大学の神話学の講座で、ジェイムズ・ヒルマンのハラハラドキドキさせる素敵な（そしてひどく現実離れした）作品に対して目を開かせてくれました。

この小説をフォンド・デ・クルトゥーラ・エコノミカ出版社に捧げます。そこから出ている本は、これまでのわたしの生涯の道づれであり、一度ならずガタがきたテーブル、とりわけ心と頭のテーブルを修復するのに与ってくれました。

マヌエル・ゴンサーレス・セラーノ展の説明文は、多少、編集されているところがありますけれど、アルヘリア・カスティージョとアロンドラ・フローレス・ソトが〈ラ・ホルナーダ〉誌に発表したルポルタージュに由来するものです。

マリア・エレーナ・ゴンサーレス・ノバールは、もともと、二〇一三年、メキシコ・シティーのディエゴ・リベーラ壁画美術館で開かれた、〈傷ついた静物画〉展のキュレーターを務めたひとにほかなりません。

この小説に登場する作中人物のうち、何人かは実在しますが、大部分は架空の人物です。取り上げられている出来事のうち、いくつかはじっさいに起きたことですが、大半は架空のできごとに属します。犬に関することはすべて、架空のものです。一匹も殺された犬はいません。

『メキシコのパリヌーロ』が、いつまでも読み継がれますようにと念じつつ。

訳者あとがき

ことの起こりは昼食中のよもやま話

わたし（筆者）が関西大学の現役だった二〇一七年春までの話だけれど、毎週木曜日のお昼は、同僚の鼓宗（つづみしゅう）氏の研究室で、氏をはじめ非常勤講師の外国人の先生方を交えて、昼食をとりながら、よもやま話をするのが恒例になっていた。

ある日、話が京大博士課程在学中で、大学近くの吉田山で暮らすこちこちのカタルーニャ人、イヴァン・ディアス・サンチョ先生の最近の関心事に及んだとき、本人みずから口を切り、じつは、スペインのアストゥーリアス地方のヒホンにあるサトリ出版社 Satori Ediciones から、芥川龍之介『〈羅生門〉ほか歴史ものの短篇集』*Rashomon y otros relatos históricos.* 2015 と泉鏡花『草迷宮』*Laberinto de hierba.* 2016 の翻訳を出したこと、そして現在、寺山修司をテーマにした博士論文の追い込みにかかっていることを打ち明けた。

そのあと、じつは先ごろ、このぼくが作中人物として登場する面白い小説がスペインで出たんですよ、と恥ずかしそうに洩らしたので、一同、びっくりして顔を見合わせた。それは、懇意にしているバルセロナ在住のメキシコ人作家、フアン・パブロ・ビジャロボスが書いた『ぼくの話を信じてくれと誰にも頼むつもりはない』*No voy a pedirle a nadie que me crea*. 2016という作品で、版元のスペインのアナグラマ社が主宰する二〇一六年のエラルデ賞（小説部門）を受けたというのである。

デビューしてまもない作家の友人がいること自体、初耳だったし、何よりも本人が登場人物になっている作品があるというので、一同、口をあんぐりと開けたものだった。

ほかならぬ畏友、イヴァンが顔見世然として登場し、そこそこ有名な文学賞にも輝いた作品だから、面白かったらぜひ翻訳してやろうという下心は満々だったけれど、全体的には、狂気を主題にしたブラック・ユーモアがかった作風で、ひとひねりもふたひねりもしてあり、玄人受けはしても、残念ながら日本の読者には受け入れられそうにもないように思われた。

そこで手をひけばよかったのだが、乗りかかった船というやつで、すでに日本に紹介済みの『巣窟の祭典』*Fiesta en la madriguera*（邦訳書には表題作に『フツーの町で暮らしていたら』*Si viviéramos en un lugar normal* が併録されている。難波幸子訳、作品社、二〇一三）は言うまでもなく、ほかの作品にも目を通してみたのである。

『犬売ります』の幻想的な作風に魅せられて

『犬売ります』の、主人公は、画家くずれの、元屋台のタコス屋、テオ（ドーロ）。舞台はメキシコ・シティー、時は二〇一三年に設定されている。テオは、御年七十八歳ながら、まだ矍鑠としており、退職者ばかり十二人が入居している下町の古びたマンションで暮らしている。家賃は高くないのだが、年金はもらっておらず、残りわずかな貯えをあてに、日々酒場でビールを飲むことに、かけがえのない老後の愉しみを見出している。

まず、年齢が筆者と同様、古稀をすぎた七十代というのに親近感を抱いた。隣りの女フランチェスカとエレベーターで乗り合わせる場面から始まるけれど、滑り出しは淀みがなく快調である。そうなると、あとは作品の世界にじわじわ引きこまれてゆくものである。

テオにからむ作中人物としては、マンションの玄関ホールで毎日のように文学作品の読書会を開いているフランチェスカ（七十二歳）と、マンションにほど近いところにある八百屋の女将（おかみ）、ジュリエット（六十七歳）が出てくる。このふたりの女性がテオとのあいだに三角関係を作り出す。物語は、ときどき過去にさかのぼり、テオの両親と姉の身に起こったことや、歴代の飼い犬のこと、絵が好きだったテオの十代の頃の初恋が取り上げられる。テオは、ひそかにマリリンに恋心を抱きつづけ、彼女のあとをつけまわす男たちのひとりだったのだが、そんなことはおくびにも出さない。そして近づきになると、同伴のつれづれに彼女の絵を描く許しはもらったものの、いつも主導権を握られたままで指一本さわらせてもらえない。どうやら、テオは若い頃から、こと恋愛に関してはすこぶる付きの奥手だったようである。

画家の道を志したテオの父親は夢が叶わず挫折したばかりか、飼い犬が死んだときに浮気が発覚すると、家族を棄てて遠い太平洋岸の港町マンサニージョに落ち延びる。のちに成長したテオと姉は、父親のもとを訪ねるけれど、そのときの父親の様子が、生きているのか死んでいるのか判然としない、まことに幻想的で微妙な筆致で描かれており、読者の心を捉えて放さない。

テオドール・アドルノ『美の理論』の思想を取りこむ

ところで、主人公のテオは、『犬売ります』の中で、「わたしは、どんな揉めごとや諍いも『美の理論』からの引用を唱えて解決する悪い癖がついていた。そうやって、電話セールスの男や何人もの行商人、数十名の保険外交員、六回の月賦で墓を売りつけようとした輩を追っ払ったことがあるのだ」と自慢げに述べている。

ドイツの哲学者で社会学者、音楽評論家、作曲家でもあるテオドール・アドルノ（一九〇三―六九）が著した『美の理論』（一九七〇）は、いうまでもなく人生哲学の本などではなく、れっきとした美学の本なのだが、テオがちゃっかり自らの行動規範に据えている点が面白い。とりわけ、その中で見つけた〈探さざる者、発見に至らず〉という作曲家アルノルト・シェーンベルクの言葉は、テオが座右の銘にしているものである。

テオが生きていく上で『美の理論』を心の支えにする源泉となった中心思想は「芸術作品にすべての責任を負わせることを求めれば、過大な責任を押しつけることになる。それゆえに、正反対の無責任さを求めて、それに対置させるようにしなければならない。無責任さというものは、芸術に不可欠な遊びという要素を想い起こさせる。生真面目な色合いは、権力的でいかめしい行動と同様、芸術作品を滑稽なものに貶めることであろう。芸術作品において、無条件に威厳のあるものを放棄すれば、確乎とした方法論的原則となるに違いない」ではないだろうか。

このような権力的なものに対する厳しい目は、『犬売ります』に通底した基本的な思想にほかならない。ファン・パブロ・ビジャロボス自身も、あるインタヴューで「わが生まれ故郷、ラゴス・デ・モレーノ出身の画家、マヌエル・ゴンサーレス・セラーノのように、社会の底辺に埋もれているような人物が、わたしはもともと好きなのです」と述べているとおりである。

作者の生い立ち

ファン・パブロ・ビジャロボスJuan Pablo Villalobosは、一九七三年、メキシコ中央部の、少し太平洋岸寄りに位置するハリスコ州の古都グアダラハラに生まれたが、成長したのは同州の〈魔法のように魅力的な町〉ラゴス・デ・モレーノであった。

そののち、大航海時代には、旧大陸とのあいだに船が盛んにゆき来した、メキシコ湾岸の港町、ベラクルスにある同名の大学に進学。スペイン語圏の言語と文学の分野で学士号を取る。卒業論文のテーマは、「文学ジャンルと（修道士）セルバンド・テレサ・デ・ミエル師の回想録における表現について」だった。以後、数年にわたって、トイレの人間工学とか、勃起不全を改善するための医薬品の副次的な効果とか、まったく文学とはかけ離れた研究にいそしんだ時期があった。

また、ベラクルス大学言語文学研究所の給費生として、アルゼンチンの現代作家セサル・アイラ研究プロジェクトに参加した。

二〇〇四年、ラテンアメリカ諸国の学生のための、EUのアルバン計画の奨学金を獲得して、バルセロナ自治大学に留学。文学理論と比較文学についての博士課程の単位を修得するが、けっきょく博士論文は書けないままだった。

その頃から二〇一一年までのあいだに、ブラジル人留学生アンドレイア・モローニと知りあい結婚。やがて長男マテオが生まれる。『犬売ります』が捧げられたアンドレイアとは、いうまでもなく現ビジャロボス夫人のことである。父親になったファン・パブロは、子どもの視点からメキシコ社会を描くことを思いつき、『巣窟の祭典』を書きあげた。そして、二〇一一年、バルセロナのアナグラマ社から上梓（じょうし）し、作家としてのデビューを果たした。

後日譚によると、処女作として出したかったのは『犬売ります』の方だったらしい。けれども、十一回も書き直しているうちに十年の歳月が経ってしまい、『フツーの町で暮していたら』（二〇一二）にも抜かれて第三作に退くことになったという。〈魔術師〉こと、マヌエル・ゴンサーレス・セラーノのような、世に埋もれた芸術家のことが書きたいと心底思うまでに、それだけの永い時間がかかったのである。

二〇一一年から一四年まで、サッカーのワールド・カップ（二〇一四）と夏季オリンピック（二〇一六）開催前の好景気にわく、アンドレイア夫人の母国で未来の大国、ブラジルに移住するが、政治、経済的にハイパー過去の国だとわかって落胆する。そして、何かにつけて暮らしやすいバルセロナのグラシア大通り界隈が急に恋しくなり、舞い戻ることになった。そこでは、何よりも、国内外からやってくる人びとが醸し出すコスモポリタン的な雰囲気を愉しみながら、安心して生活を送ることができたのである。

そのあと、二〇一五年、十年にわたる難産の末に『犬売ります』が出て、『巣窟の祭典』と『フツーの町で暮していたら』とともに、メキシコもの三部作が完成する。さらに、二〇一六年には、バルセロナを舞台に、ありふれたことが狂気に変わり、奇妙なことがついには常態と化す、もう笑うしかない世界を描いた『ぼくの話を信じてくれと誰にも頼むつもりはない』を世に問うた。最新作は、『わたしには夢があった』（二〇一八）*Yo tuve un sueño. El viaje de los niños centroamericanos a Estados Unidos* である。これは、いちばん傷つきやすい子どもたちを中心にすえて、ホンジュラス、エル・サルバドル、グアテマラからメキシコ経由でアメリカ国境をめざす移民たちの難行苦行の旅の実態を、十話に分けて捉えたノンフィクションにほかならない。タイトルは、周知のとおり、アフリカ系アメリカ人による公民権運動の指導者、マーティン・ルーサー・キング牧師が一九六三年にワシントンのリンカーン記念堂で行なった、有名な演説に出てくる言葉、I have a dream に由来している。

本書は、Juan Pablo Villalobos : *Te vendo un perro* Editorial Anagrama, Barcelona, 2015. の全訳である。翻訳にあたっては、英訳 Juan Pablo Villalobos : *I'LL SELL YOU A DOG.* translated by Rosalind Harvey, High Wycombe, Los Angeles, 2016. を適宜、参照させていただいた。

翻訳中、何度となくゆき詰まったけれど、そのたびに助け舟を出してくれたのは、作者フアン・パブロ・ビジャロボスの親友で、現在、京都在住のイヴァン・ディアス・サンチョ氏であった。その甲斐甲斐しさには、ほんとうに頭がさがる思いがします。この場を借りて心から御礼を申しあげます。

また、永年、あこがれの翻訳家として私淑していた鼓直先生には、一昨年秋、水声社編集長、井戸亮氏にご紹介いただきました。それから半年ほどたった昨春、先生は天国へ旅立たれました。そのために、完成したものをお見せすることができなかったことは、かえすがえすも残念でなりません。

水声社では、井戸亮氏をはじめ、編集部の飛田陽子氏に格別のご配慮を賜わりました。ご厚情にたいして深甚なる謝意を表します。おかげさまで、こうしてぶじ本のかたちにすることができました。

二〇二〇（令和二）年四月十五日

平田渡

著者／訳者について――

フアン・パブロ・ビジャロボス（Juan Pablo Villalobos）　一九七三年、メキシコ・ハリスコ州グアダラハラに生まれる。ベラクルス大学卒業。ＥＵの奨学金をえてスペイン・バルセロナ自治大学留学。トイレの人間工学や、勃起不全を改善するための医薬品の効果を研究した時期もあったが、やがて文学に専念。二〇一〇年、子供の視点からメキシコ社会の問題を描いた『巣窟の祭典』でデビュー。数年、ブラジルで暮らし、現在、バルセロナ在住。そのほかの主な作品に、現代社会の狂気を笑い飛ばした、エラルデ賞受賞作『ぼくの話を信じてくれと誰にも頼むつもりはない』（二〇一六年）、中米からのアメリカ移民の旅の現状を伝えるノンフィクション『わたしには夢があった』（二〇一八年）などがある。

＊

平田　渡（ひらたわたる）　一九四六年、福岡県に生まれる。一九六七年から六八年までスペイン・セビリア大学文学部に留学。一九七三年、神戸市外国語大学大学院外国語学研究科イスパニア語修士課程修了。関西大学名誉教授。専攻、スペインおよびラテンアメリカの文学。主な訳書に、ブラウリオ・アレナス『パースの城』（国書刊行会、一九九〇年）、アレホ・カルペンティエール『この世の王国』（共訳、水声社、一九九二年）、マルセリーノ・アヒース・ビリャベルデ『聖なるものをめぐる哲学　ミルチャ・エリアーデ』（関西大学出版部、二〇一三年）、共編著に、『スペイン語大辞典』（白水社、二〇一五年）などがある。

装幀――宗利淳一

犬売ります

二〇二〇年六月三〇日第一版第一刷印刷　二〇二〇年七月七日第一版第一刷発行

著者――ファン・パブロ・ビジャロボス

訳者――平田渡

発行者――鈴木宏

発行所――株式会社水声社

東京都文京区小石川二―七―五　郵便番号一一二―〇〇〇二

電話〇三―三八一八―六〇四〇　FAX〇三―三八一八―二四三七

［**編集部**］横浜市港北区新吉田東一―七七―一七　郵便番号二二三―〇〇五八

電話〇四五―七一七―五三五六　FAX〇四五―七一七―五三五七

郵便振替〇〇一八〇―四―六五四一〇〇

URL : http://www.suiseisha.net

印刷・製本――ディグ

ISBN978-4-8010-0438-2

乱丁・落丁本はお取り替えいたします。

フィクションの楽しみ

ある感傷的な小説　アラン・ロブ＝グリエ　二五〇〇円
もどってきた鏡　アラン・ロブ＝グリエ　二八〇〇円
ステュディオ　フィリップ・ソレルス　二五〇〇円
パリの片隅を実況中継する試み　ジョルジュ・ペレック　一八〇〇円
傭兵隊長　ジョルジュ・ペレック　二五〇〇円
眠る男　ジョルジュ・ペレック　二二〇〇円
煙滅　ジョルジュ・ペレック　三二〇〇円
美術愛好家の陳列室　ジョルジュ・ペレック　一五〇〇円
人生使用法　ジョルジュ・ペレック　五〇〇〇円
家出の道筋　ジョルジュ・ペレック　二五〇〇円
Wあるいは子供の頃の思い出　ジョルジュ・ペレック　二八〇〇円
ぼくは思い出す　ジョルジュ・ペレック　二八〇〇円
秘められた生　パスカル・キニャール　四八〇〇円
骨の山　アントワーヌ・ヴォロディーヌ　二二〇〇円
1914　ジャン・エシュノーズ　二〇〇〇円
エクリプス　エリック・ファーユ　二五〇〇円
長崎　エリック・ファーユ　一八〇〇円
わたしは灯台守　エリック・ファーユ　二五〇〇円
家族手帳　パトリック・モディアノ　二五〇〇円
地平線　パトリック・モディアノ　一八〇〇円

あなたがこの辺りで迷わないように　パトリック・モディアノ　二〇〇〇円
『失われた時を求めて』殺人事件　アンヌ・ガレタ　二二〇〇円
デルフィーヌの友情　デルフィーヌ・ド・ヴィガン　二三〇〇円
赤外線　ナンシー・ヒューストン　二八〇〇円
草原讃歌　ナンシー・ヒューストン　二八〇〇円
モンテスキューの孤独　シャードルト・ジャヴァン　二八〇〇円
涙の通り路　アブドゥラマン・アリ・ワベリ　二五〇〇円
トランジット　アブドゥラマン・アリ・ワベリ　二五〇〇円
バルバラ　アブドゥラマン・アリ・ワベリ　二〇〇〇円
ハイチ女へのハレルヤ　ルネ・ドゥペストル　二八〇〇円
石蹴り遊び　フリオ・コルタサル　四〇〇〇円
モレルの発明　A・ビオイ＝カサーレス　一五〇〇円
テラ・ノストラ　カルロス・フエンテス　六〇〇〇円

古書収集家　グスタボ・ファベロン＝パトリアウ　二八〇〇円
リトル・ボーイ　マリーナ・ペレサグア　二五〇〇円
連邦区マドリード　J・J・アルマス・マルセロ　三五〇〇円
ポイント・オメガ　ドン・デリーロ　一八〇〇円
暮れなずむ女　ドリス・レッシング　二五〇〇円
生存者の回想　ドリス・レッシング　二二〇〇円
シカスタ　ドリス・レッシング　三八〇〇円
これは小説ではない　デイヴィッド・マークソン　二八〇〇円
ライオンの皮をまとって　マイケル・オンダーチェ　二八〇〇円
神の息に吹かれる羽根　シークリット・ヌーネス　二二〇〇円
ミッツ　シークリット・ヌーネス　一八〇〇円
メルラーナ街の混沌たる殺人事件　カルロ・エミーリオ・ガッダ　三五〇〇円
欠落ある写本　カマル・アブドゥッラ　三〇〇〇円

［価格税別］